KB068066

동심의 근원을 찾아서

윤석중 연구

동심의 근원을 찾아서

윤석중 연구

| 노 | 경 | 수 | 지음

● 저자 서문

윤석중, 그의 작품 속 동심의 근원을 찾다

아동문학 100년사에서 중추적인 자리에 있었던 석동 윤석중, 그의 동요는 나에게 그리움의 대상이며 향수의 공간으로 자리 잡고 있다. 나는 어릴 적 그가 만든 동요들을 부르며 꿈을 키웠고 추억을 만들었으며 그가 노랫말에서 바란 대로 밝게 자라왔다. 윤석중 선생의 동요들을 부르며 행복한 유년시절을 보냈지만 정작 내가 선생에 대하여 연구하게 될 줄은 꿈에도 몰랐다.

나는 단국대학교 대학원에서 아동문학을 전공하면서 강소천에 대한 연구를 해왔다. 그리고 박사논문으로도 소천연구를 준비했었다. 그만큼 소천은 나에게 매력적인 인물이었다. 그의 작품에서 우러나오는 부성애가 나의 모성애를 자극하였기 때문일 것이다. 그런데 2007년 가을, 뜻하지 않게 서산시 문화관광과에서 발주하는 '역사인물 뿌리찾기' 연구용역에 동참하게 되었는데, 서산시의 역사인물로 뽑힌 14인 중에 윤석중 선생이 있었다. 서산의 역사인물과 윤석중 선생이라니, 도무지 그림이 그려지지 않아 어리둥절했다. 내가 알기로 윤석중 선생은 서울에서 출생하여 서울에서 자라고 서울에서 활동한 완벽한 서울사람이었기 때문이다. 그런데 건네받은 자료를 보니 윤석중 선생은 1930년대 초부터 1961년 3월까지 30년 가까이 서산에 적을 두었던, 서산과 관련이 깊은 사람이었다. 어떻게 이런 사실들이 알려지지 않았는지 가슴이 떨려왔다.

연구는 처음부터 쉽지는 않았으나 서산시에 보관되어 있는 원적과 서산에 거주하고 있는 관련자들이 많아 윤석중과 그의 가족사에 얽힌 귀중한 증언들을 들을 수 있었고, 행운도 따라주어 유족의 증언까지 들을 수 있었으며, 그 과정에서 「기러기」, 「고향땅」, 「우리 마을 느티나무」, 「잘 있거라 고향아」 등 향수로 집약되는 아름다운 동요들이 서산을 토대로 하고 있음을 알게 되었다.

윤석중 문학은 그동안 평자들에 의하여 '언어로 보석을 만드는 시인'이라는 평에서부터 '현실에 없는 아동을 그렸다'는 평까지 다양하게 논의되어 왔으나 호평이든 혹평이든 그 중심에 동심주의를 놓는 데는 일치를 보였다. 연구하다 보니 선생이 작품에서 동심을 지향하는 근원이 어렴풋이 보이는 듯했다. 이에 더 깊이 있는 연구에 임하게 되었고 서산을 포함한 그의 전 생애를 작품과 유기적으로 연구하여 '동심의 근원을 찾아서'라는 부제를 단 『윤석중 연구』는 세상에 나오게 되었다.

동심을 축으로 하는 윤석중의 문학정신 한가운데는 모성애 상실의 체험과 사회 · 노동운동을 하던 아버지의 영향 그리고 이념의 대립으로 인한 부성애 상실의 아픔이 자리하고 있었다. 그래서였을까, 일제강점기 민족주의적 성향의 작품을 발표하던 그가 반공주의가 지배이념이 되었을 때 그에 편승하지 않고 「어린이 행진곡」, 「우리 어린이」, 「우리끼리」, 「해와 달이 굴러간다」 등을 비롯한 통일을 지향하는 작품들을 창작했다. 그가 1978년 라몬 막사이사이상 수상식장에서 발표한 동심론은 그의 80년 문학정신을 한마디로 대변하고 있다고 보아진다.

세상의 모든 것들은 생명력을 가지고 있고 그 중에 특히 말은 더욱 강한 생명력을 가진다. 윤석중은 이러한 인식에 착안하여 시어 선택에서 밝고 맑은 것, 아름답고 예쁜 것들을 찾아 노랫말로 엮어 어린이들로 하여금 부르게 하였는데 그것은 어린이들의 미래를 염려하고 우리나라의 미래를 염려하는 윤석중 방식의 사랑의 형상화였다.

유경환은 윤석중에 대한 논자들의 견해에 대하여 "그는 주어진 생애를 '자신에게 가장 성실한 삶으로써' 마감한 문학인으로 '한국 동요의 아버지'라는 문학의 위상을 당당히 누렸다. 그는 '과연 그는 역사와 더불어 살았느냐?'고 묻는 일부 후진들의 질문에 생전에 묵묵부답이었듯이, 사후에도 답이 없지만 그의 역사의식에 대한 논의는 적어도 한 세대가 지난 뒤에라야 객관적으로 정리될 수 있겠다."고 하였는데 객관성을 유지하기 위해 나름대로 최선을 다한 이 연구는 윤석중 사후 한 세대가 지나지 않았다. 그럼에도 세상에 내어놓는 것은 서산에서 얻은 여러 가지 객관적인 자료들 덕분이기도 하지만 그보다는 내 자신의 숙명론적인 생각 때문이다.

나는 1997년 부천에서 서산으로 적을 옮기면서 학문에 입문하게 되었고 이후 『윤석중 연구』를 내놓게 되었는데, 숙명으로 받아들이는 것은 나의 몸 속에 윤석중 선생과 같은 파평 윤문의 피가 흐르고 있기 때문만은 아니다. 서산으로 내려오게 된 이유가 사업하는 남편의 뒷바라지를 위해서였는데 이렇듯 학문의 길로 접어들었고 뜻하지 않게 『윤석중 연구』를 내놓게 되었으니 그동안 되어진 일이든 앞으로 되어질 일이든 모든 것은 내 생각이나 계획에서라기보다는 숙명이지 않은가 하고 생각하게 되는 것이다. 이번에 나의 『윤석중 연구』가 출간되면서 그동안 밝혀지지 않았던 새로운 사실들이 밝혀지고 연구된 만큼 앞으로는 보다 완성도 높은 윤석중 연구가 전개될 것이라고 확신한다.

학문의 길에서 스승으로 섬기게 된 신현득 선생님과 김수복 선생님 그리고 박덕규 선생님께서는 이후에도 나의 『윤석중 연구』로 인하여 많은 고생을 하셨다. 그분들께 죄송스런 마음을 담아 머리 숙여 감사의 인사를 올린다. 그리고 박용실 여사를 비롯하여 김낙중 선생, 이종식 선생 등 윤석중 선생과 관련된 증언들을 해주시고 자료를 제공해 주신 모든 분들께 감사의 인사를 올린다. 아울러 이 책이 세상에 나올 수 있게 해주신 청어람 서경석 대표님께도 감사드린다. 이제 돌이켜 보면 나에게 되어진 모든 일들은 하나님의 은총이었다.

2010년 10월

노 경 수

● 차례

I. 서론

무지개 꿈
기차길 옆
허수아비야
잘 있거라 고향아
집보는 아기
낮에 나온
오뚜기
대낮의 바닷가
바다너머 저쪽
옥수수 하모니카
봄나들이
새들의 자장가
우리 마을 느티나무
바다와 나
시골 사는 아이
이사간 순이
그리운 내 고향
풍당퐁당
짝자꿍
옥수수 하모니카
나란히 나란히
우산 셋이
오줌싸게 시간표

01
연구목적

우리는 흔히 아동문학을 이야기할 때 아동을 위한 문학 혹은 동심의 문학이라고 한다. 그러면서 '동심(童心)이란 무엇인가?'라고 물으면 한마디로 대답하기를 주저한다. 그것은 동심(童心)의 특성을 한마디로는 정의하기 어렵기 때문일 것이다.

중국의 사상가 이탁오[1]는 동심이란 거짓 없고 순수하고 참된 것으로, 최초 일념(一念)의 본심(本心)이라 하며 동심(童心)을 잃으면 참

1) 이탁오(李贄, 1527~1602) 중국 명대의 유학자. 전통적인 권위에 맹종하지 않고 자아중심의 혁신사상을 제창한 왕양명의 분파인 급진적인 태주학파(泰州學派)로 금욕주의 · 신분차별을 강요하는 예교(禮敎)를 부정했다. 반(反) 유교적인 내용을 설교하여 정부의 박해를 받았다. 명대(明代)의 사상가이자 중국 사상계의 최대 이단아로 평가받는 그는 54세에 관직을 내던지고 62세에 삭발하였으며, 결국 혹세무민을 이유로 76세에 투옥된 뒤 자살하였다. 그는 "천지와 인간 세상에 영원히 변치 않는 최종의 진리란 없으며 사람마다 모두 자기의 판단을 내릴 권리가 있다." 고 하였다. 그는 저서 『분서』의 「동심설(童心說)」에서 '독서견문(讀書見聞)' 으로 물들지 않은 아동의 맑고 깨끗한 마음을 가장 가치 있는 것이라고 간주하며, 도가적(道家的)인 자연 그대로의 인간의 마음이 존중되어야 하고, 인욕(人慾)은 가식 없이 그대로 긍정되어야 한다고 주장했다. 『동아 세계대백과사전』 제23권(동아출판사, 1992), p.276.

된 마음을 잃는 것이며, 참된 마음을 잃으면 참된 사람을 잃는 것이라고 하여 동심을 '참된 마음(眞心)'으로 정의하였다.[2] 이러한 그의 동심에 대한 정의를 받아들이면 또 다른 질문이 생긴다. '참된 마음'이란 과연 어떤 마음을 의미하는가 하는 것이다.

윤석중 문학의 중심을 이루는 것도 바로 동심이다. 그래서 아동문학가 윤석중을 이야기할 때 동심주의(童心主義) 문학가라고 하며 동심을 지향하는 그의 작품을 호평하기도 하고 혹평하기도 한다. 이러한 양상은 문학에 대한 이해, 동심(童心)에 대한 이해의 차이[3] 혹은 현실에 대한 인식방법의 차이에 기인한다.

본고는 윤석중 문학의 핵을 이루는 동심(童心)지향이 어디에서 기인하며 어떻게 형상화되는지에 대한 인식방법을 토대로 한 연구이다. 윤석중의 세계인식방법에 따른 '동심론'은 그의 작품을 이해하는 데 핵심이 될 것이다.

어느 시대든 세계와 인생을 인식하는 방법은 크게 두 가지 유형을 볼 수 있다.[4] 첫째로 인생을 인간의 일상적인 실존을 구성하는 사실성(actuality)의 세계로서 '있는 그대로' 인식하는 경우이다. 이 경우 모방은 마치 사진기와 같이 가능한 한 세밀화 된 모방이 된다. 이때 진실은 '있는 그대로의 인생' 곧 일상적 진실로서 사실을 담보로 한다. 이러한 일상적 진실에는 보편성과 영구성이 결여되어

2) 이탁오, 홍승직 옮김, 『분서』(홍익출판사, 1998), pp.180~181.

있다.

다른 하나는 사실성의 토대 위에서 진실의 세계(reality)를 인식하는 경우이다. 이것은 '있는 세계'보다 '있어야 할 세계'를 인식하는 것으로, 인생을 일반적이고 지속적인 측면에서 파악하는 폭넓은

3) 동심에 대한 정의 중에서 대표적인 것은 다음과 같다.
동심은 '참된 마음'(眞心)이다. 동심이란 거짓 없고 순수하고 참된 것으로, 최초 일념(一念)의 '본심(本心)'이다. 동심을 잃으면 참된 마음을 잃는 것이며, 참된 마음을 잃으면 '참된 사람(眞人)'을 잃는 것이다. 사람이 참되지 않으면 최초의 본심은 더 이상 없다. 아이는 사람의 처음이요, 동심은 마음의 처음이다(이탁오(李贄), 홍승직 옮김, 『분서』, 홍익출판사, pp.180~181); 동심이란 인간의 본심입니다. 인간의 양심입니다. 시간과 공간을 초월해서 동물이나 목석하고도 자유자재로 이야기를 주고받으며 정을 나눌 수 있는 것이 곧 동심입니다(윤석중, 『어린이와 한평생』, 범양사출판부, p.268); 동심이란 것을 천진무구한 것, 죄 없는 것, 세파에 더러워지지 않는 마음 등으로 이해한다(이원수, 『아동문학입문』, 웅진출판, p.319); 동심은 어린이의 몸과 마음의 완성기에 이르지 않는 어린이의 심리이다(이재철, 『세계아동문학사전』, 계몽사, p.75); 동심이란 문자 그대로 어린이 마음이다. 그것은 가식이 없고 꾸밈이 없는 진실성과 순수성을 특징으로 한다. 어린이의 삶이 어른들의 그것에 비해 순수한 것은 어린이의 심성이 인간의 원초적 심성과 가장 가깝기 때문이다. 따라서 인간의 원초적 심성인 순진무구한 심성을 동심이라고 할 수 있다(박상재, 『동화창작의 이론과 실제』, 집문당, p.11); 동심은 단순히 어린이 마음을 일컫는 것이 아니라 인간이 지켜나가야 할 보편적 진실을 말한다. 그런데 이러한 진실은 세상을 오래산 성인보다 어린이에게서 더 많다는 점에서 어린이의 마음을 동심이라 일컫는다(김자연, 『아동문학의 이해와 창작의 실제』, 청동거울, pp.28~29); 동심은 원형적 동심과 현실적 동심으로 나눌 수 있다. 원형적 동심은 "천하의 훌륭한 글은 일찍이 동심에서 나오지 않은 것이 없다."는 이탁오의 주장을 근거로 하였고, 현실적 동심은 "현실에서 아동의 생활과 꿈을 그려내는 것"이라고 하였다(박윤규, 『태초에 동화가 있었다』, 현암사, pp.108~110); 동심은 어린이의 행동이나 심리과정(감각, 지각, 기억, 사고, 문제해결, 정서, 동기 등)의 총체적인 의미를 넘어 이를 통해서 세계를 인식하는 체계이다(김종헌, 『동심의 발견과 해방기 동시문학』, 청동거울, p.38).
이러한 동심에 대한 정의를 살펴보면 윤석중의 '동심론'은 중국의 사상가 이탁오의 '동심설'과 맥을 같이하고, 아리스토텔레스의 형상으로서의 고유한 본질을 지칭하는 '이데아'와 맥을 같이 하는 것으로 인간의 '원형'으로 해석할 수 있다.

4) M.K.Danwiger, An Introduction to Literary Criticism(D.C.Heath&Company, 1961), pp.159~160. 김준오, 『시론』(삼지원, 2007), p.20 재인용.

인식태도다. 이 경우는 진실을 담보로 보편적이고 이상적인 세계를 지향한다.

아동문학 100년사[5]의 중심에 있던 윤석중의 작품에 나타나는 동심지향의 세계인식방법을 연구하는 일은 윤석중 문학의 본질을 이해하는 요소가 될 것이고, 이는 곧 아동문학의 본질을 이해하는 통로가 될 것이다.

1911년 서울 중구 수표동에서 태어난 윤석중은 1924년 14세에 《신소년》에 「봄」이 입선되고, 1925년에 개벽사의 《어린이》지에 「오뚜기」가 입선되면서 아동문학에 발을 들여놓았다. 본격적인 문학 활동을 시작한 것은 이듬해인 1926년 양정고보 2학년 때로 조선물산장려회의 공모에서 「조선물산장려가(朝鮮物産奬勵歌)」가 당선되며 천재 어린이 예술가로 알려지게 되면서부터이다. 즉, 나라를 잃어버린 일제 강점기에 태어나서 만 두 살에 어머니를 잃고, 만 13세 때 문단에 발을 들여놓아 16세부터 본격적인 작품 활동을 시작한 것이다.

이후 그는 80여 년 동안 아동을 위한 활동을 하면서 일제 강점기를 살아냈고, 해방공간과 이데올로기의 대립으로 인한 한국전쟁을 겪었으며, 산업화 과정과 새천년의 정보화 과정을 겪으면서 1,300

5) 아동문화운동의 시대구분을 태동초창기(1908~1923), 발흥성장기(1923~1940), 암흑수난기(1940~1945), 광복혼미기(1945~14950), 통속팽창기(1950~1960), 정리형성기(1960~)로 보았다. 이재철, 『아동문학개론』(서문당, 1996), pp.45~93.

여 편의 동요를 비롯하여 동화 · 동극 등 방대한 작품을 썼다. 그 자신이 『엄마손』(1960)에서 밝힌 대로 하루에 25편을 쓴 적이 있을 정도로 그는 동요에 집착하였으며, 동요 속에서 살아온 작가라고 할 수 있다.

최남선의 《소년》(1908)에서 출발하는 한국 아동문학 100년사를 말할 때 석동(石童) 윤석중을 거론하지 않고는 불가능할 만큼, 그는 상실의 시대에 태어나 한 세기 동안 어지러웠던 나라의 운명에 휩쓸려 신산스런 생애를 살면서 어린이를 위한 문화·문학운동에 전 생애를 소진하다가 2003년 12월 9일(만92세) 별세해 대전 국립현충원에 묻힌 최초의 문인이 되었다.

그동안 윤석중에 대한 연구는 단평적으로 이루어졌다. 여러 논자들의 연구에서 산견된 윤석중 문학 연구를 요약하면 모성을 상실하였음에도 불구하고 밝음을 지향하는 낙천성과 단순성, 초현실성과 동심주의로 축약되었고, 이는 논자들의 인식에 따라서 긍정성과 부정성으로 나뉘어 '언어로 보석을 만드는 시인'이라는 호평을 비롯하여 '현실을 외면한 아동문학가'라는 혹평까지 아동문학 연구자들에게 많은 논란을 일으켜 왔다.

이러한 논란의 첫 번째 원인으로는 아동문학에 끼친 그의 문학적 영향의 지대함을 꼽을 수 있을 것이다. 우리는 엄마 뱃속에서 태어나 말을 배우기 시작하면서부터 윤석중의 「짝자꿍」을 불렀고, 학교에 들어갈 즈음에는 「나란히 나란히」, 「우산 셋」, 「퐁당퐁당」

을 불렀으며, 5월이 되면 「어린이날 노래」를 불렀고, 교정을 떠날 때는 선후배가 한 자리에서 「졸업식 노래」를 부르면서 눈물을 흘렸다. 누가 만든 노래인지도 모른 채 「새 나라의 어린이」를 비롯해 「고추먹고 맴맴」, 「고향땅」, 「달따러 가자」, 「기러기」 등의 노래를 부르며 자라왔는데, 이러한 윤석중의 동요들은 어른이 된 오늘의 우리들에게도 따뜻한 정서를 만들어 주어 아름다운 추억으로 자리매김되고 있다. 이러한 현상은 그의 동요들이 유년기 아동의 정서에 끼치는 영향이 매우 컸음을 의미한다.

두 번째로는 연구자마다 다른 아동에 대한 인식의 차이와 아동문학의 독자수용 범위에 대한 인식의 차이를 원인으로 들 수 있는데, 우리는 여기에서 아동문학의 독자수용에 대하여 고찰해 보아야 할 것이다.

이재철은 아동문학의 대상을 좁게는 취학기에서 중학교(14~15세)까지 볼 수 있지만 반드시 아동만을 독자의 대상으로 삼는 것은 아니라고 하면서 동심적 성인까지 포함하는 것이 온당하다고 하였다.[6] 반면 이원수는 아동의 이해력이 어른들과 달라서 아동문학을 연령상 한계를 가진 독자(5,6세부터 16,17세까지)를 대상으로 한 문학이라고 하였으며,[7] 이오덕은 젖을 빨거나 걸음마를 배우는 아기들은 아동문학작품의 독자가 될 수 없고 말을 할 줄 아는 유년기부터라

6) 이재철, 『아동문학개론』(서문당, 1996), pp.10~18.

7) 이원수, 『아동문학입문』(웅진출판, 1993), pp.10~11.

야 수용된다고 하였다.[8)]

아동문학은 어린이를 위한 문학으로 어린이가 주요 독자임에는 주지의 사실이다. 그러나 아동문학의 주요 독자가 어린이인 이상 책을 선별하고 읽는 1차적인 독자는 대부분 어머니가 된다. 어린이에게 어떤 책을 읽힐지를 어머니가 먼저 생각하고 먼저 읽어보고 선별하기 때문이다. 또한 젖을 빨거나 걸음마를 배우는 아기들은 어머니가 선별한 책을 어머니의 목소리를 통하여 접하게 된다. 즉 어머니는 유아에게 청각을 통하여 문학을 향유할 수 있도록 해주는 것이다. 칸트는 문학의 기원은 인간의 유희본능에서 비롯되었다고 했는데, 여기서 유희는 읽는 즐거움과 깨닫는 즐거움을 일컫는다. 유아는 작품의 주제에 대한 이해보다는 어머니와의 상호교감을 통한 감각으로 문학을 유희한다. 책의 내용을 이성적으로 받아들이는 것이 아니라 음성언어에서 파생되는 소리를 감각적으로 받아들이며 향유하는 것이다.

젖을 빨거나 걸음마를 배우는 유아뿐만 아니라 태내 아이들까지도 외부로부터 들려오는 모든 것들은 무의식에 저장된다.[9)] 무의식의 세계는 한 인간이 태어나 성장하는 데에 큰 영향을 준다는 것은 이미 밝혀진 주지의 사실이다. 그래서 어머니는 책을 읽어주고 시를 낭송하면서 태교도 하고 그 아이들이 바람직하게 자랄 수 있도

8) 이오덕, 『시정신과 유희정신』(굴렁쇠, 2005), pp.12~13 참조.

9) 칼 G. 융 외, 『인간과 상징』(열린책들, 2005), pp.32~38 참조.

록 교육한다. 이렇듯 아기들은 스스로 글을 읽을 수 있을 때까지 쉼 없이 어머니를 통하여 문학을 향유한다. 결국 아동문학의 주된 독자인 어린이들은 대부분 어머니를 통한 2차 독자인 셈이다.

또한 듣기와 말하기는 따로 떼어서 생각할 수 없는 불가분의 관계에 있다. 먼저 들을 줄 알아야 말을 할 줄 안다. 그래서 어머니들은 아직 말을 할 줄 모르는 젖먹이 아이들을 안고 쉼 없이 대화를 한다. 엄마의 이야기를 들은 유아들은 눈을 맞추며 옹알이를 하고, 어머니들은 유아들의 옹알이를 나름의 의미요소로 받아들여 대답해준다. 어머니의 말을 듣고 방긋 웃거나 옹알이를 할 때 '알아듣지 못한다거나 말을 할 줄 모른다.'고 할 수 있을까. 소통에는 음성언어 외에도 손짓이나 눈짓, 몸짓, 얼굴표정 등 다양한 것이 있다.

따라서 아동문학의 독자를 나이로 구분한 이원수의 설정과 "젖을 빨거나 걸음마를 배우는 아기들은 아동문학 독자가 될 수 없고 말을 할 줄 아는 유년기부터라야 수용된다."고 한 이오덕의 설정[10]은 어린이의 특수성을 간과한 것으로 협의적인 정의인 반면, 동심적 성인까지 수용한 이재철의 주장은 독자수용의 범위를 확대시켜 설득력을 가진다.

그러나 이재철의 진술에서도 '동심적 성인'이라는 말이 걸린다. 동심을 갖지 않은 성인도 있다는 뜻을 내포하고 있기 때문이다. 인

10) 이오덕, 『시정신과 유희정신』(굴렁쇠, 2005), pp.12~13 참조.

간이면 누구나 어린이였으므로 내면에 어린아이가 숨 쉬고 있으며 따라서 동심을 가지고 있다고 보아야 할 것이다. 다만 성인으로 변모되는 과정에서 인위로 변질되어 잘 나타나지 않을 뿐이다.

그런가 하면 "어른이 지은 동요에는 어린이가 부를 수 있는 노래와 어린이에게 들려줄 노래 두 가지가 있다."[11]는 윤석중의 진술은 아동문학의 독자수용을 어른과 어린이 모두에게 열어놓고 있다. 아동문학의 1차 독자인 어머니와 2차 독자인 아기뿐만 아니라 아기의 과정을 지나온 일반 독자 모두를 수용하고 있기 때문이다. 결국 아동문학은 독자대상이나 소재, 주제설정에서 쉽고 간결해야 하는 특성상 —그 중에서 특히 동요는— 아이는 물론 성인이나 노인까지 3代를 아우르면서 자연과도 소통할 수 있게 하는 문학이라고 정의할 수 있겠다.

세 번째로 현실을 어떻게 바라볼 것인가 하는 세계인식방법도 윤석중 문학이 다양한 평을 받는 원인으로 작용할 것이다. 성인들이 세계를 인식하는 방법도 전술한 바와 같이 두 가지 양상으로 나타나는데, 사실성의 세계를 있는 그대로 인식할 것인가, 사실성의 세계를 넘어 있어야 할 세계를 인식할 것인가에 따라서 달라진다. 특히 발달과정에 있는 어린이가 세계를 인식하는 방법은 성인의 인식방법보다 훨씬 다양하다. 어린이가 인식하는 사실과 진실은 발달단

---

11) 윤석중, 『어린이는 어린이답게』(웅진출판, 1988), p.120.

계에 따라 다르게 받아들여질 수 있으며, 더욱이 성인이 바라보는 사실이나 진실과 다르게 인식할 수 있기 때문이다. 따라서 작품을 생산하는 작가의 세계인식방법에 대한 연구는 그의 작품세계를 이해하는 데 중요한 핵심이 되는 것은 물론 어린이들에 대한 인식의 문제를 이해하는 데도 핵심이 된다.

본고는 많은 논자들에 의하여 공통적으로 산견된 윤석중의 낙천성과 동심주의 그리고 초현실성이 어디에서 기인하는가 하는 문제 제기에서부터 출발한다. 동심지향이나 낙천성, 현실인식의 문제는 아동문학에서 핵심을 이루는 요소로 윤석중 문학의 중심요소를 연구하는 것은 한국 아동문학을 새롭게 이해하는 계기가 될 것이다.

이러한 논의에서 출발하는 본고의 목적은 그동안 윤석중 문학을 논의할 때 연구자들에 의해 불려온 동심천사주의(童心天使主義)가 그가 추구하는 동심과 어떻게 다른지, 작품에 나타나는 윤석중의 세계인식방법을 토대로 연구하여 윤석중 문학의 의의(意義)를 새롭게 규명하는 데 있다. 동심의 가치는 사회 중심적 '우성가치'와 대립되는 '부차가치'[12]의 하나이다. 우성가치에 대립하는 '동심' 은 사회생활을 뒤떨어지게 하는 원인인 착함과 순수함 그리고 약함과 무력함 등을 긍정하게 하는 힘을 가진다. 때문에 우리는 물질이 지배하는 현대사회에서 한정된 재화로 인하여 삶이 억압받을 때 '동심' 에서 위로를 받으며, 경쟁사회에서 겪는 실의와 패배도 정당화할 수 있게 된다. 이러한 동심에 우성가치를 두고 추구하는 윤석중 문학은, 그의 세계인식방법은 어디에서 기인하는 것일까.

어느 누구도 자신을 둘러싼 가족이나 사회, 정치 등의 환경으로부터 자유로울 수 없으며 특히 세계를 인식하는 방법에 따라서 같은 환경조차 달리 인식될 수 있다. 특히 성장과정에 있는 어린이들을 위한 문학가의 관점에서 당대의 국가 사회적 현실이 어떻게 인식되고 표현되는가 하는 문제는 어린이의 세계인식방법에 영향을 주는 것이므로 중요한 일이다. 따라서 본고는 윤석중의 작품에 나타나는 세계인식방법을 연구하여 그가 지향하는 동심을 고찰해보고자 하는 것이다.

오늘날의 모든 문학가가 있기까지는 아동문학이 출발점이었음은 주지의 사실이다. 그들의 문학적 토대를 아동문학이 이루었기 때문이다. 이에 필자는 아동문학은 물론이거니와 미래의 한국문학을 위해 아동문학에 대한 연구의 필요성을 절감하고 아동문학 100년사의 중심에 있는 석동(石童) 윤석중(尹石重) 문학을 연구하여 작품

12) 부차가치란 사쿠타 케이이치(作田啓一)에 따르면 사회가 기능하기 위해서는 필요하지만 우성가치와 양립하지 않으며, 항상 특정한 집단 또는 문맥 안에 한정된 형태로 유지된다. 부차가치의 중요한 작용은 동기조정이다. 누구나 어떤 형태로든 경험하듯이 사회생활에서는 세력관계나 또는 다른 여러 가지 원인으로 인해 개인이 아무리 노력해도 거기에 합당한 보상을 얻을 수 없는 사태가 자주 발생한다. 그러나 그 때문에 사람들이 사회생활에 대한 의욕을 잃어버리면 안 되기 때문에, 보상의 불균형을 누그러뜨리고 동기부여 에너지 저하를 막는 '동기조정'의 메커니즘이 필요하다. 사쿠타 케이이치는 그 메커니즘의 예로 퓨리터니즘(puritanism)이 행하는 금욕윤리의 작용을 이야기한다. 이 윤리는 세속적인 보상을 단념하는 행위를 칭송하고 정신적 가치를 부여한다. 다시 말하면 '스스로 보상'을 만들어 내어 동기 부여의 에너지를 재생산한다. 부차가치로서 동심에도 같은 작용이 있다. 가와하라 카즈에, 양미화 역, 『어린이관의 근대』(소명출판, 2007), pp.195~196.

의 새로운 의의를 찾고 나아가 한국문학사는 물론 세계문학사에 그의 위상을 조명하고자 한다.

"최고의 고난시대가 시인에게는 최상의 명당"이라는 함석헌 선생의 말처럼 그는 고난의 시대에 태어나고 자라 아동문학을 하면서 「고향땅」이나 「졸업식 노래」 등의 명편을 비롯해 동요 동시집 24권,[13] 동화집 5권,[14] 회고록 2권[15]을 발간하여 이를 『윤석중 전집 30권』으로 정리하여 출간하였으며 이후에도 동시 동요집 네 권[16]을 비롯하여 아흔 기념 창작문집 한 권[17]을 더 남겼다.

그런데 이러한 그의 한국문학사적 위치는 언급되지 않고 있으며, 그의 문학에 대한 연구도 미흡한 상태이다. 어린이에게 관심을 갖지 않았던 과거 한국적 정서가 이러한 결과를 낳았을 수도 있지만, 현대에는 아동에 대한 인식이 많이 변화되었고 미흡하나마 대학원

---

13) 『윤석중 동요집』(신구서림, 1932), 『잃어버린 댕기』(계수나무회, 1933), 『윤석중 동요선』(1939), 『어깨동무』(대일본인쇄, 1940), 『초생달』(박문출판사, 1946), 『굴렁쇠』(수선사, 1948), 『아침까치』(산아방, 1950), 『윤석중 동요100곡』(1954), 『노래동산』(1956), 『노래선물』(1957), 『엄마손』(1960), 『어린이를 위한 윤석중 시집』(1960), 『윤석중 동요집』(1963), 『한국동요동시집』(1964), 『해바라기 꽃시계』(1966), 『바람과 연』(1966), 『카네이션 엄마꽃』(1967), 『꽃길』(1968), 『윤석중 동산』(1971), 『엄마하고 나하고』(1979), 『윤석중 동요 525곡집』(1980), 『노래가 하나 가득』(1981), 『날아라 새들아』(1983), 『아기꿈』(1987) 총 24권.

14) 『열손가락 이야기』(1977), 『어깨동무 쌍둥이』(1980), 『멍청이 명칠이』(1980), 그림동화집 『달 항아리』(1981), 창작동화집 『열두대문』(1985).

15) 『새싹의 벗 노래 나그네』(1985), 『어린이와 한평생』(1985).

16) 『여든 살 먹은 아이』(1990), 『그 얼마나 고마우냐』(1994), 『반갑구나 반가워』(1995), 『깊은산속 옹달샘 누가와서 먹나요』(1999).

17) 아흔 기념 창작문집 『내일도 부르는 노래』(2000).

에서도 아동문학을 전공할 수 있게 되었으므로 앞으로는 많은 진전이 있을 것으로 생각한다.

오늘날 미흡하게나마 많은 아동문학가가 다양한 장르에서 작품활동을 하고, 아동문학이 연구되고 본고가 진행되기까지는 아동문학의 불모지였던 시대에 앞서 활동하고 연구한 선임 문학가와 연구자들이 있었기에 가능한 일이었음은 새삼스레 거론할 나위도 없을 것이다.

02
연구방법과 대상작품

본고는 윤석중의 작품을 그의 전기적 사실과 유기적 관점에서 검토할 것인데, 여기서 전기적 사실이라 함은 그가 발간한 단행본을 비롯하여 전집과 원적 등 기록으로 남은 모든 것과 필자가 수집한 객관적이고 사실적인 자료들을 일컫는다. 이 자료와 그의 작품을 개인과 사회, 국가적 상황과 관련하여 유기적으로 연구할 것이다.

한 작품에 명백한 원인이 있다면 그것은 그 생산자인 작가임에 틀림없다. 원인에서 결과가 나오는데 원인의 성격과 의도에 따라 결과는 결정된다. 그러므로 작가의 생애를 알고, 작품, 독자의 세 주체의 원활한 대화를 마련하는 작업이야말로 올바른 작가연구가 될 것이다.[18] 이러한 작업을 위하여 역사주의 비평방법으로 작품, 생산에 관련된 윤석중의 모든 면모를 규명하고자 한다.

---

18) 이상섭, 『문학연구의 방법』(탐구당, 1997), p.28.

따라서 〈II장. 문학관 형성과 문학정신의 전개〉는 전기적인 측면에서 개관적인 자료와 작품을 토대로 진행할 것이다. 상실을 제외하고는 설명하기 어려운 그의 삶과 놀라운 작품을 유기적인 방법으로 연구하여 문학관을 밝혀낼 것이며, 80여 년 동안 문학을 해오는 과정에서 어떻게 전개되는지 역사적 사실들과 병행하여 연구할 것이다.

제III장에서는 윤석중의 작품에 나타나는 세계인식을 원형지향과 모성인식, 현실비판과 자아인식, 고향상실과 향수의 공간인식으로 나누어 주제별로 묶어서 연구할 것이다.

제IV장에서는 III장에서 연구한 작품에 나타난 세계인식이 지향하는 바가 무엇인지를 유념체험과 과거지향, 현실대응과 미래지향, 현실인식에 의한 통일, 동심지향으로 나누어서 연구할 것이다.

그가 동요의 아버지라 불리는 것처럼 '동요' 하면 윤석중 선생을 연상하게 되고, '윤석중' 하면 동요를 생각하게 된다. 이렇듯 선생의 동요는 우리 아동문학의 고전[19]이다. 동요는 동시에 곡을 붙여 불리는 것으로 동시라는 말을 처음으로 사용한 사람 역시 윤석중 선생이다.[20] 그러나 필자는 그의 작품을 연구하는 데에 동요와 동시를 모두 시라는 말로 통일하겠다. 동요의 강한 생명력에는 작곡

19) 피천득, 『새싹의 벗 윤석중 전집』, 해설 참조.

20) 이재철, 「한국아동문학가연구2」, 『국문학논집』, 1983, p.124.

가의 힘도 간과할 수 없으므로[21] 시인의 독자적인 작품이라고 말하기 어려운 점도 있고 또한 그의 작품이 독자수용 측면에서 어린이뿐만 아니라 모든 연령층을 아우르고 있기 때문이기도 하다.

그리고 선행 연구자들이 윤석중의 문학세계를 연구할 때 명명한 '동심주의'를 필자는 '동심지향'으로 바꾸어 사용하겠다. 이는 윤석중이 지향하는 동심과 연구자들이 명명한 동심주의가 다른 양상을 띠고 있기 때문이다.

동심은 아동문학의 본질을 이야기할 때 그 논의의 중심에 있다. 그런데 동심이란 무엇인가 하는 문제는 그리 간단하지가 않다. 동심설로는 우선 중국의 사상가 이탁오의 것을 들 수 있는데 그는 동심을 마음의 처음이라고 하였다. 그런데 처음에는 듣고 보는 것이 귀와 눈을 통해 들어오고 그것이 마음의 주인이 됨으로써 동심을 잃게 된다. 자라면서 도리라는 것이 듣고 보는 것을 통해 들어오고, 그것이 마음의 주인이 됨으로써 동심을 잃게 된다. 오래되면 도리와 견문이 나날이 더욱 많아지고, 더불어 지식과 지각의 범위가 나날이 넓어진다. 그리하여 훌륭한 이름을 떨치는 것이 좋다는 것을 알아 이를 떨치는 데 힘쓰는 과정에서 동심을 잃게 되고, 좋지 않은

---

21) 윤석중의 시에 곡을 붙인 사람들은 임동혁, 손대업, 정순철, 윤극영, 홍난파, 현제명 등으로 유명한 작곡가들이다. 따라서 윤석중의 시가 노래로 오랜 생명력을 가질 수 있는 데는 작곡가의 영향도 간과할 수 없다. 이러한 부분에 대하여 윤석중은 "만일 내 노래가 오래간다면 그것은 곡조의 힘이요, 듣기 좋게 잘 불러준 어린이 여러분의 덕택입니다."라고 하였다. 윤석중, 『어린이와 한평생』 (범양사 출판부, 1985), p.244.

명성이 추하다는 것을 알아 이를 감추는 데 힘쓰는 과정에서 동심을 잃게 된다는 것이다.[22)]

또한 동심은 자연의 본질을 반영하는데, 자연은 있는 그대로의 상태에서 완성되듯이 동심은 인간의 원형적 심상이다. 인간의 원형적 심상으로서의 동심은 철학적 관점에서 아리스토텔레스가 말하였듯이 형상으로서의 사물의 고유한 본질이 물질 그 자체 속에 내재하고 있으며 이는 이념의 영역에 속하지 않는다는 것을 의미한다.[23)]

그런가 하면 윤석중은 "정말로 국경이 없는 것은 동심(童心)인 줄 압니다. 동심이란 무엇입니까. 인간의 본심입니다. 인간의 양심입니다. 시간과 공간을 초월해서 동물이나 목석하고도 자유자재로 이야기를 주고받으며 정을 나눌 수 있는 것이 곧 동심입니다."[24)]라고 동심을 정의하였다.

이와 같은 윤석중의 동심론에 의하면 그동안 아동문학에서 윤석중 문학에 명명된 '동심주의'나 '동심천사주의'는 연구자 객관의 주체적 인식으로 인하여 다르게 해석되었음을 알 수 있다. 즉 연구자의 주관적 인식에 따라서 동심(童心)과 천사(天使)가 동일시[25)]된 것

22) 이탁오(李贄), 홍승직 역, 『분서』(홍익출판사, 1998), pp.181~182.

23) 황정현, 『동화교육방법론』(열린교육, 2001), p.18.

24) 윤석중, 『어린이와 한평생』(범양사출판부, 1985), p.268.

25) 송완순과 강승숙의 이러한 평으로 인하여 윤석중의 동심지향은 현실에 없는 아동을 그렸다는 혹평을 받는 원인이 되었고, 이는 또한 현실을 강조하는 연구자들로부터 혹평을 받는 실마리가 되었다.

이다. 이는 윤석중이 지향하는 동심과 다른 의미를 가지고 있기 때문에 필자는 본고에서 동심지향으로 쓸 것이다.

글을 인용할 때 주석은 인용문 끝에 붙이는 것이 원칙이나 본고에서 시를 인용할 때 특성상 제목을 밝히는 것이 독자의 이해에 도움이 될 것이라 생각하여 주석을 작품 제목 뒤에 붙이겠다.

본고의 텍스트로는 『윤석중 동요집』(1932), 『잃어버린 댕기』(1933), 『윤석중 동요선』(1939), 『어깨동무』(1940), 『초생달』(1946), 『굴렁쇠』(1948), 『아침까치』(1950), 『윤석중 동요100곡』(1954), 『노래동산』(1956), 『노래선물』(1957), 『엄마손』(1960), 『어린이를 위한 윤석중 시집』(1960), 『윤석중 동요집』(1963), 『한국동요동시집』(1964), 『해바라기 꽃시계』(1966), 『바람과 연』(1966), 『카네이션 엄마꽃』(1967), 『꽃길』(1968), 『윤석중 동산』(1971), 『엄마하고 나하고』(1979), 『윤석중 동요 525곡집』(1980), 『노래가 하나 가득』(1981), 『날아라 새들아』(1983), 『아기꿈』(1987) 총 24권과 『열손가락 이야기』(1977), 『어깨동무 쌍둥이』(1980), 『멍청이 명칠이』(1980), 그림동화집 『달 항아리』(1981), 창작동화집 『열두 대문』(1985), 『새싹의 벗 노래 나그네』(1985), 『어린이와 한평생』(1985), 『여든 살 먹은 아이』(1990), 『그 얼마나 고마우냐』(1994), 『반갑구나 반가워』(1995), 『깊은 산속 옹달샘 누가 와서 먹나요』(1999), 아흔 기념 창작문집 『내일도 부르는 노래』(2000), 『달 항아리』(계림북스쿨, 2006)와 노래로 엮은 이솝이야기 『사람나라 짐승나라』(일지사, 1982), 독립운동사 10권 대중투쟁사를 수록한 『한국소년운동소사』(1978), 『윤석중 아동문학독본』(1962) 그리고 에세이집 『어린이와 한평생』(1985)과 1988년 이전에 발간된 작품을 전집으로 묶은 『새싹의 벗 윤석중 전집』(1~30권)으로 한다.

II. 문학관 형성과 문학정신의 전개

01
문학관 형성

시인의 자아의식과 세계인식은 그의 삶의 자세를 불러오고, 이는 문학관을 형성하는 주춧돌이 된다. 또한 문학관을 형성하는 자아의식과 세계인식은 시인을 둘러싼 내적·외적인 환경과의 유기적 관계를 이룬다. 문학, 즉 문학적 산물은 한 사람의 전체 성격과 구별될 수 있는 것이 아니다.

개개의 작품을 즐길 수도 있지만 그 사람 자신을 알지 못하고 작품만 단독적으로 판단하기는 곤란하다. '열매를 보고 그 나무를 알 수 있다.'는 말을 쉽사리 인용할 수 있다.[26] 따라서 본 장에서는 에 대해 윤석중의 문학관이 어떻게 형성되었는가 하는 문제는 그의 작품이 개인적이라기보다 사회적이기에 그를 둘러싼 내적·외적 환경과 유기적 관계에서 고찰하기로 한다.

---

26) Charles Augustin Sainte—Beuve의 이 말은 이상섭의 『문학연구의 방법』(탐구당, 1997), p.8에서 인용하였음.

윤석중은 국권을 상실한 이듬해인 1911년에 태어나 두 살 때 어머니를 여의고, 아홉 살 때 아버지의 재혼으로 인해 외가에서 외조모에 의해 자란다. 출생부터 그를 둘러싼 상실의 환경은 외가에 살면서 "어머니는 왜 나만 남기고 돌아가셨을까, 언니랑 누나랑 많았다는데 왜들 오래 못 살고 세상을 떠났을까, 나는 왜 태어났을까, 왜 나만 살아남았을까?" 하는 의문을 갖게 하였고, 이러한 의문은 그에게 생각하는 버릇을 주었다.[27] 실제로 그 의문은 이제 막 생을 출발한 어린아이로서는 해결할 수 없는 것이다.

그는 서울 중구 수은동에서 외조모와 살면서 가끔씩 중구 수표동으로 새어머니와 사는 아버지를 만나러 다니는데, 오가는 길에 존재의 이유에 대하여 성찰했고 이러한 성찰이 삶에 대한 성찰로 이어지면서 문학으로 물꼬를 내게 됐다.

윤석중이 시에 관심을 갖고 적극성을 띠게 된 것은 열 살이 되어 교동보통학교에 들어갔을 때였다. 그가 학교에서 처음으로 배운 노래는 「하루가 기다」라는 일본노래였다. 일제 강점기였으므로 학교에서는 학생들에게 일본말로 모든 것을 가르쳤는데 '하루가 기다'를 우리말로 번역하면 '봄이 왔네'이다. 집에서 우리말을 쓰던 그가 학교에 들어가서 '하루가 기다'라는 노래를 배우게 되자 그 노래를 '일본 봄이 왔다'로 해석하였고, 이후 우리말로 된 시 「봄」을 썼다.

27) 윤석중, 『어린이와 한평생』(웅진출판, 1988), p.15.

따뜻한 봄이 오니 / 울긋불긋 꽃봉오리 / 파릇파릇 풀잎사귀
따뜻한 봄이 오니 / 이곳저곳 나비춤 / 여기저기 새소리.
—「봄」[28] 전문

윤석중의 이러한 행위는 어린 나이였음에도 불구하고 모국어 상실, 국권 상실에 대한 자각으로부터 시작된다. 즉 열 살이 되어 학교에 들어가면서 어머니의 부재와 새어머니의 등장, 모국어의 부재와 강요된 일본어 사용의 상황 그리고 일본에 맞서 사회운동·노동운동을 하던 아버지의 영향으로 민족의식을 싹틔우게 된 것으로 볼 수 있겠다.

'하루가 기다'라는 일본 노래에서 모티프를 얻어 쓴 「봄」을 《신소년》(1924)에 투고한 것이 입선되고, 「오뚝이」가 《어린이》(1925)지에 입선되면서 문학으로 물길을 낸 그의 민족의식은 동요로 형상화된다.

윤석중의 민족의식이 아동문학인 동요로 물길을 내게 된 저변에는 당시 민족주의자로서 사회운동·노동운동을 했던 아버지의 영향과 어린이 문화운동을 했던 방정환의 영향이 컸을 것으로 짐작된다.

그의 부친 윤덕병(1885년~1950년)은 1920년대 사회운동·노동운동을 한 것으로 밝혀졌다. 평론가 김제곤의 연구에 의하면 윤덕병이

28) 윤석중, 「봄」《新少年》(신소년사, 1924), 口述 신현득, 「윤석중연구」『윤석중문학세계와 문화콘텐츠』, 2008, p.14 재인용.

1920년대 활발한 사회운동을 한 사실들이 이재화의 〈한국근대민족해방운동사〉와 동아일보사에서 발행한 『일제하 사회운동사자료집 2』 등을 통해 상세하게 나타난다. 그러다가 그는 1930년 4월 22일 격문사건으로 백명천 등 7명이 불기소 석방되면서[29] 사회운동의 일선에서 자취를 감춘다.[30]

《어린이》(1923)지[31]는 방정환이 동경에서 보내온 원고로 개벽사가 창간한 아동잡지이다. 창간호에 '우리는 이렇게 지냈습니다'는 이정호의 글을 제목으로 조선소년운동의 경과를 기록하고 '우리는 이렇게 새 씨를 뿌립시다'라는 구호를 외쳤던 것으로 보아 우리 민족 일반과 어린이의 주체의식을 확립하려는 의도가 강한 잡지였다.[32]

1925년 윤석중의 「오뚝이」가 그 잡지에 뽑혔는데, 「오뚝이」는 당시 어린이의 마음을 몰라주는 어른을 빗대어 어린이의 주체적 사고로 지은 노래[33]이다.

---

29) 중외일보 〈일제하사회운동사자료집 2〉. 1930. 4. 24, p. 279. 김제곤 제공.

30) 이후 30년대에 들어서면서 윤덕병은 아들 윤석중이 생모로부터 물려받은 서산의 땅에 적을 두면서 사회운동 · 노동운동을 중단한 것으로 짐작된다. 왜냐하면 그 이후 어디에서도 그가 활동한 흔적을 찾을 수 없기 때문이다.

31) 우리나라 아동문학에 획기적인 이정표를 세운 《어린이》지는 1923~1934년까지 12년에 걸쳐 통권 122호를 냄으로써 우리나라 초창기 아동문학계를 대표했다. 소파의 주간으로 동경에서 편집하여 〈천도교소년회〉를 배경으로 개벽사에서 창간호를 낸 이 잡지는 처음 타블로이드 판 14면으로 신문의 체재와 같았으나 이것을 4 · 6판(40여면)으로 다시 국판(60여면)으로 그 체재가 발전되어 갔고 소파 사후에는 이정호, 신영철, 최영주, 윤석중의 순으로 주간이 바뀌었다. 이재철, 『한국현대아동문학사』(일지사, 1978), p.84 참조.

32) 위의 책, p.90.

33) 윤석중, 『노래가 없고 보면』(웅진출판, 1988), p.32.

옷둑이

책상 우에 옷둑이 우습고나야
검은 눈은 성내여 뒤뚝거리고
배는 불러 내민 꼴 우습고나야

책상 위에 옷둑이 우습고나야
술에 취해 얼골이 쌝애가지고
비틀비틀 하는 꼴 우습고나야

책상 위에 옷둑이 우습고나야
주정 피다 아래로 써러저서도
안 압흔 체 하는 꼴 우습고나야

—「옷둑이」[34] 전문

「옷둑이」는 현대어로 「오뚝이」이다. 발표 당시에는 '우에'와 '위에'가 혼용되었다. 이 작품은《어린이》1925년 4월호 입선 동요란에 뽑힌 글로 같은 달 독자란에 입선된 동요에는 훗날 굴렁쇠 동인이 된 울산 서덕출의 「봄편지」, 서울 천정철의 「팔려가는 소」

34) 윤석중, 「옷둑이」《어린이》 제3권 제4호(1925. 4, 開闢社), p.35. 신현득, 「윤석중 연구」『윤석중 문학세계와 문화콘텐츠』(서산예총, 2008), p.15.

그리고 수원 최영애의 「꼬부랑 할머니」 등이 있다. 윤석중의 「옷둑이」는 다섯째 자리에 놓여 있었다. 뒤룩거리는('뒤뚝거리고'는 '뒷둑거리고'의 오식인 듯) 눈, 불룩한 배, 빨간 얼굴빛, 비틀거림, 떨어져도 안 아픈 척 하는 꼴 등 오뚝이의 재미있는 성질을 포착해서 노래하였다.[35]

이 시는 윤석중이 열네 살에 지은 것으로 날카로운 현실 비판의식이 내포되어 있는데 대구 계성학교 음악선생이었던 박태준이 곡을 붙여 동요로 탄생하게 된다. 윤석중의 「오뚝이」는 어른들의 거드름이나 술기운을 빌린 으스댐, 떨어져도 안 아픈 체 체면 차리는데 급급해 하는 꼴을 오뚝이에 빗대어 희화한 작품이라고 한다.[36] 「하루가 기다」에 대한 비판의식에서 「봄」을 지은 어린이가 쓴 시답게 당돌한 작품으로, 환경이 사람을 변화시킨다는 말처럼 당시 시대적 상황을 감안하면 열네 살 아이는 개별적 세계인식에 따라서 아이가 아닌 어른이 될 수도 있었던 환경이었다.

윤석중은 양정고보 2학년이던 1926년에 조선물산장려회에서 주최한 「朝鮮物産奬勵歌」가 당선되면서 천재적 어린이 예술가로 알려지게 된다. 당시 나라 잃은 설움에 '일본 물건 안 사기 운동'이 크게 일어나고 있을 무렵이어서 「조선물산장려가」는 학교를 중심으로 장안에 널리 퍼지게 되었다.

---

35) 신현득, 앞의 책, p.15.

36) 위의 책, p.32.

산에서 금이 나고 / 바다에 고기
들에서 쌀이 나고 / 면화도 난다.
먹고 남고 입고 남고 / 쓰고도 남을
물건을 낳아 주는 / 삼천리 강산.
조선의 동포들아 / 이천만 민아
두 발 벗고 두 팔 걷고 / 나아오너라.
우리 것 우리 힘 / 우리 재주로
우리가 만들어서 / 우리가 쓰자.
조선의 동포들아 / 이천만 민아
자작 자급 정신을 / 잊지를 말고
네 힘껏 벌어라 / 이천만 민아
거기에 조선이 / 빛나리로다.

—「조선물산장려가」[37] 전문

일제 강점기라는 시대상황을 감안하고 보면 이 노래 역시「봄」,「오뚝이」에 이어 15세 소년의 작품으로 대단한 것이다. 더군다나 성인 문사들과 겨루어서 당선된 것이고, 당시 일반 문학인들조차 일제에 항거하는 작품을 내지 못할 때였다.

1919년 3월 1일 전 민족이 일제의 압제에 저항하여 많은 피를 흘

37) 윤석중,『노래가 없고 보면』(웅진출판, 1988), pp.44~46.

렸어도 이러한 궐기를 시로 형상화한 사람은 없었다. 물론 최남선의 신시에 대한 거부와 계몽주의에 대한 반동으로 순수 서정시를 지향할 때였지만 민족적 울분의 폭발점이었던 3·1 봉기에 즈음하여 독립 선언서에 비견할 수 있는 작품이 나타나야 할 시점이었다.[38] 그러한 때에 조선물산장려회에서 주최한 「조선물산장려가」 공모에 어른을 제치고 당선된 시를 통해 그의 강한 민족의식을 알 수 있다고 하겠다. 이를 토대로 그는 「조선 아들 행진곡」도 발표하여 민족주의 정신을 더욱 고취해나간다.

> 피도 조선 뼈도 조선 / 이 피 이 뼈는
>
> 살아 조선 죽어 조선 / 네 것이라네.
>
> ─「조선아들 행진곡」〈첫 연 첫 대목〉[39]

> 맘도 조선 넋도 조선 / 이 맘 이 넋은
>
> 좋아 조선 슬퍼 조선 / 한결같다네.
>
> ─「조선아들 행진곡」〈둘째 연 첫 대목〉[40]

---

38) 필자가 알기로는 당시의 저항시는 이상화의 「빼앗긴 들에도 봄은 오는가」와 한용운의 「님의 침묵」, 「알 수 없어요」 정도이다.

39) 윤석중, 『노래가 없고 보면』(웅진출판, 1988), p.47.

40) 위의 책.

윤석중이 이러한 민족의식적인 시를 쓰게 된 것은 국권 상실과 모성애 상실에서 비롯된 실존에 대한 깊은 통찰력과 사회 · 노동운동가였던 아버지의 영향, 방정환의 어린이 운동에 기인한 것으로 볼 수 있는데, 국권이 없는 나라에서 태어나 두 살 때 어머니를 여읜 윤석중에게 일제에 맞서는 아버지의 사회운동 그리고 어린이의 주체성을 확립하려는 방정환의 어린이 운동은 윤석중에게 현실에 눈뜨게 하고 민족주의적인 성향을 갖게 한 원인이 되는 것이다.

윤석중은 양정고보에 다니면서 홍난파와 교류하기 시작하였고 (후에 홍난파기념사업회장이 된다), 그의 시 「낮에 나온 반달」이 홍난파에 의해 노래가 된다. 또한 1929년 11월 3일, 광주학생사건[41]이 터지면서 윤석중은 그들과 동참하지 못하고 졸업장을 받는 게 양심의 가책이 되어 5년 동안 다닌 양정고보에 「자퇴생의 수기」를 제출하고, 졸업을 며칠 앞두고 자퇴한다.

윤석중의 민족의식에 영향을 끼친 부친 윤덕병[42]은 1913년 윤석

---

41) 기찻간에서 일본 학생이 우리 여학생을 놀리자 싸움이 붙어 점점 커졌는데 그들에게 눌려 지낸 우리 젊은 학생들이 한꺼번에 일어나 항일운동으로 번져 195군데 학교가 동맹휴학에 들어가는 사건이 발생했다. 이때 윤석중이 다니던 양정고보도 들먹들먹했으나 졸업반이었던 윤석중과 친구들은 후배들이 퇴학을 당해도 모른 체 했다. 이에 윤석중은 졸업장을 받을 자격이 없음을 알리고 자퇴를 한다. 그 사건으로 윤석중은 김교신 스승으로부터 두터운 신임을 받는다. 윤석중, 『어린이와 한평생』(범양사 출판부, 1985), p.119.

42) 김낙중(윤석중의 동생 윤시중의 음암초등학교 동기동창)의 증언에 의하면 야학을 열어 아이들을 가르칠 때 윤덕병은 그곳에 와서 금일봉을 주면서 격려하곤 하였다. 윤덕병은 야학에 찾아와 강의도 해주었는데 아들 윤석중이 내려오면 방안에 앉아 글만 쓴다고 자랑삼아 이야기를 하였고 학생들에게 윤석중이 지은 시를 들려주기도 하였으며 동화책을 나눠주기도 하였다.

중의 생모인 부인 조덕희와 사별한 후 1919년 노경자[43]와 재혼하여 서울 수표동에 살다가 30년대 초 서산시 음암면 율목리 46번지에 정착하고, 윤석중도 아버지 호적을 따라 그곳으로 적을 옮긴다. 당시 서산에는 윤석중이 생모로부터(외가에서) 유산으로 받은 200석 지기 땅이 있었는데,[44] 부친이 내려가 농사를 지으며 관리하게 된다.

30년대에는 비교적 슬픈 노래가 많았다. 이는 한(恨)과 정(情)을 가진 민족적 정서 때문일 수도 있고 나라 잃은 슬픔 때문일 수도 있다. 동요 역시 슬픈 게 많았다. 남은 별이 둘이서 눈물 흘린다는 「형제별」이나 돛대도 아니 달고 삿대도 없이 가기도 잘도 간다는 「반달」이나, 보일 듯이 보일 듯이 보이지 않는 한정동의 「따오기」도 그렇다. 부르기도 전에 마음이 가라앉고 부르다 보면 눈물이 날 듯한 서러운 감정을 일으키는 노래들이 많았다.

그때 불리던 전래동요는 「새야 새야 파랑새야」와 「달아 달아 밝은 달아」가 있었다. 파랑새는 전봉준을 가리키는 것이지만 "녹두꽃이 떨어지면 청포장수 울고 간다"와 같이 우울한 내용이었고, 「달

43) 서천군 기산면 내동리 108번지 출생. 의사의 5남 1녀 중 외동딸로 사회주의에 앞장섰으며 차고 냉정한 성격의 소유자였다고 한다. 윤석중의 부인 박용실에 의하면 새어머니는 잠업강습소를 나와 집에서도 잠실을 지어놓고 누에를 많이 쳤으며 누에 치는 방법을 강의하러 다니기도 하였다. 하얀 저고리에 검정치마를 입고 자전거를 타고 다닌 신여성이었다.

44) 부인 박용실 여사의 전언에 의하면 서산시 음암면 율목리 소재의 땅도 외조모가 잘못들인 양자로 인하여 날아갈 뻔 했던 것을 사위인 윤석중의 부친이 찾은 것이다. 윤석중의 외조모는 윤석중의 생모인 딸 하나를 둔 뒤 일찍 혼자가 된다. 이후 사위가 재혼하자 윤석중을 맡아 키운다. 결국 외가에 혈육이라고는 윤석중 하나뿐이다. 사진 한 장도 없어 생모의 얼굴도 기억 못하는 윤석중에게 생모가 남긴 유산은 서산의 땅밖에 없었다.

아 달아 밝은 달아」는 흥겹기는 하나 '이태백이 놀던 달' 이어서 밝은 노래가 필요했다고 윤석중은 진술한다.

이에 윤석중은 새로운 시도를 모색한다. 즉 밝고 명랑한 노랫말로 어두운 그림자를 몰아내고자 한 것이다. 어두운 그림자는 어른들이 만든 세상이기 때문에 어쩔 수 없지만 미래는 어린이들을 통하여 밝은 세상으로 만들어가려는 그의 의식이 반영되어 있는 것이다.

특히 동요는 전달을 특성으로 하는 노래이기 때문에 시적인 함축이나 암시, 상징보다는 직접적이고 간결해야 한다. 윤석중은 이러한 동요가 갖는 노래의 특징을 살려 밝은 노래를 만들기 시작했다. 1932년 7월 20일 그는 첫 창작동요인 『윤석중 동요집』을 출간한다.[45)]

바람 부는 바닷가 / 쓸쓸도 하다.
임자 없는 모자 하나 / 하안들 한들.
잠잘 곳을 찾아서 / 헤매 다니다
아픈 다리 쉬고 앉아 / 하안들 한들.

---

45) 윤석중은 이 한 권의 노래책을 엮어내는 데 아홉 해 어린 시절을 송두리째 바쳤다. 국판 크기 112쪽에 40편의 동요가 실려 있는데 「우리가 크거들랑」 등 다섯 편은 조선총독부 검열에 걸려 '5편 약' 이라 적혀 있고 청전 이상범이 그린, 턱을 괴고 앉은 농촌 어린이의 삽화만이 쓸쓸히 실려 있을 뿐이다. 작곡에 윤극영, 박태준, 정순철, 현제명, 홍난파, 삽화에 이승만, 이상범, 김구택, 전봉제, 외국 동요 선곡에 김형준, 독고선, 백정진, 황순조, 조금자 그리고 맞춤법 교열에 이윤재, 머리말에 이광수, 주요한이 참여했으며, 책값은 80전, 신구서림에서 출간하였다. 윤석중, 『어린이와 한평생』(범양사 출판부, 1985), p.133.

물새우는 바닷가는 / 처량도 하다.

쌓아올린 모래성만 / 타알싹 탈싹.

물쌈하며 놀던 애는 / 어디로 가고

물에 밀려 모래성만 / 타알싹 탈싹.

물결치는 바다 위 / 넓은 하늘엔

이름 모를 별 하나 / 까암박 깜박.

무너져도 남은 성을 / 지키노라고

등불을 켜들고서 / 까암박 깜박.

—「모래성」[46] 전문

「조선아들행진곡」과 달리 「모래성」에는 외로움과 서글픔이 깃들어 있다. 전자가 조선의 아들로서 주체적으로 살아가겠다는 의지의 표현이라면 「모래성」은 같은 주제를 가지고 있다 하더라도 시인의 서정에 입각한 문학성을 내포한다. "임자 없는 모자 하나"나 "이름 모를 별 하나", "쌓아올린 모래성만" 에서 모래성으로 한정하는 것은 외로움의 상징으로 "바람부는 바닷가"나 "물새 우는 바닷가"의 신산스런 환경과 병치된다. 또한 "하안들 한들"이나 "타알싹 탈싹" 그리고 "까암박 깜박" 역시 외로움의 한 유형으로 설정되었다. 각

46) 윤석중, 『노래가 없고 보면』(웅진출판, 1988), pp.37~38.

행을 이루는 단어의 나열은 상실의 환경이 둘러싸고 있는 그(하나)의 외롭고 불안정한 심리를 상징적으로 드러내고 있다고 볼 수 있다.

「모래성」은 민족정신을 드러내는 윤석중의 초기 작품으로 알려졌는데 시인은 작품에서 내적 자아를 "무너져도 남은 성을 지키노라고, 등불을 켜들고서 까암박 깜박" 하는 별에 비유하여 드러낸다. 이는 당시의 듣고 보고 느끼는 서글픈 심사가 그의 숙명적인 외로움과 겹쳐서 나라 잃은 불안과 슬픔으로 확산되면서 남은 성을 지키겠다는 의지의 표출로 볼 수 있다. 이는 소년의 순수한 마음에 민족주의 정신이 스며들어 서정성을 띤 것으로 볼 수 있을 것이다.

졸졸졸졸 흐르는 / 맑은 시내는
떼다 밀며 쫓으며 / 발길로 차며
작은 파도 일으켜 / 옛 얘기하며
어제같이 오늘도 / 흘러갑니다.
남실남실 흐르는 / 작은 시내는
진주 구슬 머리에 / 남치마 입고
솔솔 바람 곡조 맞춰 / 어깨춤 추며
이리 비틀 저리 비틀 / 흘러갑니다.

—「흐르는 시내」[47] 전문

47) 윤석중, 『어린이와 한평생』(범양사 출판부, 1985), p.51.

「흐르는 시내」는 외가에 살면서 아버지를 만나러 다니던 수표다리 위에서 청계천을 보고 쓴 시이다. 이 시에서도 어린이로서는 접근하기 어려운 삶에 대한 깊은 통찰력이 깃들어 있어 그의 앞에 펼쳐질 미래세계를 미리 내다본 듯한 느낌을 갖게 한다. "졸졸졸 흐르는 맑은 시내"에 시적 화자인 윤석중을 투영하였으며 "떼다 밀며 쫓으며 발길로 차며"와 "작은 파도 일으켜 옛 얘기하며"는 그의 앞에 펼쳐질 삶의 모습을, "어제같이 오늘도 흘러갑니다"는 그가 살아갈 생의 여정을 그리고 있다고 볼 수 있다. 마음 소리의 일어남은 사람의 마음으로부터 생기는데 이는 만물이 사람의 마음을 움직여 그렇게 하도록 하기 때문이다.[48] 즉, 시인은 청계천의 흐르는 물을 만나자 내면에 숨어있던 자아가 이끌려 나와 "작은 파도 일으켜 옛 얘기하며 어제같이 오늘도 흘러간다"고 표현하게 되는 것이다.

"남실남실 흐르는 작은 시내는 솔솔바람 곡조맞춰 어깨춤 추며 이리비틀 저리비틀 흘러간다"는 표현도 청계천에 흐르는 시냇물에 그의 자아가 투영되어 한 세기 가까이 동심을 지향하며 살아갈 그의 인생역정을 상징적으로 보여준 무의식의 표출이라 할 수 있다.

뒷동네에 교회가 있어서 찬송가가 담을 넘어 집까지 들려올 때마

---

48) "무릇 마음 소리의 일어남은 사람의 마음으로부터 생기는 것이다. 이는 온갖 것이 사람의 마음을 움직여 그렇게 하도록 한다. 그래서 마음소리가 몸소리로 드러나고 몸소리는 서로 상응한다". 윤재근, 『樂論』(나들목, 2007), p.27.

다 외할머니도 아버지도 윤석중이 교회에 나갈까봐 겁을 내었는데 그때 만약 교회에 나갔더라면 존재의 이유에 대해 일찍 깨닫고 방황하지 않았으리라고 술회할[49] 만큼 그는 일찍부터 실존에 대하여 성찰하기 시작하였고 그것이 청계천을 만나 「흐르는 시내」로 표현되었다고 볼 수 있다.

이 「흐르는 시내」는 달리아회원들을 통하여 서울 장안에 퍼지게 된다. 이로부터 그의 문학은 동요로 물꼬를 내게 되고, 아이러니하게도 그의 인생은 「흐르는 시내」처럼 전개되기 시작한다.

『樂記』는 예술은 인간과 천지의 조화이며 정(情)을 주관하기 위해 있다고 주장한다. 정(情)이란 인간과 만물의 만남이다. 이러한 만남을 우리는 심리라고 하고 그 심리의 현상을 『樂記』는 정(情)이라고 보았다.[50] 실존에 대하여 성찰하던 어린 윤석중은 흐르는 시내에 자신을 투영, 외로움과 소외에서 오는 원망을 다스려 뜻을 주관하고 예술의 길로 들어서게 되는 것이다.

가스통 바슐라르는 "아침부터 내 책상 위에 쌓인 책 앞에서 독서의 신에게 이 독자로 하여금 책들을 탐독하게 해주십사 기도드리며 오늘도 우리에게 일용할 굶주림을 주시고"[51]라고 하였다. 78년간의 생애 동안 25권의 저서와 50여 편의 논문을 남긴 그는 일용할 굶

49) 윤석중, 『옹달샘』(웅진출판, 1988), 앞의 책, p.16.

50) 윤재근, 『東洋의 本來美學』(나들목, 2006), p.155.

51) 이가림, 「바슐라르, 또는 존재의 변증법」, 『순간의 미학』(영언, 2002), p.161.

주림과 그것을 해결할 책들이 나날의 식탁에 차려지기를 기도하였는데, 윤석중에게는 1,300여 편의 동요를 비롯한 방대한 저술 창작을 위한 일용할 양식으로써의 굶주림이 출생부터 주어졌던 것이다.

반생명적인 것은 천지의 질서에 위배되고 생명의 절대 긍정(和氣)은 악(樂)을 머물게 한다.[52] 결국 윤석중은 굶주림의 양상인 민족이 처한 국권 상실과 자신이 처한 모성애 상실로부터 오는 원망을 이겨내기 위하여 동요창작을 시도하였던 것이다. 그것은 자아의 본질적 세계와 조화로운 삶의 공간을 향한 개인의 긍정적인 의지라고 할 수 있다.

윤석중을 둘러싼 모성애 상실, 조국 상실의 굶주림은 창작을 위한 일용할 양식이 되었으며 그 양식으로써의 동요창작은 민족주의적인 문학관을 형성하면서 다양한 활동으로 전개된다.

---

52) 윤재근, 앞의 책, p.156.

02
문학정신의 전개

1. 잡지발행과 글짓기 운동의 전개

1) 어린이 잡지 발행

3 · 1 독립운동이 일어난 이듬해, 총과 칼만으로 한민족을 다스릴 수 없음을 깨달은 일본은 그해 9월에 언론창달 등 문화정책을 공포하고 무력으로 억압하여 다스리던 정치의 고삐를 늦춘다. 이에 따라 이듬해 봄인 3월에 《조선일보》(사장 조진태), 4월에는 《동아일보》(설립자 대표 김성수, 사장 박영효)가 창간되었으며, 7월에는 천도교 청년회에서 시사잡지 《개벽》이 발간되었다. 《개벽》 제2호(1920. 7. 25 발행)에 小春 김기전이 쓴 「유년 남녀의 해방을 제창함」[53]이라는 긴 논문이 실려 있는데, 이것이 소년운동의 첫 외침이다.[54]

당시 어린이에 대한 우리의 인식은 낡은 윤리의 폐단으로 어른과 아이를 결혼 유무로 판단하였다. 결과적으로 아무리 어린 아이라도 장가만 들면 어른 대접을 했고, 턱에 수염이 나고 머리가 희끗희끗한 노인일지라도 장가를 못 들었으면 미성인이라 하여 어린 아이로 다루었다.

이것은 오륜의 장유유서(長幼有序)에서 비롯된 것인데, 이는 어린 아이의 인격을 무시하려는 게 아니라 나이가 많은 사람이 아는 게 많아 경의를 나타내려 한 것인데, 상대적으로 어리다 하여 무시해

---

53) "유년도 역시 사람이외다. 2천만 형제 중의 한 사람이며, 아니 세계 16억 명 중의 한 사람이며, 장래의 큰 운명을 개척할 일꾼의 한 사람으로 그 인격을 알아줘야할 것이외다. (중략) 서른 살에 아들을 낳았으면 아버지는 벌써 30년 뒤진 사람이요, 아들은 30년 앞선 사람이외다. 아무리 잘났어도 아버지는 뒤로 밀리는 사람이요, 과거의 명부에 들어가는 사람이요, 아무리 아직 코를 흘리고 아무것도 모르는 것 같아도 그는 일찍이 아버지가 못 하던 모든 일을 할 수 있는 앞사람이다. 어린이는 앞으로 나아가는 사람이요, 아버지는 뒤로 밀리는 사람이다. 할아버지가 아무리 잘났어도 남폿불밖에 켜지 못하고, 자동차 비행기란 몽상도 못하고 죽었다. 그러나 그 앞에서 코를 흘리며 자라던 어린이는 전등을 켜고 자동차를 타고 라디오를 듣고 있다. 사람은 어린이를 앞장세우고 어린이를 따라가야 억지로라도 앞으로 나아가지, 어른이 어린이를 잡아끌고 가면 앞으로 나아갈 사람을 뒤로 끄는 것이다. (중략) 부모를 뿌리라 하고 거기서 태어난 자녀를 싹이라고 우리는 말해 왔다. 뿌리는 싹을 위하여 땅 속에 들어가서 수분과 땅 기운을 뽑아 올려 보내주기 위하여 필요한 것이요, 귀중한 것이다. 그러나 조선의 모든 뿌리란 뿌리가 그 사명을 잊어버리고 뿌리가 근본이니까 윗자리에 앉아야 한다고 싹 위에 올라앉았다. 뿌리가 위로 가고 싹이 밑으로 가고 이렇게 거꾸로 서서 뿌리와 싹이 함께 말라 죽었다. 그 시체가 지금 우리의 꼴이다. 싹을 위로 보내고 뿌리는 일제히 밑으로 가자! 새 사람 중심으로 하자! 어린이를 터주로 모시고 정성을 기울이자." 윤석중, 『소년운동발자취』(웅진출판, 1988), pp.16~20 참조.

54) "압박에 짓눌리어 말 한마디 소리 한 번 자유로 하여 보지 못하던 어린이(少年)도 이제는 무서운 철사를 벗어날 때가 왔다. 종래 우리 사회는 모든 일에 어른을 위주하는 동시에 가정에서도 자녀 되는 사람은 절대의 구속을 받아왔고, 좀 더 심하게 말하면 '어른은 아이를 압박하지 않으면 어른의 도리가 아니라'는 듯이 지내왔지마는 이제 문화가 날로 발달됨에 따라서 사회의 장래 주인이 될 어린이를 위하여 어른의 모든 것을 희생까지라도 하지 않으면 아니 되게 되었다." 1923년 4월 20일 〈동아일보〉.

버리던 상황이 되었다.

전술했듯이 윤석중은 1923년 방정환이 발간한 《어린이》지(개벽사)에 「오뚜기」가 입선되면서 아동문학가로 자라게 되고, 이후 1923년 동아일보 편집국장 심의식의 동생인 심재영,[55] 설정식과 함께 《꽃밭》이라는 등사판 잡지를 만든다. 이것이 윤석중이 친구들과 함께 만든 최초의 잡지가 되는데 이후 1924년에는 글벗모임 '기쁨사'를 만들어 소용수, 이원수, 이성홍, 신고송, 서덕출, 윤복진, 최순애, 이정구, 서이복, 최경화 등이 동인으로 참석하는 동인지 《굴렁쇠》를 발간한다.

《굴렁쇠》는 진주의 소용수, 마산의 이원수, 울산의 서덕출, 언양의 신고송, 수원의 최순애 그리고 원산, 북청, 김천, 안주, 신천 등에 있는 동인들이 글을 실어 돌려보는 회람잡지였다. 두꺼운 표지에다 회람잡지 《굴렁쇠》라고 쓰고 지은 동요와 글동무들에게 알릴 일을 적은 편지를 곁들여서 원고를 묶었다. 이것이 천정철, 김병보 등 서울 글동무의 집을 돌아 마산의 이원수에게 보내졌다. 여기서 《굴렁쇠》는 진주, 언양, 대구, 울산, 수원, 원산, 안변, 안주를 돌아서 다시 윤석중에게 오게 되는 것이었다. 윤석중은 여기서 회람이 완전히 끝난 작품만 빼고 동요와 기쁨사 소식을 곁들여 다시 정해진 차례로 《굴렁쇠》를 굴려보냈다. 즉 글을 실은 굴렁쇠가 우리나라 남

---

55) 소설 『상록수』의 저자 심훈의 조카이기도 하다.

으로 북으로 신나게 굴러다니는 셈이었다.

1931년 방정환이 타계하자 윤석중은 1933년 '개벽사'에서 그가 등단하게 된 잡지 《어린이》의 편집을 맡게 된다. 그러나 천지개벽, 인간개벽, 소년개벽을 목표로 태어난 개벽사는 검열과 재정난에 의해 빚에 허덕이게 된다. 윤석중은 《어린이》지에 기성문인들을 참여시켜 아동문학의 문학적 수준을 높이고, 이름 위주로 다루던 글을 작품 위주로 다루기 시작한다. 즉 잡지로서 내실을 기하는데 이때 「통딱딱 · 통짝짝」을 특선으로 뽑아 잡지 첫머리 4호 활자로 2쪽에 걸쳐 실게 된다. 그 시의 주인공이 박영종(朴泳鍾)으로 바로 시인 박목월의 17세 때 일이다.

또한 노산 이은상의 「어린이 독본」, 신명균의 「한글 이야기」, 이윤재의 「우리 역사 이야기」, 김소운의 「전래동요 이야기」, 윤백남의 「소년 삼국지」, 영문학자 주요섭, 피천득의 번역동화, 박화성, 이무영의 창작동화, 한정동의 동요, 홍난파의 「세계의 악성」 등을 실어 《어린이》는 더욱 견실해진다. 이같이 윤석중은 필진을 넓게 확보하여 《어린이》지의 문학성을 높이다가 1934년 5월 통권 122회로 막을 내린다. 그러나 122호가 나오기까지 《어린이》지는 많은 아동문학가를 배출했다.

윤석중은 《어린이》지가 폐간된[56] 후 상허 이태준의 도움으로 〈조

---

56) 1923년 창간되어 1934년 폐간되기까지 장장 12년에 걸쳐 통권 122호를 냄으로써 우리 초창기 아동문학계를 대표했다. 이재철, 『한국현대아동문학사』(일지사, 1978), p.84.

선중앙일보사〉 가정란의 기자가 되어 아동문학가들의 글을 싣기 시작하다가 어린이잡지 《소년중앙》을 창간[57]하게 된다. 그러나 이 또한 1년도 못가고, 이후 개벽사에서 방정환과 같이 일했던 최영주와 함께 잡지 《중앙》을 맡게 된다. 그들은 1936년 5월에 이 잡지에 광고하여 홍제원 화장장 납골당에 있던 방정환의 유해를 망우리 공동묘지로 옮기고, 위창 오세창에게 평소 방정환이 좋아하던 단어 '동심여선(童心如仙)'이라는 네 글자를 받아 화강석에 새겨 묘비를 세웠다.

그해 손기정이 올림픽에서 우승을 하자 《조선중앙일보》에서는 손기정의 가슴에 있는 일장기를 지운 사진을 실어 기사를 내었는데 이 사건으로 인하여 《조선중앙일보》와 《중앙》은 폐간하게 된다.[58]

윤석중은 그해 조선일보사 출판부로 자리를 옮겨 어린이 잡지 《소년》의 일을 맡게 되고, 여기에 강소천(용률)의 대표작 「닭」이 발표된다. 윤석중은 그해 가을에 사장의 양해를 얻어 우리나라 최초의 그림 잡지 《유년》을 출간한다. 창간호에 윤석중의 「기러기」(정

57) 창간호 편집후기에서 그는 "시골 계신 동무들은 길 옆에 쌓여 있는 돌무더기를 구경한 일이 계실 것입니다. 길을 잃어버리고 애쓸 사람들을 생각하고 지나는 사람마다 돌 한 개, 흙 한 줌씩 놓고 간 것이 모이고 모여서 마침내는 큰 돌산을 이루어, 길 가는 사람들의 고마운 길표가 된 것입니다. 우리는 이제 그 돌무더기를 생각하며 이 책을 꾸미고 있습니다." 윤석중, 『소년운동발자취』(웅진출판, 1988), p.135.

58) 윤석중, 『소년운동발자취』(웅진출판, 1988), p.147.

현웅 그림)가 실린다. 「가을 달」(이헌구 요, 이승만 그림), 「가재새끼」(이은상 글, 홍우백 그림)를 비롯한 아이들의 슬기를 길러주는 글과 그림을 실었는데 업무국에서 반대하여 창간호가 종간호가 된다.

달 밝은 가을 밤에 기러기들이
찬 서리 맞으면서 어디로들 가나요
고단한 날개 쉬어가라고
갈대들이 손을 저어 기러기를 부르네

산 넘고 물을 건너 머나먼 길을
훨훨 날아 우리 땅을 다시 찾아 오네요.
기러기들이 살러가는 곳
달아 달아 밝은 달아 너는 알고 있겠지

–「기러기」[59] 전문, 1936.

창간호가 종간호가 된 어린이 그림잡지 《유년》에 실린 윤석중의 시 「기러기」는 원제가 'Massas in Cold, Cold Ground' 인 포스터의 곡이다. 이 곡에 그의 시 「기러기」를 붙여 동요로 보급하였는데 「기러기」는 당시 그의 부친이 일가를 이루고 살던 서산을 배경으

59) 윤석중, 《유년》(조선일보, 1936).

로 한 것으로 보인다.[60)]

1938년 12월에 나온 『조선아동문학집』은 아동문학의 전 장르를 다룬 최초의 전집으로 1923년부터 38년까지의 작품 중에서 고른 것들이었다.[61)] 동요 57편, 동화 26편, 동극 3편, 소년소설 6편이 실렸으며, 4·6 판 크기 342면(책값 1원 20전)이 되었다.

윤석중은 1939년, 《소년》지 편집을 맡아본 지 2년 만에 백석과 방종현의 도움으로 조선일보 방응모 사장의 계초장학금을 받아 동경 상지대학 신문학과에 유학하게 되며, 상지대학이 있는 도쿄 근처 예술가의 마을에 집을 얻어 살게 된다.

일본에서 그는 병원에 입원해 있는 벨기에 출신 고라르 신부에게서 만나자는 제의를 받고 그의 입원실을 찾아간다. 입원실은 《빛》이라는 우리말 잡지 편집실이었다. 《빛》은 두 달에 한 번 5만부씩 찍어 한국으로 보내는 선교잡지였는데, 윤석중은 이 잡지의 편집을 도와달라는 제안을 받게 되어 함께한다.

일본말 쓰기에 열을 올리는 한국 사람들도 많던 일제 강점기에 타국에서 우리나라 말을 지키게 하기 위해 한글로 잡지를 만들어 보내는 고라르 신부를 보며, 윤석중의 민족의식은 더욱 커진다. 그리고 그는 병원에서 쫓겨나 고라르 신부 집으로 옮긴 사설 조판소에서

---

60) 그의 부친이 새부인과 일가를 이루고 살던 서산시 음암면 율목리 일대의 하늘은 겨울철새인 기러기들의 이동경로이다.

61) 윤석중, 『소년운동발자취』(웅진출판, 1988), p.139~140.

제4동요집 『어깨동무』 1천부 한정판을 내어 고국으로 보낸다.

해방 이듬해 그는 우리나라에서는 처음으로 주간지인 《주간 소학생》을 창간하고, '어린이 해방가' 삼아 「어린이날의 노래」를 짓는다. 새로운 나라에 새로운 주인이 될 어린이들을 희망차게 만들어 내기 위한 것이었다. 어린이날은 원래 5월 1일이었으나, '메이데이'와 겹칠 뿐더러 아이들을 모을 수 없어 '5월 첫 공일'로 바꿨던 것인데 해방 뒤 5월 첫 공일이 5월 5일이어서, 해마다 이 날을 어린이날로 확정하게 되었다.

해방 뒤 첫 졸업식은 1946년 6월에 있었는데 졸업식을 앞두고 경기도 학무국과 문교부(당시 편수국장 외솔 최현배)에서는 윤석중에게 우리말 졸업식 노래를 지어달라는 부탁을 한다. 윤석중은 쾌히 승낙을 하고 「졸업식 노래」를 지은 뒤 「엄마 앞에서 짝자꿍」의 곡을 붙인 정순철에게 작곡을 부탁한다. 이로부터 「졸업식 노래」는 전국 학교 졸업식장에서 불리기 시작하여 지금까지 불리고 있다.

해방 이듬해에 그는 우리나라에서는 처음인 어린이 주간지 《주간 소학생》을 내며, 「어린이 만화」와 「이야기 그림」을 처음으로 개척하고, 「홍부와 놀부」, 「15소년 표류기」, 「플란더즈의 개」 등을 만화 또는 그림으로 그려 《주간 소학생》과 뒤에 발간된 《소학생》에 연재한다. 또한 이 잡지에 권태응의 「감자꽃」, 「땅감나무」를 비롯하여, 김요섭의 「아기와 별」, 「은행잎 편지」, 「나무잎과 보리씨」, 「별 하나 나 하나」, 「늙은 나무의 노래」, 「울지 않는 까치」, 「진달래와 고향」 등 많은 동요를 싣는다.

2) 어린이 글짓기 운동의 전개

윤석중은 1945년 12월 1일 을유문화사의 도움으로 아동문화협회(아협)를 창립한다. 아협의 자랑거리는 해마다 열린 '아협글짓기 내기' 였는데, 이는 해방과 더불어 되찾은 우리 글로 엮은 어린이 글(동요와 작문) 공모전이었다. 이 사업은 한국전쟁이 발발한 1950년까지 계속되었다. 심사에는 국문학자 일석 이희승과 열운 장지영, 외솔 최현배, 가람 이병기를 비롯하여 피천득, 이원수, 박목월과 아협 측에서 조풍연과 윤석중이 참여하였다. 이들 심사위원들은 당시 일반문학이나 아동문학 모두를 아우른 문사들이었다.[62]

아동문화협회 주최로 해마다 한 번씩 모집한 '전국 소학생 작문과 동요'에는 뛰어난 작품들이 많이 모였는데, 「구름」, 「땅 속에 누가 있나봐」, 「나의 발견장」 같은 특선작들이 초등학교 국어책에 게재되었다. 6 · 25 직전에 《소학생》 잡지에 발표된 전국 소학생 작품들도 훌륭한 것이 많았다.

당시 초등학교 교과서에 수록되었던 「땅속에 누가 있나 봐」(서울 장충교 5년 차중경), 「나의 발견장」(보령 남포초 6년 김종길)은 '아협 글짓기' 에서 특선을 한 작품이었고 일석 이희승의 한글교열로 매주 출

62) 윤석중, 『어린이와 한평생』(범양사출판부, 1985), p.206.

간된 주간 《소학생》은 학교에서 국어교재로 쓰였다.

해방 이듬해 봄에 우리나라에서 맨 먼저 실시한 글뽑기인 '아협글짓기' 에서 1등을 차지한 작품은 서울 이태원교 6년 이문용의 「그리웠던 고국」이었다. 작문과 함께 모집한 동요는 어린이 어른 누구나 지어 보낼 수 있었는데 그때 뽑힌 해방동요 10편 가운데 박은종(박화목)의 「38도선」, 홍승명(언론인)의 「바다 너머 저쪽」, 김종길(뒷날 고대교수)의 「바다로 간 나비」, 김원룡(출판인)의 「나는 산에서」 등이 포함되어 있다.

> 솔밭 길 산비탈 길 / 사십 리 길은
> 초생달 기울어진 / 으스름 밤길.
> 내 나라 내 땅 안에 / 내 길 걷는데
> 무엇이 무서워서 / 밤을 새워 걷나요.
> 서러운 국경 / 들에 참새들도
> 하늘의 아기별도 / 잠들었는데
> 산고갤 살금살금 / 기어 넘고요.
> 풀숲 새 몰래몰래 / 걸었습니다.
>
> — 「38도선」[63] 전문

---

63) 앞의 책, p.208.

언니 언니

바다 너머 저쪽에

무엇이 있수.

겨울도 밤도 없고

꽃이 가득 핀

아름다운 나라가

있지나 않우.

—「바다너머 저쪽」 3연[64]

그 뒤, 새싹회 주최의 '전국 어린이 글짓기 내기' 와 서울 사범학교 주최로 매년 한글날 열렸던 '전국 어린이 글짓기 대회' 에서도 큰 성과를 거두었다.

윤석중은 아이들의 글을 심사하는 기준을 발표하였는데, 첫째로 " 본인이 쓴 글 중에서 고르겠다."고 하여 남을 흉내 내거나, 남의 글을 따오거나, 개칠을 하지 못하게 하였다. 사람의 생김생김이 다르듯이 같은 사실을 나타내는 데에도 그 사람이 아니고서는 안 될 독특한 표현으로 자기 글을 쓰라고 한 것이다.

둘째로는 "거짓말 안 하는 글 중에서 고르겠다."고 하여 일제시대 때 그들의 강요에 의하여 거짓말로 글을 쓰던 일화를 예로 들면

64) 앞의 책, p. 209.

서 "거짓말은 우리들의 적이요, 원수였으니, 오늘날의 글짓기 공부란 거짓말 안하기 공부"라며 글의 진실성을 강조하였다.

셋째로는 "수수한 글 중에서 고르겠다."고 하여 뛰어난 문장가를 골라내는 게 아니라 자기의 품은 뜻과 마음, 보고 듣고 느낀 것을 구김살 없이 술술 적어낼 수 있는 "문장의 힘을 기르는 데 목적이 있다."고 하였다.[65)]

또한 맞춤법을 강조하면서 오늘날 훌륭한 정치가, 훌륭한 교육자, 훌륭한 종교인, 훌륭한 군인이 되려면 우선 글을 잘 써야 한다면서 정치가로 노벨문학상을 탄 영국의 처칠을 예로 들어 아이들의 글쓰기를 독려하였다.

> 글짓기도 밥짓기나 마찬가지입니다. 남의 글을 읽어버리기는 쉽지마는 그 글을 짓는 이에게 있어서는 여간 고생이 아닙니다. 너무 물을 많이 쳐서 질척질척한 글도 있고, 너무 불을 많이 때서 바싹 탄 글도 있고, 너무 일찍 퍼서 설컹설컹한 글도 있고 ……. 세상에는 별별 글이 다 있습니다. 질지도 않고, 되지도 않고, 고슬고슬 맛난 글을 지으려면 오래 두고 많이 지어보아야 합니다. 좋은 글은 하루 이틀에 써지는 게 아니기 때문입니다.[66)]

---

65) 윤석중, 『어린이는 어린이답게』(웅진출판, 1988), pp.111~117.

66) 위의 책, p.118.

한국전쟁 이듬해인 1951년 11월 11일, 윤석중은 '윤석중 아동연구소'를 차리고 산산 조각난 동심을 맞추고자 다시 어린이 운동을 전개한다. 1952년에 뽑힌 글은 『내가 겪은 이번 전쟁』이란 책으로, 1953년에 뽑힌 글은 『지붕 없는 학교』로 엮어 '박문서관' 판으로 내게 된다.

『내가 겪은 이번 전쟁』에서는 반전에 대한 윤석중의 세계관을 엿볼 수 있다. 한국전쟁은 이념의 대립으로 인한 어른들의 전쟁이었음에도, 어린이들에게 형제는 물론 부모님을 앗아갔고, 아이들을 추위와 굶주림으로 내몰았다. 이러한 시점에서 윤석중이 어린이들에게 '내가 겪은 이번 전쟁'이라는 글을 모집하여 책으로 엮어 낸 것은 전쟁의 참상을 알리려 한 반전운동의 일환이었음을 짐작할 수 있게 한다.

그는 1954년 '윤석중 아동연구소'를 해체하고 이름을 바꿔 1956년 1월 3일 어린이 운동단체인 '새싹회'를 창립한다. 그리고 어효선, 한인현 등 몇몇 사람과 덕수궁에 모여서 앞으로 새싹회에서 해 나갈 일을 정한다. 학급문고를 출간하였으며 그 산하에 어린이 합창단, 어린이 합주단, 글짓기 교실, 애기회 등을 두었다. 소파상(1957), 장한 어머니상(1961), 해송 동화상(1955), 새싹문학상(1973) 등을 제정하고 1977년부터는 계간지 《새싹문학》을 창간하였다(2008년 겨울치로 106호).

앞에서 살펴본 바와 같이 어려서부터 윤석중은 《꽃밭》이라는 잡지를 시작으로 글벗들과 함께 어린이들을 위한, 어린이 문학을 위한 잡지를 만드는 일을 했다. 그가 만든 잡지로 인하여 아동문학인이 된 사람은 수없이 많다. 잡지를 통한 그의 문화활동은 아동문학 인구의 저변확대를 위한 발판이기도 했고 어린이들의 미래를 위한 작업이기도 하였다.

문학에 꿈을 둔 어린이는 물론 성인들도 그가 만든 잡지를 통하여 문단에 발을 들여놓을 수 있었고, 그의 잡지에서 상금을 걸고 공모하는 어린이 글짓기 운동은 어린이들에게 자기계발의 기회를 제공, 동심을 깨우쳐주는 일련의 작업이기도 하였으며 나라를 위한 작업이기도 하였다.

그가 만들어 놓은 지면으로 많은 문학인들은 문학적 정서를 함양할 수 있었고 그러한 정서를 글로 써서 발표할 수 있는 공간을 얻을 수 있었다. 이러한 윤석중의 행보는 일제 강점기와 전쟁으로 인해에서 피폐해져가는 우리의 정서를 회복하는 효과를 불러왔고 오늘의 한국문학이 설 수 있는 토대가 되어주었다.

그의 모국어 사랑에 관련된 일련의 활동들은 오늘날 우리가 한국적 정서를 유지하는 데 많은 기여를 하였음은 부인할 수 없을 것이다.

2. 동요의 보급과 우리말 사랑

인류의 역사가 시작되면서부터 인간의 내면에는 노래를 부르려는 욕구가 잠재해 있었다. 즉 원시의 민요무용의 발생 요인에서 볼 수 있는 바와 같이 인간은 누구나 자기의 감정이나 사상을 표현하려는 본능을 가지고 있으며, 이러한 표현의 한 형태로 노래가 나타나게 된 것이다.[67)]

동요가 노래로서 갖는 중요한 특성은 친숙함인데, 친숙함의 전제 조건은 쉬워야 한다는 것이다. 시는 어렵더라도 여러 번 다시 읽고, 여러 가지 뜻으로 의미를 생각하다 보면 이해가 가능할 수 있지만 노래는 그렇지 않다. 멜로디에 노랫말을 따라 듣다가 중간에 의미 파악을 놓치면 앞의 내용과 연결시켜서 이해하기 쉽지 않기 때문이다. 그만큼 노래는 시간과 전달의 제약을 받는다. 그래서 동요에는 동시처럼 이미지, 상징, 은유가 깊이 개입될 여지가 없다. 그보다는 전달에 용이한 이야기를 갖고 있어야 하기 때문이다.[68)]

우리나라 동요의 시초는 요참(謠讖)[69)]에 뿌리박고 있다. "새야 새야 파랑새야/ 녹두밭에 앉지 마라/ 녹두꽃이 떨어지면/ 청포 장수

---

67) 이재철, 『아동문학개론』(서문당, 1998), p.114.

68) 김용희, 「윤석중 동요연구의 두 가지 과제」『아동문학연구』(제10호), 2004, p.79.

69) 요참이란 이른바 부참(符讖), 중참(中讖), 도참(圖讖) 따위와 장차 생길 일을 미리 알려주는 예언의 구실을 하였다.

울고 간다."와 같은 동요도 요참의 일종이다.

1894년에 민란을 일으킨 동학당의 전봉준은 몸집이 몹시 작아 녹두라는 별명을 얻었다. '파랑새' 는 '팔왕새' 요, 팔왕은 八王을 한데 붙이면 全이 되므로 '全녹두' 를 두고 한 말이었다. 그의 실패를 애석하게 여기어 부른 이 노래는 그가 죽기 전에 이미 세상에 퍼졌다.[70] 또한 "장다리는 한철이요, 미나리는 사철이라" 는 동요 역시 인현왕후 민씨를 미나리에 비유하고, 희빈 장씨를 장다리에 비유해 그네들의 앞날을 아이들 입으로 예언한 이른바 '요참' 의 하나로 세상일을 빗댄 동요였다. 반면 오늘날의 동요는 시대적, 사회적 상황에서 얻어진 '노래를 부르려는 목적' 뿐만 아니라 아동들의 바른 성장을 돕는 문학으로서의 존재가치를 가지고 출발했다.[71]

'동요' 란 한문 글자로 童謠이니 글자대로 하면 어린이 노래다. 윤석중은 이러한 동요에 대하여 '어른이 어린이를 위해 지은 것' 이 있고, '어린이 자신이 지은 것' 이 있으며, 어른이 지은 것에는 '어린이가 부를 노래' 와 '어린이에게 들려줄 노래' 가 있다고 하였다. 프랑스의 비평가 아랑은 산문을 걸어가는 것에 비기고 운문을 춤추는 것에 비기었거니와 동요는 어린이들이 부르는 노래라고 함이 타당하다.[72]

그러한 동요는 형식상 음악성이 강한 어린이들을 위한 정형시로

70) 윤석중, 『어린이와 한평생』(웅진출판, 1988), p.122.

71) 이재철, 『아동문학개론』(서문당, 1998), p.115.

72) 윤석중, 『어린이와 한평생』(웅진출판, 1988), p.121.

서 그 시원은 노래였다. 외형률, 특히 음수율을 중심으로 구성되어 불리는 노래의 내용, 곧 노랫말이다.

본 장에서는 윤석중의 문화활동 중에서 동요의 보급을 통한 윤석중의 우리말 사랑을 중점적으로 고찰하기로 한다. 만 열세 살부터 동요를 짓기 시작해 약 80년 동안 여기 저기 두루 옮겨 다니며 노래를 지어왔다며 스스로를 '노래 나그네'라고 한 윤석중은 어린이들을 위한 노래만 지어왔으니 '새싹의 벗 노래 나그네'라고 불러줄 만하다.

노래가 없고 보면 무슨 재미로
냇물이 돌 틈으로 굴러다니며
노래가 없고 보면 무슨 맛으로
바람이 숲 사이로 지나다니랴.

노래가 없고 보면 귀뚜라미가
기나긴 가을밤을 어이 새우며
노래가 없고 보면 기러기들이
머나먼 하늘 길을 어이 날으랴.

노래가 없고 보면 무슨 흥으로
달밤에 고깃배를 물에 띄우며

노래가 없고 보면 무슨 재주로
여럿이 힘을 모아 터를 다지랴.
―「노래가 없고 보면」[73]

대구법으로 된 이 시는 윤석중이 징용을 피해 금강산에 숨어 살던 때에 창작되었다. 숨어든 그를 의심스럽게 여겨 가끔씩 순사가 찾아오자 마음을 달래기 위하여 동요를 지었다고 한다. "노래가 없고 보면 무슨 재미로"로 묻고 대답하는 방식의 이 시는 냇물이 돌 틈으로 굴러다니고, 바람이 숲 사이로 지나다니는 것도 노래가 있기 때문이라고 한다. 또한 귀뚜라미 소리도, 기러기들의 날개짓도, 달밤에 고깃배를 물에 띄우는 작업도 모두 노래가 없으면 재미가 없다고 한다. 삶을 둘러싼 모든 것들이 '노래'라는 그의 말은 그가 동요를 예술이나 오락이 아닌 삶 자체로 받아들였음을 알게 한다. 그는 이러한 인식으로 생활 주변의 것들을 소재로 수많은 동요를 창작했다.

윤석중은 우리나라 언어미가 창조해 낸 생동감을 작품화하는 작업에 성공한 시인이다. 그는 1920년대 초기에 이 생동감을 4.3조와 7.5조라는 정형률의 틀에다 집어넣는 데 뛰어난 기량을 발휘했다. 이후 이 두 가지 형식은 1960년대 초에 이르기까지 근 40년 동안 한

73) 윤석중, 『노래가 없고 보면 2』(웅진출판, 1988), pp.39~40.

국 동요의 중요한 형식으로 정착하며, 큰 맥을 이룬다.[74)]

새 나라의 어린이는 일찍 일어납니다.
잠꾸러기 없는 나라 우리나라 좋은 나라.
새 나라의 어린이는 서로서로 돕습니다.
욕심쟁이 없는 나라 우리나라 좋은 나라.

—「새 나라의 어린이」[75)] 부문

좋은 책 벗 삼아 정답게 지내자.
너도 나도 똑바로, 책과 사귀자.
앉기도 똑바로, 읽기도 똑바로.
마음들도 똑바로, 몸도 똑바로.

고마운 책들을 반갑게 대하자.
너도 나도 깨끗이, 책을 위하자.
보기도 깨끗이, 두기도 깨끗이
마음들도 깨끗이, 몸도 깨끗이.

—「고마운 책」[76)] 전문

---

74) 유경환, 「한 평생 언어로 보석을 만든 시인」, 《한국아동문학》(21호), 2004, p.103.

75) 윤석중, 『굴렁쇠』(수선사, 1948), p.98.

76) 윤석중, 『윤석중 동요곡집』(세광출판사, 1979), p.49.

「새 나라의 어린이」는 해방이 되고 맨 먼저 지은 동요로 박태준이 곡을 붙여 아이들 사이에 널리 불렀다. 입을 옷이 없어 헐벗고 먹을 밥이 없어 굶주린 어린이들이었지만 이 노래를 부르면 '새 나라의 어린이'라는 것만으로도 힘이 솟았다.

잠꾸러기 없는 나라, 욕심쟁이 없는 나라, 서로 믿고 사는 나라, 정답게 사는 나라, 무럭무럭 크는 나라, 그런 나라의 어린이가 되려면 일찍 일어나고, 서로 돕고, 거짓말 안 하고, 싸움을 안 하고, 몸이 튼튼해야 한다는 것으로 이 노래는 어린이들에게 등대 구실을 했다.[77]

「고마운 책」에서는 "좋은 책 벗 삼아 정답게 지내자", "너도 나도 똑바로", "책과 사귀자"고 한다. 또한 "앉기도 똑바로" 하고, "읽기도 똑바로" 하며, "마음들도 똑바로" 하고, "몸도 똑바로", "마음들도 깨끗이", "몸도 깨끗이"라고 한다.

이들 시에서는 어린이들의 천진성과 순진성의 이미지에 약간의 人爲가 부여된다. 즉, 시인의 세계인식에 따라 새 나라에 있어야만 하는 어린이상, 禮와 智를 추구하는 건강한 어린이상이 제시되어 있다. 천진과 순진의 바탕 위에 예와 지를 겸비한 어린이가 그가 생각하는 미래의 주인공들이었던 것이다.

---

77) 김병규, 「소파 방정환한테 배우고 뒤이어서 꽃피운 윤석중의 어린이 문화활동」『윤석중 문학세계와 문화콘텐츠』(제1호), 2008. p.146.

기찻길 옆 오막살이 / 아기 아기 잘도 잔다.

기차 소리 요란해도 / 아기 아기 잘도 잔다.

칙칙 폭폭 / 칙칙 폭폭.

기찻길 옆 옥수수밭 / 옥수수는 잘도 큰다.

기차 소리 요란해도 / 옥수수는 잘도 큰다.

칙칙 폭폭 / 칙칙 폭폭.

—「기찻길 옆」[78] 전문

퐁당 퐁당 돌을 던지자

누나 몰래 돌을 던지자

냇물아 퍼져라 널리널리 퍼져라

건너편에 앉아서 물장난 하는

우리 누나 댕기 좀 적셔주어라

—「퐁당퐁당」 1연[79]

「기차길 옆」의 창작배경에 대하여 그는 "식구를 만나러 한국에 다니러 오고 갈 때 기차 창밖으로 내다보이는 고향 산천이 너무나 초라했고, 기찻길 가에 심어놓은 옥수수는 어쩌면 그렇게 먼지가 켜켜이 앉아 있던지, 그러나 나는 꾹 참고 밝은 마음으로 「기찻길

78) 윤석중, 『윤석중 동요곡집』(세광출판사, 1979), p.177.

79) 위의 책, p.265.

열」을 지었다."고 말한다.[80)]

이 시에서 윤석중의 어린이에 대한 인식을 엿볼 수 있다. 기차 소리 요란해도 잘도 크는 옥수수에 어린이를 비유한 것은 윤석중의 아동관을 나타낸다고 볼 수 있다. 그의 아동관은 기차 소리가 아무리 요란해도 잘도 크는 옥수수처럼 세상이 아무리 시끄럽고 험해도 어린이들은 잘 자라야 한다는 것이다. 즉 기차 소리의 굉음이나 먼지 속에서도 옥수수대에 붙어 영그는 옥수수를 험난한 세상 속 엄마 등에 업혀 자라서 어른이 되는 어린이와 동일시함으로써 자연과 인간이 병치된다. 자연은 스스로 그러함으로 환경에 따라 적응하며 변화하고 성숙한다. 시끄러우면 시끄러운 대로 비가 오면 비를 맞으며 뙤약볕이 내리쬐면 뙤약볕 아래에서 적응하며 변화하고 자라며 꽃피고 열매를 맺는다.

어린이에 대한 윤석중의 이러한 인식은 그의 문학에서 아동관으로 자리 잡게 된다. 따라서 그의 작품에서 나타나는 어린이는 그 주체를 둘러싼 환경에 의해 초라해질 수 없는 존재인 것이다.

「퐁당퐁당」 역시 일제 강점기의 암울한 사회현실 속에서 나온 작품이라고는 믿어지지 않을 만큼 밝고 평화로운 분위기이다. 누나에게 장난을 걸고 싶은 남동생의 짓궂은 모습이 투명하고 아름답게 비친다.

---

80) 윤석중, 『겨울을 이긴 봄』(웅진출판, 1988), p.136.

작품에서 흐르는 정서는 '좋아한다, 사랑한다'고 말하지 않아도 부르는 이에게는 물론 듣는 이에게도 사랑을 느끼게 한다. 이러한 정서는 모든 어린이에게 누리게 해주고 싶은 윤석중의 내적 정서의 반영일 것이다.

그가 만들어 내는 시어에 가락을 붙이면 배고프고 슬픈 것도, 가난하고 아픈 것도 이길 수 있을 것 같다. 단순한 단어들이 그의 감성을 통해 조합되어 형상화되면 밝은 이미지로, 사랑이 가득한 이미지로 살아나는 것이다.

이러한 윤석중의 시어 구사는 성장기 그의 언어체험과 상관관계가 있다. 그는 소년기에 일제에 의해 우리말과 글이 모든 매체에서 사라지는 수난을 경험하였기에 해방 이후 우리말을 마음껏 쓸 수 있게 되자 우리의 정서를 담은 언어를 아름답게 조합한 것이다. 안 쓰던 낱말까지 찾아쓰기도 하고 밝은 이미지, 맑고 투명한 이미지의 단어들을 상용했다.

그의 시에서 빈도수가 가장 높게 나타나는 시어는 '아기' 이다. '아기'는 아이, 애, 어린이 포함하여 194편의 시에 464회 등장하고, '신체' 를 가리키는 단어는 눈, 눈동자, 눈망울 등이 308회나 되며, '새'는 306회, '꽃'은 300회, '청색' 은 250회, '동물' 은 236회, '달' 은 187회나 된다.[81] 즉, 그가 자주 쓰는 시어들의 이미지는 밝고 맑은 희망

81) 문선희, 『윤석중 동요 동시 연구』(경희대학교 대학원 석사학위 논문, 1997), p.11.

을 상징하는 것이다.

어린이를 염두에 두고 창작하는 동시는 시어 선택에서도 어린이를 배려해야 하므로 단순하고 명쾌해야 하며 관념적이기보다는 감각적이어야 한다. 윤석중이 자주 사용하는 언어들을 보면 아이, 눈, 새, 꽃, 파랑색 등 단순하고 명쾌하면서도 감각적이어서 쉽게 다가온다. 따라서 그의 시어의 선택은 어린이 사랑, 국어 사랑의 토대 위에서 이루어졌음을 알 수 있다. 실제로 그는 주차(駐車)를 '둠', 정차(停車)를 '섬' 으로 바꿔 쓰도록 주장하기도 하였다.

빛나는 졸업장을 / 타신 언니께
꽃다발을 한아름 / 선사합니다.
물려받은 책으로 / 공부를 하며
우리는 언니 뒤를 / 따르렵니다.

잘 있거라 아우들아 / 정든 교실아
선생님 저희들은 / 물러갑니다.
부지런히 더 배우고 / 얼른 자라서
새 나라의 새 일꾼이 / 되겠습니다.

앞에서 끌어주고 / 뒤에서 밀며
우리나라 짊어지고 / 나갈 우리들

냇물이 바다에서 / 서로 만나듯
우리들도 이 다음에 / 다시 만나세.

—「졸업식 노래」[82] 전문

「졸업식 노래」에서는 '형님'을 '언니'로, '동생'을 '아우'로, '질머지고'를 '짊어지고'로 다듬었다. 그는 이 노래를 만들고 「엄마 앞에서 짝자꿍」에 곡을 붙인 정순철을 만난다. 다 된 곡을 들어볼 데가 없어 궁금해 하던 윤석중에게 정순철은 낙원동 어느 설렁탕집에서 저녁을 같이 들며 가느다란 소리로 졸업식 노래를 불러주었다. 윤석중은 '꽃다발을 한아름'은 '마음의 꽃다발' 쯤으로 생각하고 쓴 것인데 졸업식 날 도처에서 그렇게 많은 꽃다발 사태가 날 줄은 몰랐다고 회고한다.[83]

"절벽에서 떨어져도/ 폭포 물은 다시 살고/ 서로 갈린 시냇물은/ 바다에서 만난다네." 일제 때의 어려운 고비를 만날 때마다 이 노랫말을 입속으로 흥얼거렸던 그는 그 끝 두 절을 "냇물이 바다에서/ 서로 만나듯/ 우리들도 이 다음에/ 다시 만나세."로 고쳐서 「졸업식 노래」에 살려 넣었고, 이후 졸업식장에서 첫 연은 재학생이, 둘째 연은 졸업생이, 셋째 연은 다함께 부르게 되었다.

정든 곳, 정든 선생님, 정든 동무들과 이별해야 한다는 것은 슬

82) 윤석중, 『윤석중 동요곡집』(세광출판사, 1979), p.66.

83) 윤석중, 『어린이와 한평생』(범양사출판부, 1985), p.203.

픈 일이다. 「졸업식 노래」는 마지막이라는 안타까움이 우리 고유의 정서인 정이나 한에 조응하면서 졸업식장을 울음바다로 만들곤 하였다. 재학생이 먼저 부르면 졸업생이 응답하여 부르고, 그 다음에 다함께 부르는 「졸업식 노래」의 구성은 정과 한에 기초한 공동체 중심의 우리의 정서를 상징적으로 드러내는 노래라고 할 수 있다. 우리나라 어린이들은 그 노래를 가슴에 안고 스승의 곁을 떠나 상급학교로 진학하거나 사회의 일원이 되었다.

또한 그는 창작동요가 불릴 수 있도록 노래모임을 만들었다. 처음 그가 만든 노래모임은 '계수나무회'(1933)이며, 해방 뒤 '노래동무회'(1947)를 만들었고, 새싹회 조직 후 '새싹 노래회'를 만들었다. 그가 만든 시는 작곡가의 힘을 빌어 노래가 되었고, 계수나무회와 노래동무회, 새싹 노래회를 통하여 멀리 퍼져나갔다.

삼국시대부터 전해오는 우리의 노래인 「정읍사」, 「황조가」, 「구지가」 등을 살펴보면 우리의 정서인 情과 恨이 담겨있다. 이러한 정과 한은 지나온 시간의 토대 위에 형성된 정서로 그 바탕 위에 형성된 노래들은 대부분 과거를 지향하여 그립게 하거나 슬프게 한다. 윤석중은 그러한 우리의 슬픈 정서에서 긍정적인 정은 취하되 부정적인 한은 멀리함으로써 경쾌하고 즐겁게 부를 수 있는 노랫말을 지어 작곡가를 찾아다닌다. 그래서 그가 만든 노랫말은 쉽고 따뜻하면서도 밝고 맑은 미래를 지향한다. 긍정적인 우리의 정서를 쉬운 우리말로 살려내는 윤석중의 시창작 방법은 전달을 목적으로 하는 동요의 특징을 잘 드러내면서도 모국어 생명력을 확장시키는 작업이었다.

동요의 보급뿐만 아니라 그는 이야기를 노래로 개작하기도 했다. 이것이 윤석중 문학의 남다른 점으로 수 년에 걸쳐 이솝우화 222편을 노래로 엮어 『사람나라 짐승나라』(1982)를 출간하였는데 전승동요나 민요는 윤석중 창작동요의 모티프가 되기도 하였다. 「고추먹고 맴맴」의 바탕은 전승동요이며 「동대문놀이」(1950, 아침까치)는 전승동요 중의 유희요(遊戲謠) 「대문놀이」가 줄거리이다.

그러다가 그는 마침내 어른들이 부르는 민요를 어린이들에게 맞도록 개작하기 시작한다. 우리 민요는 어른들에 의해 자연 파생된 것이 대부분이어서 노래말이 다듬어지지 않아 아이들이 부르기 적합하지 않았기 때문이다. 그래서 「강강수월래」에서 「한강수 타령」에 이르는 33편의 민요를 개작하여 손대업 편곡으로 시화곡집 『우리 민요』(1961)를 발간했다.

1969년부터 그는 '노래 나그네'가 되어 교가가 없는 학교에 교가를 지어주며 강원도에 이어 제주도를 돌기 시작한다. 7월 30일부터 8월 7일까지 9일 동안에 제주시 4학교, 북제주군 12학교, 남제주군 14학교 등 총 30개 학교의 교가를 지어주었다. 이후 적십자사의 주선으로 제주도 남북교육청의 도움을 받아 지프차로 돌면서 교가를 지어주었다.

한라산 백록담에 서린 구름이
흰 노루 꿈을 싣고 둥둥 떠가네.
ㅡ일도 초등학교 교가 첫 대목[84)]

뒤에선 한라산 바람막고
앞에선 범섬이 지켜주네.
ㅡ서귀 중앙 초등학교 교가 첫 대목[85)]

새벽녘 파도 소리 잠 깨란 소리.
한밤중 파도 소리 자장가 소리.
소라의 꿈을 실은 푸른 물결이
춤추며 찾아드는 우리 가파도.
낮엔 해님 밤엔 달님 벗을 삼아서
가파도 우리들은 씩씩하게 자란다.
ㅡ가파도 분교 교가 첫 연[86)]

이들 교가에서 알 수 있듯이 윤석중은 교가를 통하여 국어 순화 운동을 한다. '사방조림(砂防造林)'을 '모래막이 숲'으로, '입석'(立石)

84) 윤석중, 『어린이와 한평생』(범양사출판부, 1985), p.246.
85) 위의 책.
86) 위의 책, p.247

을 '선돌'로, '토도(兎島)'를 '토끼섬'으로, '호도(虎島)'를 '범섬'으로, '우도(牛島)'를 '소섬'으로, '수산(水山)'을 '물메'로 바꿔 부르도록 주장하며 우리말 사용을 강조했다.

'나들이'라는 말은 1939년의 동요시집 『윤석중 동요선』에 실은 「봄나들이」에서 시작된 말이다. 이외에도 그가 만든 말은 많다. 으뜸상·금상·은상·동상이 그러하고, '노래말'이라는 낱말도 어린이를 위한 민요곡집 『우리 민요』(1961)의 머리말에 처음 사용하며 만든 말이다. 처음에는 '노래말'로 시작했는데 현재는 '노랫말'로 쓰고 있다. 또한 '글짓기 내기', '글잔치', '부처님 오신 날' 등도 윤석중이 처음으로 쓰기 시작한 말이다.

말년에는 애국가가 너무 어려운 말이므로 '나라 사랑 노래'로 하자는 운동을 펴기도 했다. 그리고 나라사랑노래 「동해물과 백두산」을 지어 작곡가 김동진에게 부탁하여 작곡까지 하였으나 보급시키지 못하고 세상을 떠났다. 그는 늘 좋은 우리말을 두고 왜 어려운 한문투의 말을 써야 하는지에 대해 걱정을 했다.[87)]

---

87) 신현득, 「윤석중 연구」『윤석중 문학세계와 문화콘텐츠』, 2008, p.56.

3. 동심지향

세계는 나의 표상[88]이라는 말은 주체의 의지와 관점에 따라서 세계가 달라진다는 것을 의미한다. 문학작품으로서의 모방은 작가의 상상력의 산물이며 이때의 상상력은 의지의 표상이다. 상상력과 의지는 사실성의 세계에서 사물과 만났을 때 발현된다. 즉 내적 요소인 의지에 따라서 사물에 대한 표상은 달라지는 것이다.

윤석중의 초기 민족주의 성향의 문학관은 「모래성」을 발표한 이후, 사회 비판적 의식이나 민족의식에서 밝고 맑은 세계지향으로 변모된다. 현실에서 윤석중 주체의 사유를 통하여 있어야 할 세계인 실재(reality)를 인식한 동심을 지향하는 것이다. 그가 몇몇 논자들의 부정적 비판을 받으면서도 초지일관 동심에 천착한 것은 무의식적 원형의 의식적 표현[89]으로 볼 수 있다.

물론 많은 정신 가운데 윤석중이 무엇을 받아들였는가 하는 것에 따라 개인적인 특징도 나타나지만 그가 받아들인 것은 집단정신의

---

88) 쇼펜하우어는 진리를 반성적이고 추상적으로 의식할 수 있는 것은 오직 인간뿐이며 인간이 실제로 그렇게 의식할 때 거기에 인간의 철학적인 사유가 나타나게 된다고 보았다. 이렇게 보면 인간이 태양을 알고 대지를 아는 것이 아니라, 단지 태양을 보는 눈이 있고, 대지를 느끼는 손이 있음에 불과하다는 것, 인간을 에워싸고 있는 세계는 표상으로서만 존재할 뿐이라는 것, 다시 말해 세계는 자기 자신과 전혀 다른 존재인 인간이라고 하는 표상자와 관계함으로써만 존재한다는 것이 명백하고 확실해진다. 쇼펜하우어, 곽복록 옮김, 『의지와표상으로서의 세계』(을유문화사, 2004), p.45.

일부임도 간과할 수 없다.[90)]

국권을 빼앗긴 이듬해에 태어나 생후 2년에 어머니를 여의고 아버지마저 새어머니와 살게 되어 부모와 떨어져 외조모의 손에서 자란 윤석중의 현실에 대한 비판적 세계인식이 그의 작가의식을 형성하였다면, 그의 내면에 잠들어 있는 무의식은 사실성의 세계와 만나 내면에 숨어 있던 것들이 표출되면서 실재(reality)에 이르게 되는 것이다.

> 해방의 날
> 서울 장안에 태극기가 물결쳤다.
> 옥에 갇혔던 이들이
> 인력거로 트럭으로 풀려나올 제

---

89) 융은 개성화라는 개념을 도입하여 인간이 심리적으로 분리할 수 없는 개인(in-dividual), 즉 독자적인 통일체 혹은 전체가 되는 과정을 '개성화 과정' 이라고 불렀다.개성화 과정 은 삶의 중요한 단계에서 발견되며 —의식의 목적과 기대를 무너뜨리는 전환적인 상황에서 볼 수 있다.— 의식적 인격은 그 자체만의 노력으로 우리 의식에 완벽한 인간을 가져다줄 수는 없다고 보았다. 여기에는 대게 의식과 무의식의 공동 노력이 필요하다. 바꿔 말하면 의식적 삶의 편향성이 의식과 무의식의 상호작용에 의해 수정되고 보상되어야 하는 것이다. 이것이 곧 융이 말하는, 모두에게 내재하는 삶의 실현을 향한 노력이다. 그 실현은 결국 완성되지 못할 수도 있으나 그것 자체가 바로 '개성화과정'의 목표이다. 에드워드 암스트롱 베넷, 『한 권으로 읽는 융』(푸른숲, 1997), pp.228~229.

90) 사람들이 곧잘 나의 생각, 나의 신념, 나의 가치관, 나의 것이라고 하는 것을 자세히 살펴보면 그것은 결코 자기의 생각이 아니라 남들의 생각, 즉 부모의 생각, 선생의 생각, 다른 친구들의 생각이라고 할 만한 것임을 알 수 있다. 즉 집단적으로 주입된 생각이나 가치관인데 마치 자기 것이라고 생각하는 경우가 있다. 이부영, 『분석심리학—C. G. Jung의 인간심성론』(일조각, 2008), p.82.

종로 인경은

목이 메어 울지를 못하였다.

아이들은 설에 입을 때때옷을 꺼내 입고

어른들은 아무나 보고 인사를 하였다.

서울 장안을 뒤덮은

태극기 우리 기

소경들이 구경을 나왔다가

서로 얼싸안고 울었다.

—「해방의 날」[91] 전문

새 나라의 어린이는 일찍 일어납니다

잠꾸러기 없는 나라 우리나라 좋은 나라.

새 나라의 어린이는 서로서로 돕습니다

욕심쟁이 없는 나라 우리나라 좋은나라.

—「새 나라의 어린이」[92] 부문

일본에서 징용을 피해 고국으로 돌아왔던 윤석중은 경기도 시흥

91) 윤석중, 『어린이와 한평생』(범양사 출판부, 1985), pp.189~190.

92) 윤석중, 『새 나라의 어린이』(웅진출판, 1988), p.20.

에 거처를 마련한 뒤 태평양 전쟁이 극에 달하자 금강산으로 들어간다. 한 달 뒤 그는 가족을 금강산에 남겨둔 채 혼자 서울로 돌아와 해방을 맞고 시 「해방의 날」을 쓴다. 그리고 「새 나라의 어린이」를 쓴다. 그러나 아이들은 일본 노래만 불러서 그런지 「새 나라의 어린이」를 잘 부르지 못하였다. 막상 어린이들에게는 시 속에 표현된 어린이의 모습이 낯설었던 것이다.[93] 그러나 윤석중의 문학정신은 '새 나라의 어린이'의 필요성을 자각하였다. 그는 《주간 소학생》 발행 준비에 들어가 1946년 2월 11일 창간호를 낸다.

> 흙탕물에서 피어나는 연꽃을 보라! 우리는 이 혼란 가운데에서도, 우리 문호의 발굴과 새 문화의 창조를 위하여 굽힘없이 전진해야 할 것이다.
>
> 한 나라 문화의 중추는 아동문화다. 아동문화야말로 모든 문화의 저수지요 원천인 것이다. 그렇거늘, 노래 한마디, 그림 한 폭, 장난감 한 개 물려줄 것이 없는 거덜난 조선에서 태어난 어린이야말로 어버이 없는 상제아이보다도 더 가엾지 아니한가. 조선의 어린이는 어른의 노리개로 온실 속 식물처럼 자라지를 않으면 거추장스러운 짐처럼 천대를 받으며 크고 있지 아니한가.
>
> 해방의 기쁨을 어린이에게로! 우리는 외치고 나섰다. 서리맞은

93) 윤석중, 『어린이와 한평생』(범양사 출판부, 1985), p.192.

> 풀밖에 안 되는 우리는 조선의 새싹인 우리 어린이를 위하여 스스로 썩어 한 줌 거름이 되려 한다. 뜻있는 이여, 공명하라! 그리고 이 일을 도우라! 조선 어린이도 만국 어린이와 더불어 어깨동무를 하고, 역사의 바른 길을 힘차게 달리게 하라! (1945년 9월)[94]

이 글은 해방 후 생긴 아협에서 만든 8백 자로 된 '아동문화 선언문'의 끝부분이다. 이는 1923년 5월 1일 조선소년운동협회에서 만든 '소년운동 첫 선언'[95] 이후 어린이를 위한 선언문으로는 처음인 글이다. 이 글 "조선의 새싹인 우리 어린이를 위하여 스스로 썩어 한 줌 거름이 되려 한다."에서 윤석중의 어린이에 대한 인식을 짐작할 수 있다.이러한 인식은 후에 라몬 막사이사이상 수상식장에서 발표한 '童心論'의 단초가 된다. 그의 '동심론'에 입각한 어린이는 후천적 작위가 없는 천진성을 바탕으로 하는 어린이의 마음을 일컫는다.

> 정말로 국경이 없는 것은 동심인 줄 압니다. 동심이란 무엇입니까? 인간의 본심입니다. 인간의 양심입니다. 시간과 공간을 초월해서 동물이나 목석하고도 자유자재로 이야기를 주고받으며 정

---

94) 앞의 책, pp.197~198.

95) 1. 어린이를 재래의 윤리적 압박으로부터 해방하여 그들에 대한 완전한 인격적 예우를 허하게 하라. 2. 어린이를 재래의 경제적 압박으로부터 해방하여 만 14세 이하의 그들에 대한 무상 또는 유상의 노동을 폐하게 하라. 3. 어린이 그들이 고요히 배우고 즐거이 놀기에 복할 각양의 가정 또는 사회적 시설을 행하게 하라. 계해(1923) 5월 1일 소년운동협회. 앞의 책, p. 35.

을 나눌 수 있는 것이 곧 동심입니다.[96)]

융은 "아득한 옛날의 그 마음이 오늘 우리가 지니고 있는 마음의 바탕을 이루는 것이고 이 고태의 잔재가 바로 원형"이라고 하였다. 이 원형은 인간의 무의식에 내재되어 있다. 그런데 의식적인 것들이 '잊어버린다'고 하는 것을 통하여 무의식 세계로 내려가는 것처럼 새로운 내용물 ―한번도 의식된 적이 없는― 이 무의식으로부터 '솟아오르는' 경우도 있다.[97)]

또한 아리스토텔레스는 스승인 플라톤의 시인추방설에 이의를 제기하면서 이데아(원형)를 통하여 형상으로서 사물의 고유한 본질이 그 물질 자체 속에 내재하고 있으며 이념의 영역에 속하지 않는다고 하였다.

윤석중이 지향하는 문학의식은 이런 맥락에서 보면 그의 무의식

96) 윤석중, 『노래는 살아있다』(웅진출판, 1988), p.131

97) 또한 무의식은 단순한 과거지사의 창고일 뿐만 아니라 미래의 심적 상황을 어림해서 헤아리고 보다 폭넓은 사고의 가능성을 열어줄 수 있는 것이다. 칼 G 융, 이윤기 옮김, 「무의식에의 접근」, 『인간과 상징』(열린책들, 1996), p.37; 무의식에서는 일단 의식되었던 것이 억압되어 이루어지거나 특히 억압이라는 기전이 작용함 없이 단순히 잊어버렸거나 워낙 의식에 주는 영향이 미미해서 의식되지 못한 모든 심리적 내용으로 이루어지는 층이 있는가 하면 태어날 때부터 가지고 있으면서 의식에 의해서 그것이라고 인시되지 못한 채 정신작용에 여러 가지 큰 영향을 주고 있는 부분이 있다. 전자는 그 내용이 개인의 출생 이후의 특수한 경험을 바탕으로 이루어지며 개인에 따라 서로 다르다는 뜻에서 '개인적 무의식'이라 부르며, 후자는 선천적으로 존재하고 시간과 공간을 초월해 모든 인간에게 있어 보편적인 성격을 띠고 있다고 해서 '집단적 무의식'이라고 부른다. 이부영, 「마음의 구조와 기능」『분석심리학―C. G. Jung의 인간심성론』(일조각, 2008), p.60.

에 잠재되어 있는 원형이 '나타냄—상징'을 통하여 형상화되는 것으로 볼 수 있다. 이러한 무의식의 표출로 인하여 그는 '낙천주의자' 혹은 '동심주의자'라고 호평을 받기도 하고 '현실을 외면한 자', '현실에 없는 아동을 그린 자'라는 혹평을 받기도 한다.

아기가 꽃밭에서
넘어졌습니다.
정강이에 정강이에
샛빨간 피
아기는 으앙 울었습니다.

한참 울다 자세 보니
그건 그건 피가 아니고
샛빨간 샛빨간 꽃잎이었습니다.
—「꽃밭」[98] 전문

아기가 아기가
가겟집에 가서
"영감님, 영감님.

98) 윤석중, 『초생달』(일본, 1946), p.29.

엄마가 시방 몇 시냐구요."
"넉 점 반이다."

"넉 점 반, 넉 점 반."
아기는 오다가 물 먹는 닭
한참 서서 구경하고

"넉 점 반, 넉 점 반."
아기는 오다가 개미 거동
한참 앉아 구경하고

"넉 점 반, 넉 점 반."
아기는 오다가 잠자리 따라
한참 돌아다니고

"넉 점 반, 넉 점 반."
아기는 오다가
분꽃 따 물고 니나니 나니나

해가 꼴딱 져 돌아왔다.
"엄마,

시방 넉 점 반이래."

―「넉 점 반」[99] 전문

「꽃밭」과 「넉 점 반」은 원초적 인간에 가까운 어린이의 심리를 형상화한 것이다. 어린이들은 실제로 넘어졌을 때 아픈가 안 아픈가, 울어야 할까 말아야 할까 하는 문제를 피가 나오느냐 안 나오느냐와 연관 짓는다. 이는 피의 빨간색에 두려움을 가졌던 선험에 의한 집단 무의식이 의식의 표면으로 떠오르기 때문이다.

태고의 인간은 많이 아파도 피가 나지 않는다면 별거 아닌 것으로 여겼다. 반면 실제로 아프지 않아도 피가 나면 피의 빨간색이 갖는 시각적인 두려움으로 인하여 통각은 배로 확장하여 반응됐다.

「꽃밭」에서 화자는 넘어진 단순한 사실이 빨간 피로 인해서 두려운 현실이 되었다가 꽃잎인 것을 알고, 그 두려움은 해소된다. 따라서 괜히 울었구나, 툭툭 털고 일어나는 것이다. 즉, 빨간 피가 꽃잎인 것을 알았을 때 자신도 모르게 아프지 않다고 인식하는 아이의 모습, 그것은 순수한 태고인의 모습이다.

「넉 점 반」 역시 계산할 줄 모르는 그래서 구속받지 않는 어린이들의 자유스러운 세계를 상징적으로 그려냈다. 태초의 인간이 가졌던 자유에서 멀어진 엄마가 아이에게 심부름을 보내지만 아이는 시

---

99) 윤석중, 『어깨동무』(1940), p.83.

간에 대한 개념이 없어 구속받지 않는다. 그래서 심부름하고 오다가 해찰을 피운다. 닭도 보고 개미도 따라다니고 잠자리도 따라다니다가 해가 꼴딱 넘어간 저녁에서야 돌아와 "엄마, 시방 넉 점 반이래."라고 대답한다.

이 시는 어린이가 가지고 있는 원시성을 포착하여 형상화한 것으로 비유나 함축 등 시적인 장치가 없이 어린이 행동의 한 편린을 그대로 보여주었다. 그때의 어린이는 선하지도 악하지도 않다. 그럼에도 불구하고 독자들은 이 시에 나타난 화자의 행동에서 환한 햇살같은 맑은 미소를 머금게 된다. 자유로운, 시간에 구속받지 않았던 우리 내면에 숨어있던 태고의 순수한 인간이 숨쉬기 시작하는 것이다.

윤석중은 이러한 기법으로 집단 무의식의 원형심리를 어린이의 행동에서 발견하고, 상징적으로 형상화하여 시적 미를 추구한다. 그는 어린이에게 맑고 밝은 것을 보여주고 싶어서 동심을 지향한다고 하지만, 시 「꽃밭」이나 「넉 점 반」에 나타나는 원형적 편린은 궁극적으로는 어린이들보다는 동심에서 멀어진 어른들을 끌어당기는 힘을 가진다.

> 「초생달」 동요세계의 다음 문제점은 아동을 위해서 쓴 시인의 시라기보다 어린애들을 상대로 한 어른의 유희적인 취미물이 되고 있다는 사실이다. 젖을 빨거나 걸음마를 배우는 아기들은 아

동문학 작품의 독자가 될 수 없다. 동화도 그렇고 동요 역시 말을 할 줄 아는 유년기부터라야 수용이 된다. 그런데도 거의 모든 작품이 그것을 부를 수도 없고 즐길 수도 없고 시로서 느낄 수도 없는 아기들의 얘기를 쓰고 있는 것은 그 아기들의 성장을 위한 것이 아니라 어른들의 흥취를 위한 것이다. 이런 어른들의 자기 만족을 위한, 어른 본위의 표현이란 것은 아무리 쉬운 말로 쓰여졌다고 하더라도 아동을 위한 문학이라고 하기 어렵다.[100)]

아동문학의 독자를 아동으로 한정하면, 이오덕의 "아이들을 위한 문학이 아니다."라는 지적은 타당성을 획득한다. 이는 춘원 이광수가 윤석중의 첫 동요집인 『윤석중 동요집』(1932)에 써준 머리글에서 아기네에 대하여 언급한 것과 같은 맥락을 이룬다.

아기네의 모습은 아무리 경탄하여도 다 경탄할 수 없고, 아무리 찬미하여도 다 찬미할 수 없는 그 아름다움은 진실로 인생의 자랑이요, 복이요, 기쁨이요, 우주의 자랑이요, 복이요, 기쁨이다. 이 아름다움을 그림으로 그릴 빛은 없다. 글로 쓸 붓은 없다. 소리로 표할 음악도 없다. 움직임으로 표할 춤도 없다. 오직 그것을 보고 경탄하고 기뻐할 맘을 우리는 가졌을 뿐이다. 오직 그림

---

100) 이오덕, 『시정신과 유희정신』(굴렁쇠, 2005), pp.12~13.

이나 음악이나 노래로 그 한 귀퉁이, 한 부스러기를 흉내 내어 본다. 이는 그 아름다움이 가장 높고 가장 큰 것이기 때문에 그 한 부스러기의 흉내조차도 우리에게 한없는 기쁨을 주는 것이다. 아기네 노래 동요는 이 흉내 중의 하나이다. 어른으로서 아기네 맘의 움직임, 뜻의 흐름을 흉내 내어서 말과 소리로 표현해보자는 것이 동요다. 아기네 자신은 결코 동요를 짓지 아니한다. 그들에게 지을 능력이 없는 것이 아니라, 지을 필요가 없는 것이다. 왜 그런고 하면, 그들에게는 하는 모든 말이 노래요, 하는 모든 행동이 춤이다. 그들의 눈과 귀와 맘에는 인생과 우주는 온통 한 덩어리의 보표요, 그들의 사지백체는 곧 건반이기 때문이다. 줄이기 때문이다. 그러나 그들은 사람이 지은 노래도 즐겨할 줄을 안다. 자기네의 예술 안에 그럴 듯한 것이면 그들은 기뻐서 불러 준다. 어른의 노력에 대한 호응이다.[101)]

이광수의 "아기네 자신은 결코 동요를 짓지 아니한다. 그들에게 지을 능력이 없는 게 아니라 지을 필요가 없는 것이다. 그들이 하는 모든 말이 노래요, 하는 모든 행동이 춤이다."라고 하는 지적은 이오덕의 "아이들을 위해 쓴 시라기보다 어른들의 흥취를 위한"이라는 지적과 연결될 수 있다.

---

101) 이광수, 『윤석중 동요집』(1932, 신구서림) 머리말. 윤석중, 『겨울을 이긴 봄』(웅진출판, 1988), pp.16~18 참조.

「꽃밭」이나 「넉 점 반」에서 알 수 있듯이 어린이들은 어른들과 달리 자신들이 하는 말이나 행동에서 재미나 기쁨을 느끼지 못하기 때문이다. 꽃은 제 모습을 보고 스스로 아름답다 감탄하지 않고, 물은 스스로 물의 성질이 인간에게 주는 유익함에 관심이 없다. 벌레와 같은 미물이라 칭하는 것들 또한 제 모습을 변변치 못하다 하여 상처받지 않는다. 오직 스스로 그러할 뿐이다. 그것을 우리는 꽃을 아름답다고 하고 물을 생명수라고 하며 벌레를 징그럽다고 한다.

사물 주체와 바라보는 객체 사이의 거리로부터 미추는 생성된다. 즉 주체는 주체로서 그러할 뿐이고 주체와 객체의 거리가 존재할 때 객체의 주관이 개입되어 미추의 의미를 생성하는 것이다.

윤석중은 「꽃밭」에서 빨강에 대해 두려워하는 원초적 인간을 발견하여 형상화하였고, 「넉 점 반」에서 시간에 구속받지 않던 원초적 인간의 자유스러움을 발견하여 형상화하였다. 이는 인간의 원형에 가까운 아이들에게서 자주 발견되는 것으로 그것으로부터 멀어진 인간은 미적 쾌감을 느끼지만 어린이 자신들은 그저 스스로 그러할 뿐이다.

이 시점에서 우리는 아동문학의 독자에 대하여 생각해보아야 한다. 왜냐하면 이광수의 말처럼 "오직 그림이나 음악이나 노래로 그 한 귀퉁이(아이들 모습), 한 부스러기를 흉내 내보는 그 아름다움은 가장 높고 가장 큰 것이기 때문에 그 한 부스러기의 흉내조차도 우리에게 한없는 기쁨을 주는 것"인데, 이때 기쁨을 누리는 주체는 아동이 아닌 어른이기 때문이다.

작가가 생산한 작품을 즐길 수 있는 대상은 모두가 독자이다. 그런 맥락에서 보면 아이들의 순수한 심리나 행동을 「기차길 옆」, 「낮에 나온 반달」, 「퐁당퐁당」, 「꽃밭」, 「넉 점 반」 등 작품으로 형상화시킨 윤석중은 아이들은 물론 동심을 상실해가는 어른들까지 광범위하게 독자로 확보하고 있다.

동요에서 아이들이 찾을 수 있는 효용성은 노랫말의 의미보다는 간결하고 맑은 언어에서 파생되는 소리나 리듬일 것이다. 이런 맥락에서 본다면 윤석중의 동요가 많은 어린이들에게 불리게 된 것은 그의 언어조탁과 함께 작곡가의 힘도 간과할 수 없을 것이다.

춘원의 말처럼 바쁜 삶에 찌든 성인독자들이 단순하고 순진한, 인간의 원형심리를 안고 있는 어린이의 행동 한 편린을 그려볼 수 있는 것만으로도 행복하다면 문학성은 획득될 수 있다. 문학은 추상적인 가치를 구체화하는 작업이기 때문이다.

윤석중은 아동이 가지고 있는 원형심리에서 추상적인 가치를 발견하여 독자들에게 어린이의 마음, 즉 원초적 인간을 만나게 한다. 이것은 기쁨 혹은 사랑이라는 피드백을 형성한다. 시점의 전환을 통하여 동심을 되찾은 어른들은 태고의 모습인 순수를 찾아 너그러워질 수 있기 때문이다. 이 너그러움은 기쁨 혹은 사랑으로 전환되어 아이에 대한 사랑으로 이어진다. 이렇듯 소리와 리듬 그리고 의미가 상호작용하여 생성되는 문학성이야말로 아동문학의 유희 속에 숨어 있는 가장 큰 효용성이자 미학이라 할 것이다.

> "아무리 놀라운 말솜씨로 어린애의 귀여움을 그렸다고 하더라도 그것이 어른의 시-물론 대단한 시도 아니지만-는 될 수 있을지 모르지만 아이들을 위한 동시는 될 수 없는 것이다. 추억이라든가 회상이라는 것도 어른들에게는 절실한 마음의 운동이 될지 모르지만 아이들에게는 유익을 가져오기 어렵고 오히려 대개의 경우 정신의 자라남을 방해하게 되는 것이다.[102]

앞서 언급하였듯이 "어른들에게 절실한 마음의 운동"이 될 수 있다면 그것은 아이들에게 유익을 가져올 수 있고 문학적 가치는 획득된다. 아이와 어른은 유기적으로 연결되어 있기 때문에 순수한 정서, 맑음의 정서 또한 상호 유기적인 피드백을 형성하여 주고받게 된다.

> 나의 살던 고향은 / 꽃피는 산골
> 복숭아꽃 살구꽃/ 아기 진달래
> 울긋불긋 꽃대궐 / 차린 동네
> 그 속에서 놀던 때가 / 그립습니다.
>
> -이원수「고향의 봄」1연[103]

---

102) 이오덕,『시정신과 유희정신』(굴렁쇠, 2005), p.14.

103) 이원수,『아동문학입문』(웅진출판, 1993), p.58.

이 시 역시 아이들보다 어른들을 위한 시이다. 고향은 보편적으로 태어나고 자란 곳을 의미하기 때문에 어른들의 시점에서 상용하는 단어이고, 그 속에서 놀던 때가 그리운 것 또한 어른들의 시점이다. 그런데도 이 노래는 어린이들에 의해 불려졌다. 이 시를 보면 「꽃밭」이나 「넉 점 반」에서처럼 우리는 어린 시절에 대한 추억에 잠기게 되고 그때의 순수를 느끼게 된다.

유년의 뜰에서 놀던 공간에 대한 추억이나 행위에 대한 추억은 아름다움으로 자리를 잡아서 이를 형상화하는 것은 현실에서 부차 가치를 갖는다. 즉 삶에 유용한 것들의 결핍으로 억압을 받거나 개인이 아무리 노력해도 거기에 합당한 보상을 얻을 수 없는 부조리한 현상에 직면했을 때 유년기의 그리움은 그것에의 정당성을 부여해주고 존재에 대한 가치를 부여해주며 삶의 의욕 저하를 막아준다. 그런데 이 시처럼 아이들을 위한 동시가 될 수 없다고 하여 그들의 정신의 자라남을 방해한다고 할 수 있을까.

묘목은 자라서 거목이 된다. 따라서 묘목 속에는 거목이 될 요소들이 들어있고, 거목 안에는 묘목이 숨 쉬고 있다. 거목은 묘목을 품고 있으면서도 그것을 잊은 채 살아가는 것이다. 또한 묘목과 거목은 서로 다른 물질이 아닐 뿐더러 묘목이든 거목이든 자연을 구성하는 일부이며 자연 속의 모든 것들은 서로 유기적인 관계를 형성하며 영향을 주고받기 때문에 "아이들에게는 유익을 가져오기 어렵고 오히려 대개의 경우 정신의 자라남을 방해하게 되는 것"이라는 이오덕의 지적은 타당성을 획득하지 못한다.

아리스토텔레스는 “모방자(시인)는 행동하는 인간을 모방한다”[104]고 하였다. 모방하려는 욕망은 인간이 가진 본능이다. 풀과 나무, 새와 짐승은 그 자체의 표현을 고정하고 반복한다. 그러나 인간이 추구하는 표현의 변화는 생존의 만족을 누릴 수 없는 인간의 운명에서 비롯된다. 인간이 표현의 부족을 느끼지 못했다면 예술은 발생하지 않았을 것이다. 『禮記』의 『樂記』는 인간이 아무리 표현해도 만족할 수 없어서 시가무(詩歌舞)가 생겼다고 결론 내린다. 왜 인간은 아무리 말을 해도 만족할 수 없을까. 이러한 물음에 스스로 해명하기 위해 인간은 시를 짓고 노래를 부르고 춤을 춘다고 결론 내린다.이러한 『樂記』의 결론은 예술의 발생을 해명해 주고 나아가 인간의 문제에서 미학이 어떤 부분에 관심을 갖는 학문이 되어야 할 것인지를 암시해주고 있다.[105] 또한 칸트는 인간의 유희적 본능에서 문학이 기원하였다고 주장하였다. 이렇듯 모방과 유희는 인간의 삶의 원천으로써 중요한 요소이다. 따라서 윤석중은 아이들의 모방을 통하여 작가 자신은 물론이거니와 광범위한 독자들에게 유희적 본능인 원초적 심성을 일깨운다.

젖 없이 자라나는 / 저희 버리고 / 어떻게 가십니까.

---

104) 아리스토텔레스, 천병희 역, 『시학』(문예출판사, 1997), p.29.

105) 윤재근, 『東洋의 本來美學』(나들목, 2006), p.15.

네? 선생님./ 옷자락에 매달린 / 저힐 떼치고 / 어디로 가십니까?

네? 선생님./ 선생님이 가시다니 / 방 선생님이

안 돼요 못 가세요 / 어딜 가세요. / 천 년을 사신대로

안 놓을 것을 / 마흔도 채 못 넘겨 / 가시다니요.

웃으며 가신대도 / 서러울 것을 / 말없이 괴롭게 / 가시다니요.

선생님이 가시다니 / 방 선생님이 / 안 돼요 못 가세요.

어딜 가세요.

—「못가세요 선생님」[106] 전문

이 글은 〈7월 25일 선생님 장례날에〉라는 부제를 단 조시이다. 어린이 운동의 선각자인 방정환이 세상을 떠났을 때 애통해 하는 윤석중의 마음이 잘 나타나 있다. 그가 방정환이 만든 잡지《어린이》(개벽)에 「오뚝이」가 입선된 것을 계기로 소파 방정환(1899~1931)을 알게 되었는데, 이후 천도교당으로 방정환의 동화를 들으러 다니면서 어린이를 사랑하고 존중하는 방정환의 모습에 감탄하여 스승으로 섬겼다.

"젖 없이 자라나는 저힐 버리고"에서는 나라 잃은 시대에 태어나고 자라는 어린이들을 "젖 없이 자라나는"으로 표현하였는데, 이는 당시 어린이를 경시하던, 국권을 상실했던 사회 환경을 보면

106) 윤석중, 『노래가 없고 보면』(웅진출판, 1988), pp.145~146.

어린이를 위한 운동을 해오던 방정환을 잃은 것은 부모를 잃은 것과 같은 의미이기도 하고 어머니 없이 자란, 즉 젖 없이 자란 윤석중의 독백일 수도 있다.

젖은 어린이에게 영양의 공급원으로 모성을 상징한다. 일제 강점기에 어린이 운동의 선각자였던 방정환은, 윤석중의 조시에서 어린이에게 영양의 공급원인 젖과 동일시된다. 그래서 그의 죽음은 어린이들에게 엄마를 잃는 슬픔이요, 아버지를 잃는 슬픔에 비길 수 있었을 것이다.

이 시를 보면 윤석중이 스승과의 이별을 얼마나 슬퍼했는지 짐작할 수 있는데 이것은 그가 방정환을 통하여 문학으로의 물길을 낼 수 있었고 민족의식을 싹틔울 수 있었으며 암울하고 슬픈 현실도 극복할 수 있었기 때문일 것이다. 방정환이 추구하는 어린이와 윤석중이 추구하는 어린이는 동일한 양상을 띠었고 방정환이 떠난 뒤의 아동문학에 대한 불안한 현실을 윤석중은 "젖 없이 살아가야 하는" 아이의 불안으로 인식했다.

> 아버님이 가난한 사람 편이 되어 사회운동을 하시는 줄을 안 것은 내 나이 열세 살 때이다. 손꼽는 양반집에 태어난 분이 천하게 태어난 사람들 편이 되어 싸우러 나서신 것을 안 뒤로는 비록 외갓집의 밥을 먹고 크지마는 장하시단 생각이 들었다. 나를 꾸짖으시거나 언성을 높이시는 일이 한 번도 없으셨는데, 비록 아

들에게 해주시는 것은 없지마는, 물질로 바꿀 수 없는 그 자애로움이 나로 하여금 남하고 싸우거나 욕을 입에 담는 일이 없을 정도로 순해 빠진 아이가 되게 해준 셈이었다. 내가 스물다섯에 장가를 가서 3남 2녀를 낳아 기르는 동안 우리 내외가 아이들에게 손찌검을 하거나 욕을 한 일이 한 번도 없었음은 인자하신 아버님에게서 물려받은 보배로운 유산 덕분이었다.[107]

초기 방정환 선생의 영향으로 형성된 그의 민족주의적인 문학관은 서서히 낙천성을 바탕으로 하는 동심지향으로 변모하게 된다. 윤석중의 낙천지향은 두 살 때 어머니를 여의고 외할머니 무릎에서 자란 그의 슬픈 현실이 오래도록 그의 의식 속에 잠재해 있었음을 짐작할 수 있다.

앞서 살펴보았듯이 국권 상실, 모성애 상실에서 비롯된 민족주의적 문학관은 「모래성」을 발표한 이후 낙천의 세계를 지향하게 되고 이후 동심에 천착하면서 반전과 통일을 지향한다.

그가 몇몇 논자들의 비판을 받으면서도 초지일관 동심에 천착하는 것은 현실을 초월하려는 시인의 의식이 페르소나에 대응하면서 무의식과 조응하는 것으로 볼 수 있다. 모성애 상실이나 조국 상실 등의 현실—부성애 상실, 이데올로기의 대립으로 인한 고향상실 등—에

107) 윤석중, 『어린이는 어린이답게』(웅진출판, 1988), pp.36~37.

대한 작가의 개별적 체험이 현실을 초월하는 작가의식을 형성하였고 이는 내면의 원형심리와 갈등하면서 동심지향, 반전(反戰)과 평화(平和)와 통일(統一)을 지향하는 의식으로 물꼬를 튼다.

당시 어머니를 상실하고 외조모의 손에서 자란 윤석중에게 아버지는 절대적인 존재였음은 자명한 일이다. "비록 외갓집의 밥을 먹고 크지마는 장하시단 생각이 들었다"와 "물질로 바꿀 수 없는 그 자애로움"과 "인자하신 아버지에게서 물려받은 보배로운 유산"이라는 표현에서도 아버지에 대한 그의 인식을 짐작할 수 있는데 이 또한 그의 문학에서 동심지향의 요인이 되었을 것으로 짐작된다. 가난한 사람들을 위하여 일하는 부친의 자애로움이 후에 결혼하여 자녀를 낳아 키우는 시인의 전 생애에 미친 영향을 염두에 두면 아동을 위한 그의 문학정신에 끼친 아버지의 영향은 절대로 간과할 수 없는 것이다.

그것은 생모가 유산으로 물려준 서산의 땅을 아버지에게 양보하여 새어머니와 터를 잡고 살도록 한 것을 보아도 알 수 있고 부친이 비운으로 세상을 떠났을 때 서산의 모든 것—200석지기 땅을 비롯한—을 버린 것으로도 뒷받침된다.

그는 실제로 외가에서 물려받은 서산의 많은 땅을 아버지에게 드렸고, 아버지가 비운에 처했을 때 모든 것을 버리고 떠났다. 그의 땅은 친척들이 찾아갔고 일부는 아직까지도(2007. 12) 관리되지 않는 무연고 땅으로 남아 있어 서산시에서 윤석중에게 찾아가라는 통보

를 하였다.[108]

그의 작품에 나오는 대부분의 주인공들은 잠도 잘 자고, 밥도 잘 먹고, 뛰어놀기도 잘하고, 웃기도 잘하는, 무럭무럭 자라나는 건강한 아이들인데 그것은 그의 내면에 감춰진 상처받은 아이의 치유의 양상으로 해석할 수 있을 것이다. 즉 그의 동요들이 슬프지 않은 것은 그의 유년이 슬펐기 때문이며 그 슬픔이 콤플렉스로 작용하여 밝음을 지향하게 되는 것이다.

한국전쟁 이후 지배층의 이데올로기였던 반공주의가 강화되던 시대, 동심을 지향하던 그의 문학정신은 당대의 지배이념에 편승하지 않고 反戰과 平和 그리고 統一을 지향하게 된다. 이러한 그의 문학의식 또한 개인적인 체험의 산물로서, 의식의 산물로서 가족사와 밀접하게 연결되어 있다.

일제시대부터 독립운동의 사상적 배경이었던 자유주의와 공산주의의 두 이념은 승자도 패자도 없는 6 · 25 전쟁을 일으켜 민족 전체를 피해자로 만들었다. 이 전쟁에서 윤석중은 부모와 형제를 잃었다. 일제 강점기에 사회운동 · 노동운동에 몸담고 있던 그의 부친과 새어머니는 충남 서산에서 우익에 의하여 목숨을 잃었고, 당시 20세였던 둘째 동생 윤이중은 의용군으로 가서 행방불명되었으며, 18세였던 셋째 동생 윤시중은 국군으로 징집되어 갔다가 전사

108) 박용실 증언.

하게 된다. 특히 서산농고에 다니던 둘째 동생 윤이중[109]은 수재여서 윤석중이 서울로 데려가 휘문고등학교로 전학시켜 서울대학교에 보냈다고 한다. 그런데 한국전쟁에서 두 동생은 서로를 향해 총을 겨누었고, 결국 부모와 두 동생 모두 잃게 되면서 그는 부친이 일가를 이루고 살던 서산까지 등지게 되는 것이다.

이러한 윤석중의 개별적인 체험은 고질적인 정신질환처럼 그의 내면에 잠복해 있어 당대 국시였던 反共에 편승하지 않고 反戰과 平和, 統一을 지향하는 원인이 되어 「놀러오너라」, 「휴전선의 어린이날」, 「되었다 통일」, 「새아침」, 「풍선아 멀리멀리 날아라」 등의 작품으로 형상화된다.

윤석중의 동심지향이나 통일지향은 통시적으로나 공시적으로 변모하는 이념지향이 아니라 보편적 인간지향이며 내적 가치의 지향이다. 그가 지향하는 보편적 가치, 내적 가치인 동심은 시간을 넘고 국경을 넘는 가치로 부차가치가 아닌 우성가치였다. 즉 타인의 의식이나 환경의 요구보다 주체적 자아의식에 의한 가치지향으로서 내면의 요구에 귀를 기울이고 그것을 표현하는 것이다.

개별 체험에 의한 문학정신의 변모는 페르소나[110]가 강조되는 한국사회에서 현실을 외면했다는 지탄과 함께 '동심천사주의'라는

---

109) 윤시중의 웅암초등학교 동기동창인 김낙중(음암면 율목리 거주. 음암발전추진위원장)에 의하면 윤이중은 수재로서 명절에 사당패가 마을에 들어와 잔치가 벌어져도 나오지 않고 집안에서 공부만 하다가 서울로 전학갔다고 한다.

비판까지 받게 되지만, 윤석중의 탈 역사적인, 탈 이념적인 보편지향은 우성가치의 지향으로 고전주의와 맥을 이어 자유와 평화를 상징하는 원초적 인간을 지향한다.[111)]

태고의 인간이 가지고 있는 원초적 모습이 人爲로 인하여 변화되고 조작된 현대인에게 현실에서 윤석중의 문학정신은 그러한 태고적 인간에 대한 그리움의 발로일 것이다. 물질과 이념으로 억압된 현대인들이 자유의 상징인 태고의 인간을 만날 수 있는 통로는 어린아이와 자연이다. 어린아이는 인위로 인하여 변질되지 않은 순수한 모습으로, 윤석중의 문학은 이러한 어린이의 모습을 지향한다.

그는 현실도피라는 혹평을 들으면서도 아이들의 모습에서 인간의 원형을 찾고 문학으로 형상화하는 시창작을 그치지 않았다. 그

---

110) '페르소나' 는 고대 그리스 연극에서 배우들이 쓰던 가면을 뜻한다. 우리나라의 탈춤에서 노인의 탈을 쓰면 노인의 역할을 하고 왕의 탈을 쓰면 왕의 역할을 하듯 인간이 집단 속에서 살아가는 데 있어서도 여러 개의 탈을 썼다가 벗었다가 하면서 살고 있다는 뜻에서 파생된 말이다. '페르조나' 는 집단정신의 한 단면이다. 그것은 흔히 개성이라고 착각하기 쉬운 가면이다. '페르소나' 는 내가 나로서 있는 것이 아니고 남과 다른 사람들에게 보이는 나를 더 크게 생각하는 특징을 가지고 있다. 이것은 진정한 자기(Selbst, self)와는 다른 것이다. '페르소나' 에 입각한 태도는 주위의 일반적 기대에 맞추어 주는 태도이며 외계와의 적응에서 편의상 생긴 기능 콤플렉스(Funktionskomplex)이다. 이부영, 『분석심리학—C. G. Jung의 인간심성론』(일조각, 2008), p.82.

111) 윤석중은 자유민주주의의 신봉자이고 그의 계모는 사회운동가였다. 따라서 계모와 함께 사는 아버지도 계모의 영향에서 자유롭지 못하였다. 우리나라는 이 두 이념의 대립으로 인하여 동족상잔의 전쟁을 겪었다. 한 집안에서 이념이 달랐던 윤석중과 계모 사이에 있는 부친을 보며 윤석중은 고뇌했으리라 짐작된다. 결국 부모자식 사이에 이념이 달랐던 윤석중의 집안은 이로 인하여 파괴된다. 따라서 사상적 충돌을 경험하면서 많은 것을 상실했던 그가 지향하는 원형 상징의 동심은 필연적일 수밖에 없었을 것으로 필자는 짐작한다.

의 동심지향이 가리키는 원형이야말로 상실과 결핍의 환경에서 자란, 이념의 대립에서 부모와 형제를 잃은 그가 안식할 수 있는 유일한 공간이었기 때문이다.

보이지 않는다고 존재하지 않는 것은 아니다. 생 텍쥐베리를 비롯한 수많은 작가들이 말했듯이 우리가 살아가는 데 중요한 것들은 눈에 보이지 않는다. 문학은 보이지 않는 것을 보이게 해준다. 즉 추상적인 가치를 찾아 구체적으로 표현하여 보여주는 작업이 문학이며 예술이다.

윤석중은 끊임없이 아이들에게서 인간의 처음을 발견하고 인위로 변질되지 않은 순수한 모습을 독자들이 볼 수 있도록 시창작을 통하여 형상화했다. '있는 세계' 보다는 '있어야 할 세계', '있는 인간' 보다 '있어야 할 인간'을 지향하는 것이다. 있는 세계는 어른들이 만든 세계이며 있어야 할 세계는 아이들이 만들어 갈 세계이기 때문이고, 사실성의 세계에 있는 인간이 어른들이라면 미래 있어야 할 사회의 주인공은 어린이이기 때문이다.

윤석중은 1978년 아시아의 노밸상이라고 불리는 라몬 막사이사이상을 수상하면서 "정말로 국경이 없는 것이 동심인 줄 압니다. 동심이란 무엇입니까. 인간의 본심입니다. 인간의 양심입니다. 시간과 공간을 초월해서 동물이나 목석하고도 자유자재로 이야기를 주고받으며 정을 나눌 수 있는 것이 곧 동심입니다."라고 소감을 밝히며 동심론을 피력했는데, 이는 윤석중의 동심론이 원초적 인간인 원형[112]을 지칭하는 것임을 알 수 있게 해주는 대목이다. 원형심상을 지향하는 그의 동심지향은 긍정성과 부정성으로 나뉘어 논자들의 비평을 받지만, 그럼에도 불구하고 그의 많은 작품들은 한결같이 동심을 지향하고 있으며 이는 원형의 '나타남' 이라고 할 수 있을 것이다.

생모와의 사별, 일제 강점기 체험 그리고 이념의 대립으로 인하여 부모형제를 잃고 생모로부터 물려받은 땅까지 잃은, 아픈 체험의 소유자인 그는 필연적으로 동심을 지향할 수밖에 없었을 것으로 짐작된다.

2003년 12월 9일 윤석중은 만92세를 일기로 타계하여 국립 대전현충원에 국가 사회 봉헌자 묘역에 안장되기까지 30권이 넘는 작품집을 내면서 수많은 학교의 교가를 지어주는 등 아프고 고달픈 현실을 살아가는 어린이들에게 밝고 맑고 따뜻한 정서를 심어주는 수많은 노래를 지었다.

---

112) 원형은 하나의 모티프를 어떤 표상으로 형성시키는 경향이다. 그 표상은 기본적인 패턴을 잃지 않으면서 세부적으로 다양하게 변한다. 가령 형제상잔의 모티프를 나타낸 표상은 다양하지만 모티프 자체는 같은 것이다. 이러한 원형은 우리 의식에서 유래한 것이 아니라 주어지는 것이다. 왜냐하면 우리 의식에서 유래한 것이라면 그 원형을 이해할 수 있어야 하기 때문이다. 그러나 원형은 본능적인 경향이 있어서 새가 집을 짓는 충동이나 조직적으로 무리를 이루는 개미의 충동만큼이나 나름의 충동을 지닌다. 여기에서 본능과 원형과의 관계를 분명하게 정리해 놓을 필요가 있다. 본능이라고 부르는 것은 생리적인 충동으로 주로 감각에 의해 지각된다. 그러나 이 본능이라는 것은 공상 중에도 나타나되 대개의 경우 상징적인 이미지로만 나타난다. 바로 이 '나타남'을 나는 원형이라고 부르는 것이다. 칼 구스타프 융, 「무의식에의 접근」『인간과 상징』(열린책들, 2005), pp.68~69.

그의 묘는 전 법무부장관 신직수, 전 국회의장 황낙주 등의 묘와 나란히 위치해 있다. 아래는 48년 발간된 「날아라 새들아」 『굴렁쇠』의 동요가 적혀 있다. 또한 호국관에는 윤석중이 생전에 받은 상을 비롯한 훈장 등 그의 유품이 전시되어 있다.

그때 어린이였던 지금의 어른들은 그가 지어준 노래를 자양분으로 춥고 배고팠던 어린 시절에 꿈을 길러왔다. 그러나 정작 윤석중은 많은 아픔의 소유자였다. 부모님과 함께 살던 서산을 등지게 되었고 그 아픔으로 인해 서산과 연계되는 것조차 싫어하였다. 여느 문학작품들 중 서산이 배경이 된 것들이 많은데 그는 작품해설에서조차 서산을 전혀 언급하지 않았고,[113] 함께 하던 문인들에게도 그의 가족에 대해 침묵으로 일관하였으며 어쩔 수 없이 나타내야 할 때는 "충청도 시골"이라고만 하였다. 때문에 동심을 지향하는 그의 작품에 대한 창작동기나 배경 등의 설명이 모호해질

113) 그의 전집 30권에서 '서산'을 언급한 것은 단 한 번이다. "징용을 피해 한국으로 온 나는 경기도 의정부(계초별장), 소사(처가), 충청도 서산, 서울(YMCA 뒤 노성석 박문출판사 사장 사랑방)로 떠돌다가 경기도 시흥군 서면, 내 나이 만으로 두 살 때 돌아가신 어머니 산소가 있는 동네에 쓰러져 가는 초가집 한 채를 사서 들어 오랜만에 한 식구가 한솥의 밥을 먹게 되었다. 윤석중, 『어린이와 한평생』(웅진출판, 1988), p.169.

가능성을 안고 있었다. 이를 두고 몇몇 문인들이 그의 역사의식을 비판하였는데 그것을 두고 유경환은 다음과 같이 말했다.

> 그는 주어진 생애를 '자신에게 가장 성실한 삶으로써' 마감한 문학인이다. 그러면서도(사후의 언론매체의 보도문 제목처럼) '한국 동요의 아버지'라는 문학의 위상을 당당히 누렸다. 하지만 여기에 단서조항을 한 가지 유보형식으로 달아 남긴다.
> '과연, 그는 역사와 더불어 살았느냐?'고 묻는 일부 후진들의 질문에는 생전에 묵묵부답이었듯이, 사후에도 아직 답이 없다. 하지만 그의 역사의식에 대한 논의는 적어도 한 세대인 30년이 지난 뒤에라야 객관적으로 정리될 수 있겠다.[114]

윤석중은 아픈 가족사를 침묵으로 일관하면서 다양한 작품들을 통해 동심을 형상화한다. 즉,당대 사회현실을 묘사하지 않고 당대 이념에 편승하지 않으며 동심지향을 통하여 인간의 보편적인 진리를 형상화하는 것인데 이러한 윤석중의 문학정신은 그의 내면의 의식과 체험에서 우러나오는 것이라 할 수 있다.

일제 강점기와 한국전쟁 전후에는 현실의 아픔과 고통을 담은 「독립」, 「허수아비」, 「잘있거라 고향아」, 「빈집」, 「생채기」 등 많

114) 유경환, 「한 평생 언어로 보석을 만든 시인」《한국아동문학》(제 21호), 2004, p.111.

은 현실의 아픔을 담은 시들을 발표하였고 곡을 붙였으나 널리 불려지지 않았다. 그것은 전달을 특성으로 하는 동요의 숙명에 기인하는 것으로 볼 수 있다.

이후 많은 작가, 시인들은 이데올로기로 인한 동족 간의 대립이 우리에게 어떤 상처를 주었는지 소설과 시를 통하여 이야기하였으나 그 한 가운데서 아버지를 비롯하여 동생들과 생모가 남겨준 땅까지 등졌던 윤석중은 유경환의 말에서처럼 묵묵부답으로 일관하면서 반공주의에 편승하지 않고 동심을 지향하였다. 문우들은 물론 후진들에 의해 비난을 받으면서도 자신의 가족사에 대하여 한마디도 하지 않고 생을 마쳤는데 그에게는 6.25가 동족상잔이 아니라 혈육상잔이요, 골육상잔이었으므로 반공주의 또한 그에게 입을 다물게 하는 요인으로 작용하였음을 짐작할 수 있다.

가난한 사람을 위해 일했던 그의 아버지는 한국전쟁에서 희생되어 아직도 유골조차 찾지 못하였고, 자유 민주주의 신봉자로 어린이들을 위해 일했던 아들 윤석중은 국립 대전현충원 국가 사회 봉헌자 묘역에 묻혔다.

이러한 가족사를 가진 그는 일제 강점기와 해방공간 그리고 한국전쟁의 혼란한 시기가 지난 후 새로운 나라가 들어섰지만 지배계층의 이데올로기에 편승하지 않고 반전(反戰)과 통일(統一)을 지향하며 동심을 지향하는 평화주의자가 된다. 그것은 가족사에 대한 아픈 체험에서 비롯된 문학의 정신이며, 라몬 막사이사이상의 수상식장에서 피력한 '동심론' 은 그러한 문학정신의 핵이 된다.

2000년대에 들어서면서 세계는 지구촌이라는 이름으로 소통되고 있다. 이러한 때에 분단의 아픔은 우리 모두의 아픔으로 반드시 치유되어야만 한다. 상실로 인한 그의 아픔 또한 우리 모두의 아픔으로 인식되어야 하고, 민족의 아픔으로 인식되고 치유되어야 하며 '동심론'으로 대표되는 그의 문학정신은 새롭게 평가되고 조명되어야 할 것이다.

Ⅲ. 윤석중 문학의 세계인식

윤석중의 문학을 일컬어 흔히 동심주의 문학이라고 한다. 그리하여 천진성과 낙천성을 토대로 한 순수문학이라는 긍정적인 평에서부터 현실을 외면했다거나 현실에 없는 아동을 그렸다는 부정적인 평을 하기도 한다. 이에 대하여 생전의 윤석중은 아무런 해명도 하지 않았다.

그러나 윤석중의 문학작품에 나타나는 세계인식방법을 살펴보면 '동심주의'라고 한마디로 명명할 수 없을 만큼 현실에 대한 비판적 인식에서부터 시작하여 민족의식, 현실의식, 통일의식, 동심의식 등 다양한 양상으로 전개된다.

실존주의는 인간을 제한된 존재로서 세상에 던져진 존재로 본다. 이때 '던져진 세상은 어떤 세상인가' 하는 문제는 그리 간단하지가 않다. 자신의 의지와 관계없이 세상에 던져진 존재로서 인간은 존재론적 불안에 직면하면서 성장한다. 불안을 극복하고 성장을 이루기 위해서는 위엄과 자기존중을 유지하며 자기 인생을 살고자 하는 진실성과 용기가 필요하다. 진실성이란 인간애로서 개인의 의무를 충분히 인식하고 인간의 자유와 책임을 포용하여 얻어진다.[115] 그렇게 되기까지 자아는 세계와 갈등하고 충돌한다. 욕망적 존재로서 인간이 추구하는 진실성과 용기는 직면한 불안을 극복할 줄 알게 되었을 때 발휘되기 때문에 그 과정에서 내적이든 외적이든 세계와의 갈등과 충돌은 필연적이다.

이러한 갈등의 과정에서 세상을 어떻게 바라보느냐 하는 문제는 주관적 경험의 인식 주체가 세계를 어떻게 구성할 것인가 하는 의지에 의해 표출될 것이다. 우리가 살고 있는 실제(actuality) 세계는 실재(reality)의 허상으로 특수화 된 환경이다. 이 특수화 된 환경은 감각적이고 유동적이다. 따라서 실제 세계에서는 보편적인 이데아의 세계인 실재 세계의 말초 신경적 조직체로 통합되어 있다. 말초신경계에 해당하는 실제 세계로부터 정보를 종합하고 판단하여 보편성을 획득함으로써 실재 세계 사이의 간극을 메우는 매개체가 허구와 모방의 작품이다.[116] 그래서 아리스토텔레스는 시는 역사보다 더 철학적이라고 하였다. 왜냐하면 시는 보편적인 것을 말하는 경향이 많고 역사는 개별적인 것을 말하기 때문이다.

구조주의는 작가의 언어가 리얼리티를 반영하는 것이 아니라 언

115) 오안영 · 강영신, 『성격심리학』(학지사, 2006), p.342.

116) 황정현, 『동화교육방법론』(열린교육, 2001), p.29.

어의 구조가 리얼리티를 창조하는 것이라고 말함으로써 한 문학 작품의 의미가 작가나 독자의 개인적 경험에 의해서가 아닌 그 개인을 지배하는 언어체계에 의해서 결정된다고 주장한다.[117] 그러나 주체의 상상력을 통한 현상학은 내면의 구조화되어 있는 무의식을 자극하며, 세계를 구성하는 인식 주체는 내면에 구조화되어 있는 무의식의 영향에서 자유로울 수 없다. 즉 인간의 외적 행동과 내적 마음은 상호 유기적인 것이어서 서로 영향을 주고받는다는 것이다. 이를 가리켜 "무의식과 이성의 싸움의 장소가 작품"이라고 한다.[118]

우리는 우리로 하여금 모두 사회 구조 속에서 일정한 입장을 취하도록 소환하는 이데올로기의 '주체들'로 사실상 개인들과 사회 구조 사이의 실제적인 관계들을 억압한다.[119] 지난 우리 사회의 구조 속에서 윤석중 문학의 연구자들은 그의 역사의식에 대하여 현실 참여냐 현실회피냐의 비판적 질문을 던졌다. 그러나 루이 알튀세르는 담론을 이데올로기로 번역하고 지배와 종속 모델을 도입함

117) 그렇게 되면 우리가 인지하고 경험하는 것의 서술적 분석을 통해 의미에 접근할 수 있다고 생각하는 현상학적 태도를 배격하며 모든 경험적 리얼리티와의 연계성을 스스로 포기한다. 김성곤, 『탈구조주의의 이해』(민음사, 1988), p.13.

118) 김현, 『한국 문학의 위상—문학 사회학』(문학과 지성사, 2002), p.89.

119) 이 소환은 '국가 기구들' (종교적, 법적, 교육적 등등)과 물적으로 연계된 담론 형성물들을 통해 작동한다. 이데올로기가 유도하는 상상계적 의식은 개인들이 자신들의 '진정한 존재 상태' 와 관련시키는 방식을 우리에게 제공해준다. 그러나 그것은 단지 분열되지 않은 조화로운 '이미지'일 뿐이므로, 사실상 개인들과 사회 구조 사이의 실제적인 관계들을 억압한다. 라만셀던 외, 정정호 외 역, 『현대문학이론 개관』(한신문화사, 1998), p.189.

으로써 실체가 있는 통합된 주체성에 대한 인간주의적 개념에 의문을 제기하였고,[120] 폴드만은 비평가란 어떤 눈멂(blindness)을 통해서만 비로소 통찰력(insight)을 가질 수 있다고 말하였다. "눈멂 속에 통찰이 들어 있고, 통찰 속에 눈멂이 들어 있다."[121]는 폴드만의 역설적인 견해는 윤석중의 작품에 나타나는 세계인식을 이해하는 길라잡이가 된다. 이는 윤석중이 거대담론이 팽배하던 시대에 그것에서 벗어나 주체성을 가지고 현실을 인식했던 것을 이해할 수 있게 한다. 뤼시앙 골드만이 말했듯 작가의 창작의도와 독자가 받아들이는 의미가 일치하지 않을 수 있음[122]이 발현되는 순간인 것이다.

따라서 윤석중의 작품세계에 나타나는 세계인식은 윤석중의 내면에 구조화되어 있는 무의식의 원형이 외부세계를 통한 의식과 만나 충돌하고 조응하면서 개성화 과정을 통하여 발현된 것으로 볼 수 있는데, 그것은 우리 사회의 구조 속에서 어떤 입장을 취하도록 요구하는 억압적 현실에 순응하기보다는 대응하고 있다고 보아진다.

그 과정에서 창조되는 다양한 양상의 작품은 시인이 어떻게 세상을 인식하는지 이해할 수 있는 통로가 된다. 특히 초기 현실 비판적

120) 앞의 책, p.190.

121) 그래서 루카치나 블랑쇼가 풀레 또는 루소나 훗설 같은 비평가들도 모두 자신들이 발하는 빛에 눈멀었으며 따라서 원래 자기들이 말하려는 것과는 무엇인가 다른 것을 말하게 되는 운명을 갖고 있다고 폴드만은 지적하고 있다. 김성곤 편, 『탈구조주의의 이해』(민음사, 1988), p.36.

122) 루시앙 골드만, 송기형, 정과리 옮김, 『숨은 신』(연구사, 1986), p.10 참조.

문학관 형성과 민족주의적 성향 그리고 이어지는 낙천지향이나 동심지향은 그의 작품이 담고 있는 정신적 태도나 세계인식을 이해하는 열쇠가 되는 것이다.

루시앙 골드만에 의하면 세상에 고독하게 던져진 존재로서 억압적 현실에 대한 원망에 빠지지 않고 실존의 문제를 깊이 있게 인식하려는 노력은 현실을 극복하고자 하는 시인의 의지이다. 물론 이러한 시인의 의지에 의한 작품의 '주관적' 의미는 독자의 '객관적' 의미와 항상 일치하지는 않는데, 이러한 양상도 주체와 객체를 둘러싼 구조화되어 있는 틀에서 자유로울 수 없는 개인의 세계인식 방법에 기인할 것이다.

사람이 자기 성찰과 거기에 맞는 행동을 통해서 자기를 의식하게 되면 될수록 집단적 무의식에 중첩된 개인적 무의식의 층은 사라진다. 그리하여 하나의 의식이 생기게 되는데 그 의식은 이미 작은 개인이며 예민한 자아세계(Ich-Welt)에 갇혀 있지 않고 보다 넓은 세계, 객체(object)에 참여하고 있는 것이다.[123]

인간은 자기 성찰을 통해서 자신이 해야 할 행동을 찾고 그것을 깊이 인식하게 됨으로써 집단적 무의식이 그것을 덮고 있는 개인적 무의식으로부터 분출되어 새로운 의식이 생기게 된다. 이 새로운 의식을 융은 "나의 조그마한 공명심, 이기적인 욕망과 희망과 기대에

123) C. G. Jung, Die Beziehungen Zwischen Ich und dem UnbewuBten. 이상호, 『한국현대시에 나타난 자아의식에 대한 연구』(한국학술정보, 2006), p.67 재인용.

서 벗어나 사적인 것이 아닌 객체인 세계와 결부된 관계기능"[124]이라 했다. 그래서 이 의식이 곧 자아실현을 하도록 만든다는 것이다.

본 장에서는 윤석중의 문학작품에 나타나는 세계인식방법을 연구하고 어떠한 양상으로 전개되는지를 고찰하기로 한다. 개인의 세계인식방법은 내면의 집단 무의식과 개인 무의식이 그 사람의 생애와 관련하여 환경이나 체험 등과 결부되어 있기 때문에 어떻게 바라볼 것인가 하는 문제는 작품을 어떻게 창작할 것인가 하는 창작방법적 문제와 결부된다.

---

124) 앞의 책, p.68.

01
원형지향과 모성인식

1. 천진성의 원형 추구

모성애 상실의 환경에서 태어나고 성장하면서 문학에 눈뜨게 된 윤석중은 존재론적 성찰을 하면서 그를 둘러싼 사회에 비판적으로 대응한다. 이후 그는 모성애 상실의 환경, 당시 우리 민족적 정서에 침전되어 있는 슬픔에서 벗어나려는 의식적인 대응으로 밝은 시를 창작하게 된다.

> "어른들이 지어낸 동요에도 우리들은 불만이 컸다. 맨 한숨투성이, 눈물투성이가 아닌가. 슬프면 자기들이나 슬펐지, 왜 우리들까지 울려놓는단 말인가. 우는 우리를 달래는 못주나마, 무슨 심정으로 같이 따라 울게 만든단 말인가."[125]

125) 윤석중, 『어린이와 한평생』(범양사 출판부, 1985), p.92.

일제 강점기라는 슬픔의 현실에 슬픈 동요가 아닌 밝은 동요를 불러야 한다는 윤석중의 현실비판적인 의식은 문학인으로서 현실에 대한 냉철한 인식을 전제로 한다. 나라를 잃은 설움도 큰데 情과 恨에 기초한 슬픈 정서를 가지고 있는 우리가 국권 상실의 현실을 어떻게 바라볼 것인지, 어린이들의 현실은 어떠해야 하는지 등의 문제는 아동문학가로서 윤석중 개인의 존재가치를 어디에 두어야 할 것인가 하는 내적인 성찰로 이어지면서 때로는 순응하고 때로는 갈등하며, 민족주의적 성향을 띠기도 하고 낙천적 성향을 띠기도 하는 것이다.

> "마해송의 주장은 '현실을 과학적으로 똑똑히 바라볼 수 있는 눈'을 지니도록 어린이들을 지도해야 된다는 것이었는데 그렇게 말한 그 자신이 지은 대표작 '바위나리와 아기별'(1926년《어린이》 신년호)을 보면 눈물을 자아내기는 소파의 슬픈 이야기와 별로 다를 바 없었다." 126)

이 글은 방정환의 눈물주의에 대한 마해송의 반론에 윤석중이 재반론한 것이다. 본래 우리 민족의 고유한 정서는 情과 恨이다. 정과 한은 모두 과거를 지향하는 정서로 정은 긍정적인 것이고 한은 부

126) 앞의 책, p.93.

정적인 것이다. 그러나 과거로 인한 정도 한도 개인적 삶에는 에네르기로 작용할 수 있다.

> "넓고 넓은 바닷가에 오막살이 집 한 채"라든가 "남은 별이 둘이서 눈물 흘린다"라든가, "내 어머니 가신 나라 달 돋는 나라"가 모두 아이들까지 시름에 잠겨 눈물짓게 해주었고 그것은 풀이 죽게 하는 것이나 다름없었다. 같은 '비애'에도 가난과 억눌림과 시달림에서 우러나는 눈물이 있어서 때로는 이것이 역사와 현실을 똑바로 내다볼 수 있는 바른 눈을 길러주는 수도 있었으나 하루 스물네 시간을 나라 근심, 겨레 걱정에 잠기게 한다는 것은 어린 사람들에게 너무나 가혹한 일이다.[127)]

그런데 이러한 정서가 에네르기로 작용하는 것은 어린이들보다는 성인들에게 합당하다. 부정적인 정서인 한을 노래로 만들어 부를 때 어른들에게 한풀이가 될 수 있지만 아이들은 자기도 모르는 사이에 슬픈 정서를 안게 된다. 윤석중은 이러한 인식에 도달하여 밝은 노래를 지향한 것이다.

> 엄마 앞에서 짝자꿍 / 아빠 앞에서 짝자꿍.

---

127) 앞의 책, p.95.

엄마 한숨은 잠자고 / 아빠 주름살 펴져라.

들로 나가서 뚜루루 / 언니 일터로 뚜루루.

언니 언니 왜 울우 / 일하다 말고 왜 울우.

우는 언니는 바아보 / 웃는 언니는 자앙사.

바보 언니는 난 싫여 / 장사 언니가 내 언니.

햇님 보면서 짝자꿍 / 도리 도오리 짝자꿍.

울던 언니가 웃는다 / 눈물 씻으며 웃는다.

—「짝자꿍」[128] 전문

나리 나리 개나리 / 입에 따다 물고요.

병아리 떼 종종종 / 봄 나들이 갑니다.

—「봄나들이」[129] 전문

「짝자꿍」은 1932년 『윤석중 동요집』에 처음 발표되었고, 「봄나들이」는 1939년 출간한 『윤석중 동요집』에 발표되었다. 이 시에서 아이들의 밝은 이미지가 펴지는데, 이처럼 그의 시는 언어선택에서 간결하고 명쾌하여 곡을 붙여 불려질 때 더욱 명랑하고 밝은 생명력을 획득한다. 「짝자꿍」에서는 환한 웃음의 이미지가, 「봄나들이」에서는 노란 봄볕의 밝은 이미지가 살아난다. '밝은' 혹은 '맑은' 이

128) 윤석중, 『굴렁쇠』(수선사, 1948), pp.18~19.

129) 위의 책, p.50.

나 '햇살' 같은 단어가 들어가지 않아도 아이, 엄마, 짝자꿍 등의 단어와 행동의 구체적인 묘사에서 저절로 의미가 살아난다.

또한 "엄마"나 "아빠", "짝자꿍" 등의 시어들은 특별할 것이 없는데도 불구하고 어떻게 묘사하느냐에 따라서, 즉 윤석중식 시어의 묘사에 리듬이 붙으면 밝은 이미지에 생명력이 부여된다. 착한 아이를 설정한 것도 아니고 천사를 설정한 것도 아니다. 특별할 것도 없는 일상적인 아이의 행동을 그린 단어가, 특별할 것도 없는 배경을 담은 시가 햇살처럼 퍼지는 이미지로 살아나는 것은 그의 시가 추구하는 원시성과 단순성에서 비롯된다고 볼 수 있다. 이 단순성과 원시성으로 인하여 윤석중의 시는 아이들의 입에서 입으로 퍼진다. 또한 아이에게서 어른에게로 퍼져 슬픈 정서를 환기시키는 작용을 한다.

아버지는 나귀 타고 / 장에 가시고
할머니는 건넛마을 / 아저씨 댁에
고추 먹고 맴맴 / 달래 먹고 맴맴
할머니가 돌떡 받아 / 머리에 이고
꼬불꼬불 산골길로 / 오실 때까지
고추 먹고 맴맴 / 달래 먹고 맴맴
아버지가 옷감 떠서 / 나귀에 싣고
딸랑딸랑 고개 넘어 / 오실 때까지

고추 먹고 맴맴 / 달래 먹고 맴맴

—「집보는 아기」[130] 전문

이슬비 내리는 / 이른 아침에

우산 셋이 나란히 / 걸어갑니다.

파랑 우산/ 깜장 우산 / 찢어진 우산

좁다란 학교 길에 / 우산 세 개가

이마를 마주 대고 / 걸어갑니다.

—「우산 셋이」[131] 전문

낮에 나온 반달은 하얀 반달은

해님이 쓰다 버린 쪽박인가요.

꼬부랑 할머니가 물 길러 갈 때

치마 끈에 달랑달랑 채워줬으면.

낮에 나온 반달은 하얀 반달은

해님이 신다 버린 신짝인가요.

우리 아기 아장아장 걸음 배울 때

한쪽 발에 딸각딸각 신겨 줬으면.

낮에 나온 반달은 하얀 반달은

130) 윤석중, 『노래가 없고 보면』(웅진출판, 1988), pp.35~36.

131) 윤석중, 『굴렁쇠』(수선사, 1948), p.17.

해님이 빗다 버린 면빗인가요.

우리 누나 방아 찧고 아픈 팔 쉴 때

흩은 머리 곱게 곱게 빗겨 줬으면.

—「반달」[132] 전문

이 시 「집보는 아기」, 「우산 셋이 나란히」도 마찬가지이다. “꼬불꼬불 산골길”의 시각적인 이미지와 “딸랑딸랑 고개 넘어”의 청각적인 이미지가 “맴맴” 도는 어린이의 순박한 행위와 결합하면서 아동문학으로서의 문학적 가치를 획득한다. 후렴구인 “고추 먹고 맴맴”과 “달래 먹고 맴맴”의 경쾌한 리듬은 기다림에 간절한 어린이의 모습이지만 슬프지 않다.

「우산 셋이」에서 나타난 시어는 맑거나 밝지 않다. 비 자체가 눅눅하고 습할 뿐더러 찢어진 우산은 가난의 상징이다. 그럼에도 슬프거나 우울하지 않은 것은 우산 속에 희망을 상징하는 어린이들이 있기 때문이다.

이렇듯 그가 나열하는 시어들이 조합되면 간결과 상징을 통하여 순수와 희망의 새로운 이미지로 태어난다. 즉 슬프고 어둡던 사회에, 슬픈 노래가 만연했던 사회에 그의 청징한 시어들이 어린이들의 천진한 행위와 결합하여 희망적인 이미지를 창조하는 것이다.

132) 윤석중, 『낮에 나온 반달』(웅진출판, 1988), p.14.

이는 밝은 미래를 불러들이고 싶은 그의 의식의 산물일 것이다.

이와 같은 윤석중의 시창작 방법은 현실과 정면으로 충돌하지 않으면서도 무의식과 조응하며 동심지향으로 형상화된다. 여기에서 주목해야 하는 것은 윤석중이 선택하는 청징한 언어들이다. 청징한 언어는 부르는 아이들에게 희망을 준다.

이 시들은 모두 1932년 발행된 첫 동요시집 『윤석중 동요집』에 발표되었다. 『윤석중 동요집』에 실린 시들을 보면 초기 민족주의를 지향하다가 낙천성을 띠게 됨을 알 수 있는데 암울한 민족적 현실이 밝음을 지향하는 원천이 될 수 있음을 보여준다.

이 글에서 나타난 바와 같이 윤석중의 시어는 감각적이어서 그의 표현대로 싱겁고 단순한 것을 내포한다. 단순한 노래는 어린이들이 부르기 쉽다. 이 단순한 노랫말들이 어린이들에 의하여 불릴 때 노랫말 자체에 어린이 주체의 이미지가 포개져 더욱 빛을 발하게 되는 것이다.

> 노래를 짓기 시작한 지 어느 덧 스물다섯 해! 스물다섯 해 동안 지은 노래 가운데에서 예순 편을 추려보았다. 추려 놓고 보니 싱겁다. 그러나 나는 조금도 섭섭해 하지 않는다. 왜 그런고 하면 나는 싱거운 내 노래를 물에다 비기기 때문에 물로 말하면, 뱀이 먹으면 독이 되지마는, 소가 마시면 젖이 되지 않는가. 소처럼 착하고 소처럼 튼튼하고 소처럼 부지런한 여러분 어린이가 내

노래를 부른다면, 물처럼 싱겁던 내 노래가, 대번에 맛난 젖으로 변하여, 여러분의 살이 되고 피가 될 게 아닌가. 그러므로 나는 호호 늙은이가 될 때까지 이 싱거운 노래짓기를 쉬지 아니할 것이다. (중략) 나는 세 아들 두 딸의 아버지가 되었다. 처음에는 내 맘대로 한번 잘 가르쳐 보려 들었다. 그러나 차차, 내가 그들의 스승이 아니요, 도리어 그들이 내 스승임을 깨닫게 되었다. 우리네 어버이들은 아들딸을 가르치려고만 들지 말고, 그들에게서 좀 더 많이 배우도록 힘써야 할 것이다. 내 노래의 스승은 곧 조선의 아기들이다.[133]

윤석중은 앞의 글처럼 어린이를 어른의 스승으로 인식한다. 그것은 인위로 변질되지 않은 단순한 어린이들에게서 발현되는 동심에 기인한 것이다. 물질이 지배하는 현대사회는 동심으로부터 멀어진 어른들이 만들었고 그 결과 물질에 대한 가치를 추구하는 욕망은 동심을 무가치하게 만들면서 조화와 상생으로부터 멀어지게 했다.

천명에 순응하고자 하는 윤석중의 세계인식방법은 천명에 순응할 줄 아는 어린이를 스승으로 받아들이면서 그 모습을 시로 형상화한다. 그것은 현대사회 어른들이 추구하는 물질보다 아이들이 가진 순수가 더욱 큰 가치를 가지고 있다는 시인의 성찰에 따른 인식

133) 윤석중, 『굴렁쇠』(수선사, 1948), pp.4~5 머리말.

으로 해석될 수 있다.

실제로 어린 시절이란 시간에 대한 관념도, 세속적 욕구충동도 그리고 개성의 발휘도 없는 완전한 신화적 세계를 표상한다고 할 수 있다.[134] 윤석중의 현실에 대한 비판적 인식과 민족의식이 동심을 지행하게 되었던 원인은 모성애 상실, 국권 상실로 인하여 낙천과 천진을 본질로 하는 유년기를 상실하였던 것에 기인한다고 볼 수 있다.

이러한 시인의 환경은 실존으로서의 자아정체성을 형성하기 위한 갈등의 양상으로 나타나 비판적이었지만 이후에는 무의식의 원형을 상징하는 천진성을 지향한다.

전자가 실존으로서의 정체성을 추구하는 사회적 자아의 양상이었다면 후자는 유희하는 존재로 시공간의 제약으로부터 벗어나 자유롭게 뛰어노는 유년기적 자아의 한 양상일 수 있다.

2. 달과 메아리 등을 통한 모성의 동일성 추구

한 편의 시는 시인의 내면세계를 반영한다. 시인의 눈에 비친 사물은 그 존재가치로서의 의미보다는 시인의 세계인식에 따른 의미를

134) 이상호, 『한국 현대시에 나타난 자아의식 연구』(한국학술정보, 2006), pp.27~28.

소유하게 된다. 국권 상실의 현실에서 사회운동을 하던 아버지의 영향으로 비판적 양상으로 전개되던 윤석중의 작품은 「흐르는 시내」에서는 자신을 흐르는 물에 투영하면서 불안한 양상의 자아를 보여준다. 이 불안한 심리의 양상은 시인의 내면세계와 상실환경의 조응으로 인하여 「달과 누나」, 「우리 누나 달」에서 '우는 달'로 형상화된다.

달아 달아
밝은 달아
구름 뒤에서 무엇 하니.
달도 우리 누나처럼
가끔 숨어서 우나봐요.
달아 달아
밝은 달아
구름 밖으로 나오너라.
달도 우리 누나처럼
무슨 슬픈 일이 있나봐요.
–「달과 누나」[135] 전문

---

135) 윤석중, 『낮에 나온 반달』(웅진출판, 1988), p.16.

저기 저기 저 달은 우리 누나 달

슬플 때 같이 우는 우리 누나 달

시집살이 고되어 혼자 이따금

숨어서 눈물짓는 으스름 달밤

구름 속에 숨은 달 어서 나와서

누나 맘 달래주면 오죽 좋을까.

—「우리 누나 달」[136] 전문

「달과 누나」, 「우리 누나 달」에는 불안정함과 함께 슬픈 여성적 정서가 흐른다. 이러한 정서는 외부 환경에 의한 시인의 의식이 내면세계로 향하는 것으로 볼 수 있다. 억압된 표상은 전이에의 욕구를 생성시키는데[137] 그의 억압된 모성애 상실의식은 누나에게로 전이되고, 「달과 누나」에서 "구름 속에 숨는 달"이 "가끔씩 숨어서 우는 누나"와 동일시된다. 「우리 누나 달」에서도 구름 속에 가린 달을 가리켜 "슬플 때 같이 우는 우리 누나 달"이라고 함으로써 달과 누나를 동일시하였다. 두 시에서 달과 동일시된 누나[138]는 시

---

136) 앞의 책, p.40.

137) S. 프로이트, 김기태 옮김, 『꿈의 해석』(선영사, 1998), p.484.

138) 윤석중은 두 살 때 어머니를 여의어 얼굴을 모른다. 사진도 한 장 없어 운명할 때까지, 즉 그의 의식이 활동하는 마지막 순간까지 얼굴을 모르는, 음성을 모르는 어머니를 그리워한다. 그런 그가 유일하게 기억할 수 있는 얼굴은 그의 나이 아홉 살까지 외가에서 함께 살았던 수명이 누나이다. 수명이 누나는 윤석중보다 두 살 많은데 이를 앓다가 죽었다고 한다.

인에게 모성의 표상으로 해석될 수 있다. 슬퍼하는 누나를 위로하고 싶은 시인의 불안정한 의식은 구름에 가린 달을 통하여 형상화되면서 "달도 우리 누나처럼/ 무슨 슬픈 일이 있나봐요"와 "슬플 때 같이 우는 누나 달"로 인식한다. 이는 달과 누나 그리고 모성을 동일화시키는 그의 개성화 작업의 나타남으로 해석될 수 있다.

> 만나 본 적 없는 메아리
> 말만 주고받는 메아리
> 내 목소리 닮은 메아리
> 내 맘 알아주는 메아리.
>
> 같이 울어주는 메아리
> 나를 달래주는 메아리
> 산 속에서 사는 메아리
> 숲 속에서 사는 메아리.
>
> -「메아리1」[139] 전문

> 어머니 그릴 때면 언제나 혼자
> 뒷동산 뫼에 앉아 울었습니다.

---

139) 윤석중, 『낮에 나온 반달』(웅진출판, 1988), p.70.

무덤에 난 패랭이 꽃잎을 따서

한 잎 한 잎 흩이면서 울었습니다.

—「엄마 생각」[140] 전문

「메아리1」에서 '메아리'와 「엄마 생각」에서 '엄마'는 둘 다 모성의 표상으로 엄마와 메아리는 동일성의 양상을 띠면서 '우는 나'를 달래준다. 화자가 인식하는 엄마는 「메아리1」에서 "만나 본 적 없고", 그래서 "혼자서 말만 주고받는" 대상으로 나타난다. 왜냐하면 메아리의 목소리는 "내 목소리를 닮았고, 내 맘도 알아주며" 심지어 "같이 울어주기도 하고 달래주기도 하는데" 나와 함께 살지 않기 때문이다. 따라서 '메아리'는 잃어버린 모성애과 동일성의 양상으로 볼 수 있다. 결국 달과 메아리는 상징적으로 모성을 담아내면서 불안정한 화자를 감싸주고 위로해 주는 역할을 한다.

이렇듯 「달과 누나」, 「우리 누나 달」, 「메아리1」에서 달과 메아리가 모성과 동일성으로 인식되었다면 「엄마 생각」에서 "엄마가 그릴 때면 뒷동산의 엄마 뫼에 앉아 혼자서 우는" 화자, "패랭이 꽃잎을 따서 한 잎 한 잎 흩이면서 우는" 화자의 모습은 모성애 상실로 인한 불안한 심리가 의식으로 표출된 것으로 볼 수 있다.

'세계 속에서 산다는 것'은 가장 강력한 의미에서 존재를 세계에 연

140) 윤석중, 『빛나는 졸업장』(웅진출판, 1988), p.90.

결시키는 것을 의미한다. 따라서 「달과 누나」, 「우리 누나 달」, 「메아리1」에서 달과 누나, 메아리가 모성과 동일성을 띠면서 세계와 화합하지 못한다면, 「엄마 생각」에서는 이러한 불안심리가 고조된다. 화자의 이러한 양상은 모성애 상실을 체험한 시인의 개성화 과정의 한 양상으로 볼 수 있겠다. 어린 화자에게 모성애 상실은 존재를 세계와 연결시킬 수 없는 세계의 상실로 이어질 수 있기 때문이다.

> 내 옷 어디 갔어? / 오라, 차가울까봐
> 엄마가 자리 밑에 넣어 두셨구나.
> 내 밥 어디 갔어? / 오라, 식을까봐
> 엄마가 포대기로 싸 두셨구나.
> 내 신 어디 갔어? / 오라, 발 시려울까봐
> 엄마가 아궁이 앞에 놔 두셨구나.
> 엄마 어디 갔어? / 오라, 얼음길 조심조심
> 물을 길러 가셨구나.
> 추위에 튼 엄마 손 / 오늘 밤도 두 손으로
> 꼬옥 쥐고 잘 테야.
>
> —「겨울엄마」[141](1966, 바람과 연)

---

141) 윤석중, 『날아라 새들아』(창작과 비평사, 1983), pp.301~302.

이 시 「겨울엄마」에서는 따뜻한 옷, 따뜻한 밥, 따뜻한 신발과 마실 물, 즉 어린이로서 생존의 조건들이 모성과 동일시를 이룬다. 생존의 조건이 갖춰지지 않았을 때 어린이인 화자는 불안심리를 느끼게 되고 모성의 존재를 확인하게 된다. 결국 '추위에 튼 엄마 손'은 불안정한 화자를 안정되게 잡아주는 역할을 하면서 화자를 위한 따뜻한 옷과 밥, 신발과 물로 대체되고 안정과 평화를 확보하면서 따뜻한 정서로 환치된다.

> 밤중에 엄마 먹을 물을 뜨러 나와 보니, 보름달이 대낮처럼 환했습니다. 찰랑찰랑하는 항아리 물에 달이 비쳐서 은빛으로 빛났습니다.
> "어머나!"
> 달래가 항아리를 가만히 들여다보니, 조그만 달덩이가 물에 잠겨 있었습니다. 항아리 모양은 일그러져 있었지만 그 속에 담긴 보름달 모습은 둥근 그대로였습니다. 달래는 달이 가득 담긴 항아리 아가리를 손바닥으로 덮어 가지고 방으로 들어왔습니다.
> "환한 달물을 잡숫고, 엄마 속병이 가라앉으십소서." 하고 마음속으로 빌면서, 항아리를 기울여, 물을 잡숫게 해드렸습니다.
> 벌떡벌떡 들이키고 난 엄마가 숨찬 소리로 말씀하셨습니다.
> "답답하던 가슴 속이 한결 시원해 오는구나."
> 이제 달 항아리에 꽃을 꽂아 놓으면 시들었던 꽃들도 활짝 피어

나, 달처럼 환히 웃겠지요.[142)]

이 글 「달 항아리」는 윤석중의 첫 번째 동화집에 실린 작품이다. 이 동화에서 달래가 만든 달물은 아픈 어머니를 낫게 하는 효험을 가진다. 즉 달래가 정성들여 준비한 달물을 어머니가 마심으로써 달의 신통력은 어머니에게로 전이되고 기울어지던 어머니의 건강은 보름달처럼 살아나게 된다. 그것은 어머니에 대한 주인공 달래의 사랑과 소망이 신통력이 있는 달물이 되었고, 이 달물을 어머니가 마심으로써 달의 생명력은 어머니에게로 이어지는 것이다.

달은 우리 정서에서 생명력을 상징하며, 우리가 간절히 바라는 것들을 들어주는 매개물이다. 그래서 지금도 명절이면 달맞이 행사를 비롯한 소원빌기 등의 문화행사가 진행되고 있다. 화자에게 모성애의 상실은 세계의 상실로 이어지기 때문에 신통력을 가진 달을 항아리에 담아 달물을 만드는 화자의 행위는 어머니를 회복시킬 수 있는 길, 세계로 나아갈 수 있는 길이 된다. 이러한 화자의 소망에 의하여 달은 달물이 되어 어머니에게로 전이되고 어머니는 회복할 수 있는 것이다. 이것은 작가의 세계인식방법에 의한 생명력의 획득으로 볼 수 있다.

142) 윤석중, 『열손가락』(교학사, 1977), p.16~17.

그 뜻을 거스려서 맘 아프게 해드림,

이제와 생각하니 가슴 뭉클합니다.

일에서 손 떼시고 오늘 하루 쉬소서.

아들 딸이 마련한 어머니날입니다.

붉은 빛 카네이션은 살아계신 표라지.

하얀 빛 카네이션은 돌아가신 표라지.

어려서 들려주신 어머니의 자장가,

지금도 몸에 배어 밤에 단잠 듭니다.

새록새록 고마우신 어머니의 사랑을

눈 감고 살펴보는 어머니날입니다.

붉은 빛 카네이션은 살아계신 표라지.

하얀 빛 카네이션은 돌아가신 표라지.

—「어머니날 노래」[143] 전문

「어머니날 노래」에서 모성은 감사와 그리움, 사랑의 상징으로 나타난다. 「달과 누나」, 「우리 누나 달」에서 '달'이 모성과 동일시를 이루면서 불안정한 화자의 심리가 표출된 반면, 동화 「달 항아리」에서의 달은 모성에게 전이되면서 생명력의 표상이 된다. 「어머니날 노래」에서는 "어려서 들려주신 어머니의 자장가"는 지금도 몸

143) 윤석중, 『아동문학독본』 (을유문화사, 1962), p.67.

에 배어 밤에 단잠을 들게 한다. 여기에서 모성은 주체에게 있어서 세계의 획득으로 감사와 그리움의 정서로 환치된다. 즉 불안정한 화자의 심리를 보호하던 모성은 그가 보호해야 할 대상으로, 그리움의 이미지로 바뀌는 것이다.

이상과 같이 몇 편의 시와 동화에서 나타난 윤석중의 세계인식 방법은 모성은 달과 동일성을 이루며 화자를 불안하게 하거나 위로하다가 달의 생명력을 확보하고 감사와 그리움의 정서로 환치되는 것을 알 수 있었다. 이는 윤석중의 개별 체험에 의한 개인 무의식이 집단 무의식으로부터 덮여 있다가 솟아나는 것으로 해석될 수 있다.

02
현실비판과 자아인식

1. 국권 상실의 현실비판

태어나서 두 살 때 어머니를 여읜 윤석중에게 국권 상실의 현실은 모성애 상실과 맥을 같이 한다. 그리고 상실의 상황에서 사회 · 노동운동에 전념하는 아버지는 윤석중을 고뇌하는 어린 철학자가 되게 한다.

전술했듯 윤석중은 만 두 살에 어머니와 사별한 뒤 외할머니 손에서 자란다. 그러다가 만 여덟 살에 아버지가 재혼하면서 그는 외가에 살게 되고, 친가에서 새어머니와 사는 아버지를 만나러 다니면서 "어머니는 왜 나만 남기고 돌아가셨을까, 언니랑 누나랑 많았다는데 왜들 오래 못 살고 세상을 떠났을까, 나는 왜 태어났을까, 왜 나만 살아남았을까?" 하는 의문을 갖게 된다.[144)]

이 의문은 나는 '왜 아버지와 살지 못하고 외할머니와 살아가야 할까'로 이어지게 되고, 일제 강점기 사회·노동운동으로 감옥에 들락거리는 아버지와 새어머니의 삶 역시 그에게 의문으로 이어졌을 것으로 추측된다. 《어린이》 잡지에 뽑힌 「오뚝이」는 당시의 어린이 마음을 몰라주는 어른을 빗대어 지은 열네 살 소년의 노래[145]이다.

일찍 어머니를 여읜 어린 윤석중에게 외조모의 사랑은 모성애와 동일한 것이었다. 그러나 점차 성장하면서 그는 부성애를 필요로 하게 되고 재혼, 감옥살이 등 아버지를 둘러싼 환경은 어린 윤석중에게 현실에 대한 비판적 안목을 갖게 한다. 즉, 자라는 윤석중에게 어머니의 부재는 위로받아 마땅한 일이었으나 아버지마저 새어머니와 살면서 사회운동으로 감옥에 들락거리게 되자, 그의 세계인식은 현실비판적으로 형성되고, 국권 상실의식이 합쳐져 문학작품도 비판적인 성향으로 형상화되는 것이다.

옷둑이	오뚜기
책상 우에 옷둑이 우습고나야	책상 위에 오뚜기 우습구나야.
검은 눈은 성내여 뒤ᄯᅮᆨ거리고	검은 눈은 성내어 뒤룩거리고
배는 불러 내민 꼴 우습고나야	배는 불룩 내민 꼴 우습구나야.

144) 윤석중, 『어린이는 어린이답게』(웅진출판, 1988), p.15.

145) 위의 책, p.32.

책상 위에 옷둑이 우습고나야
술에 취해 얼골이 ᄲᆞᆰ애가지고
비틀비틀 하는 ᄭᅩᆯ 우습고나야
책상 위에 옷둑이 우습고나야
주정 피다 아래로 ᄯᅥ러저서도
압흔 체 하는 ᄭᅩᆯ 우습고나야146)

책상 위에 오뚜기 우습구나야.
술에 취해 얼굴이 빨개가지고
비틀비틀하는 꼴 우습구나야.
책상 위에 오뚜기 우습구나야,
주정하다 아래로 떨어져서도
안 아픈 체 하는 꼴 우습구나야.147)

이 시는 박태준 곡으로 불리던 노래이다. '우에'와 '위에'가 혼용된 이 작품은 《어린이》1925년 4월호 '입선동요난'에 뽑힌 글이다. 그런데 1948년 동요선집인 『굴렁쇠』에서는 원전(왼쪽의 궁서체)과 다르게 단어가 고쳐져 있는 걸 알 수 있다. 「오뚜기」에서 '오뚜기'는 오늘날 표기로 '오뚝이'다.

이 시는 뒤뚱거리면서도 일어나 체면을 차리면서 반듯한 체하는 오뚝이에 어른을 비유, 형상화했다. 이는 당시 유교적인 정서로 볼 때 어린이의 것이라고는 상상할 수 없는 비판적이고 도전적인 발상으로 현실인식의 날카로움을 예리하게 드러낸 작품이다. 이 또한 상실로 둘러싸인 시인의 환경과 아버지의 영향으로부터 무관하지 않은 것으로 윤석중의 이러한 양상은 원초적인 솟구침의 심리현

146) 윤석중, 「옷둑이」《어린이》 제3권 제4호(1925. 4, 開闢社), p.35; 신현득, 「윤석중연구」『윤석중 문학세계와 문화콘텐츠』(서산예총, 2008), p.15에서 재인용.

147) 윤석중, 『굴렁쇠』(수선사, 1948), p.21.

상으로 파악되어야 한다. 나타나는 양상은 보충적인 표면의 빛깔이 아니라 내면의 솟구침이기 때문이다.[148] 이러한 윤석중의 내면의 솟구침은 「조선아들 행진곡」으로 이어진다.

> 피도 조선 뼈도 조선 / 이 피 이 뼈는
> 살아 조선 죽어 조선 / 네 것이라네.
> –「조선아들 행진곡」〈첫 연 첫 대목〉

> 맘도 조선 넋도 조선 / 이 맘 이 넋은
> 좋아 조선 슬퍼 조선 / 한결같다네.
> –「조선아들 행진곡」〈둘째 연 첫 대목〉[149]

전술했듯 윤석중은 방정환의 《어린이》지와 신명균의 《신소년》지를 통하여 문학에 입문하였다. 방정환의 《어린이》지가 추구하는 민족주의는 슬픔 많고 가난한 당시의 현실에 대한 각성에서부터 출발하였다.

방정환은 현실에 대한 올바른 자각 위에서만 올바른 민족주체성이 확립될 수 있다고 믿었기에 모든 수단과 방법을 총동원하여 민족적 긍지를 고양시키고 민족단합을 공고히 하는 데 총력을 기울였

148) 가스통 바슐라르, 앞의 책, p.116.

149) 윤석중, 『노래가 없고 보면』(웅진출판, 1988), p.47.

다. 그래서 그가 창간한 《어린이》지가 표방하는 어린이는 일원적 주체성을 지닌 대상으로 민족주의적 경향을 띠었다.

이러한 데에는 독립운동가인 의암 손병희 선생의 영향[150]도 컸다. 《어린이》(1923년 3월)는 신명균(申明均)이 발행한 《신소년》(1923년 10월)과 쌍벽을 이루는 잡지로, 《어린이》는 민족주의적인 관점을 가지고 있었고 《신소년》은 후에 카프문학의 성격을 띠게 된다.

이들 두 잡지에 각각 「오뚝이」와 「봄」이 입선된 윤석중은 민족주의적 성향을 띠면서 동요창작에 전념하게 된다. 이어 조선물산장려회의 공모에서 「조선물산장려가」가 당선된다. 윤석중이 이러한 성향의 시를 발표하기까지는 당시 사회 · 노동운동을 하던 아버지의 영향이 컸을 것으로 판단된다.

> 산에서 금이 나고 / 바다에 고기
> 들에서 쌀이 나고 / 면화도 난다.
> 먹고 남고 입고 남고 / 쓰고도 남을
> 물건을 낳아 주는 / 삼천리 강산
> 조선의 동포들아 / 이천만 민아
> 두 발 벗고 두 팔 걷고 / 나아오너라.
> 우리 것 우리 힘 / 우리 재주로

150) 방정환 선생이 19세에 손병희 선생의 딸과 결혼하면서 1923년 《어린이》지를 출간했다.

우리가 만들어서 / 우리가 쓰자.

조선의 동포들아 / 이천만 민아

자작 자급 정신을 / 잊지를 말고

네 힘껏 벌어라 / 이천만 민아

거기에 조선이 / 빛나리로다.

—「조선물산장려가」[151] 전문

이 시 「조선물산장려가」는 전술했듯이 일제 강점기 일본 물건 안 쓰기 운동을 벌여온 조선물산장려회에서 공모하여 제출하였던 응모작으로 장원이 되었다. 15세 소년(양정고보 2학년)이 성인문사들과 겨루어서 당선된 「조선물산장려가」는 대단한 작품으로 민족의식의 발로임을 부인할 수 없다.

바람 부는 바닷가 / 쓸쓸도 하다.

임자 없는 모자 하나 / 하안들 한들

잠잘 곳을 찾아서 / 헤매 다니다

아픈 다리 쉬고 앉아 / 하안들 한들.

물새우는 바닷가는 / 처량도 하다.

쌓아올린 모래성만 / 타알싹 탈싹.

151) 윤석중, 『노래가 없고 보면』(웅진출판, 1988), pp.44~46.

물쌈하며 놀던 애는 / 어디로 가고

물에 밀려 모래성만 / 타알싹 탈싹.

물결치는 바다 위 / 넓은 하늘엔

이름 모를 별 하나 / 까암박 깜박.

무너져도 남은 성을 / 지키노라고

등불을 켜들고서 / 까암박 깜박.

—「모래성」,[152] 1924.

허수아비야 / 허수아비야

여기 쌓였던 곡식을 / 누가 다 날라 가디?

순이 아버지, 순이 아저씨 / 순이 오빠들이

온 여름내 / 그 애를 써 만든 곡식을

가져간다는 말 한 마디 없이 / 누가 다 날라 가디?

—이 길은 간도 가는 길 / —저 길은 대판가는 길

허수아비야 / 넌 다 알 텐데 / 왜 말이 없니?

넌 다 알 텐데 / 왜 말이 없니?

—「허수아비야」, 1929

「모래성」은 1924년 발표한 작품이다. 쓸쓸한 바닷가에서 임자 없

152) 앞의 책, pp.37~38.

는 모자는 잠잘 곳을 찾아 헤매 다니고, 모래성을 쌓고 놀던 아이도 어디로 가고, 이름 모를 별 하나 깜박거린다. 이 시에서 바닷가를 구성하는 사물들은 모두 쓸쓸하다. 그럼에도 넓은 하늘에 이름 모를 별 하나는 "무너져도 남은 성을 지키노라고 등불을 켜들고서 까암박 깜박" 한다는 시적 진술에서 쓸쓸한 바닷가는 국권을 상실한 나라에서 그 나라를 지키고 싶은 소년의 이미지를 형상화하였다. 쓸쓸한 바닷가에서 "물새와 물쌈하며 놀던 애"는 어디로 사라지고 넓은 하늘에 이름 모를 별 하나가 등불을 켜들고서 깜박거린다. 그 이유가 "무너져도 남은 성을 지키기" 위함이다. 이는 국권을 상실한 나라에 태어난, 어머니 없이 자라는 14세 소년의 주체적이고도 현실비판적인 자아의 양상을 서정적으로 드러내고 있다.

「허수아비야」에서 "순이 아버지, 순이 아저씨/ 순이 오빠들이/ 온 여름내/ 그 애를 써 만든 곡식을/ 가져간다는 말 한 마디 없이/ 누가 다 날라 가디?"라고 허수아비에게 묻는 이 표현은 온 여름내 땀흘려 농사를 지어도 일제에 의해 수탈당하는 농민의 아픈 현실을 형상화하여 국권 상실에 의한 피폐한 현실이미지를 드러냈다.

> 더 큰 실망을 안겨주지 않으려면 어려서부터 역사의 잘잘못, 겨레의 잘잘못, 군사의 잘잘못을 어린 그들에게 미리미리 솔직하게 들려주어, 옳고 그름을 가릴 줄 아는 밝고 맑고 정직한 눈을

어려서부터 갖추도록 키워나가야 한다.[153)]

국권 상실의 현실에서 출생한 윤석중의 현실인식이 비판적으로 전개되는 데는 개별적인 체험인 국권 상실과 모성애 상실 그리고 노동운동과 사회운동을 하던 아버지로부터 형성되었다고 볼 수 있다. 즉 그를 둘러싼 상실을 비롯한 여러 환경은 그로 하여금 내적 성찰을 이루게 하여 현실에 대한 주체적이고도 비판적인 인식을 갖게 하였으며 이에 따라서 시창작도 「모래성」이나 「조선물산장려가」 혹은 「허수아비야」와 같은 작품을 발표하게 되는 것이다. 이는 어린이들에게도 솔직하게 역사의 잘잘못을 들려주어 옳고 그름을 가릴 줄 아는 밝고 맑고 정직한 눈을 갖추도록 해야 한다는 그의 주장을 뒷받침한다.

2. 실존으로서의 자아정체성인식

윤석중이 소년기에 가졌던 가장 두드러진 갈등은 존재론적인 것이었다. 소아기부터 싹튼 존재에 대한 그의 탐색은 '장래의 문학가' 라는 소리를 듣기 시작하면서 시창작으로 흐르기 시작한다. 상

---

153) 윤석중, 『동심의 발견』(웅진출판, 1988), p.47.

실의 환경에서 비롯되는 '왜 나만 살아남았을까' 하는 실존에 대한 그의 의문은 자아에 대한 탐색으로 이어지고 문학으로 길을 내게 되는 것이다. 그러면서 그의 시에 물의 이미지가 등장한다. 「흐르는 시내」, 「시냇물」, 「바다가 운다」 등에 나타나는 윤석중의 창작 의식은 물의 상징성과 밀접한 관계가 있다고 본다.

G. 바슐라르는 물의 상상력은 인간의 내적 존재를 보다 깊이 인식하게 하고 시인의 상상력을 불러일으키는 창조적인 힘을 갖는다고 하였다. 물은 무거워지고 어두워지고 깊어져 물질화되며, 시인의 의식을 비추는 내면적 거울이 된다는 것이다.[154] 이러한 물의 상징 유형들은 윤석중의 초기 시부터 후기 시에 이르기까지 나타나는데 이들 시에 나타나는 물의 이미지는 동적인 것에서 정적인 것으로 흐른다.

윤석중 시에 나타나는 물의 상징은 바슐라르에 의하면 그의 의식을 형성해 온 경험적 정신적 현실을 투영하는 거울이다. 윤석중 시들의 중심적인 의식공간은 연못이나 바다, 갈대나 노을 같은 자연적인 공간이 주를 이루고 있다. 자연은 변화한다. 빠르게 변화하는 것도 있고 느리게 변화하는 것도 있지만 유동적인 모습은 불안한 심리적 정서를 대변한다. 이들 유형들은 상징적으로 윤석중의 의식을 드러내는 객관적 상관물이다.

---

154) G. Bachelard, 이가림 역, 『물의 꿈』(문예출판사, 1988), pp.34~68 참조.

실존적 존재로서 '장래의 문학가'로 뽑힌 윤석중은 어머니를 비롯하여 많았던 형제들을 잃고 존재론적 성찰을 하면서부터 문학에 입문하지만 쉽게 답을 찾지 못한다. 그리고 그의 시에는 많은 상징의 유형들이 나타난다.

물의 상징 유형들은 '바다', '강' 등의 이미지에서는 변화와 흐름의 지속성을 상징하면서 자아의 불안과 갈등의 심리적 세계가 투영되는 의식 공간으로 작용하는가 하면, '우물', '연못' 등의 고여 있는 물의 이미지를 통하여서는 자아의 정체성을 회복하는 심리적 세계를 반영하는 의식 공간으로 작용하기도 한다.[155)]

윤석중의 시들에서 물의 상징 유형도 '시내'와 같은 동적인 물의 이미지에서는 자아와 세계와의 갈등과 소외의식의 심리세계가, '연못'의 정적인 물의 이미지에서는 자아의 정체성을 형성하고자 하는 자아성찰의 의식세계가 작용하고 있다고 보아진다.

모성애 상실의 현실적 상황에서 형제들이 죽고, 아버지마저 새어머니와 살면서 감옥을 들락거리게 되었을 때 그의 자아의식은 「시냇물」처럼 유동적이 된다.

> 가시덤불 사이로 / 졸졸 졸졸 졸졸
>
> 시냇물은 긁히며도 / 생채기가 안납니다.

---

155) 김수복, 『상징의 숲』(청동거울, 1999), pp.64~65.

칶캄한 밤중에도 / 졸졸 졸졸 졸졸

시냇물은 밤길을 / 잘도 갑니다.

—「시냇물」[156]

윤석중의 자아는 「시냇물」에서처럼 가시덤불 사이로 긁히면서도 흐르고 캄캄한 밤중에도 흐른다. 이는 상실로 인한 소외와 고독을 존재론적 운명으로 받아들이면서 그의 상상력은 흐르는 물에 자아를 투영하는데, 흐르는 물은 안정감이 없다. 물론 맑은 시내는 성난 파도보다는 잔잔할지라도 나약하고 불안정하다. 윤석중의 존재적 자아가 '가시덤불 사이로 긁히면서 흘러가는' 불안한 양상으로 전개되는 것은 모성애 상실의 현실적 상황에서 새어머니의 등장과 감옥에 들락거리는 아버지의 현실 등 환경적 요소가 작용한다고 본다. 이러한 자아가 시냇물의 유동적인 거울에 투영되는 것으로 볼 수 있다.

캄캄한 밤중에

바다가 운다.

바다가 흑흑

느껴 운다.

---

156) 윤석중, 『옹달샘』(웅진출판, 1988), p.74

고깃배가 돌아오다가
혹시나 바람에 뒤집혀서
가라앉지나 않았을까.

돌아올 고깃배는 아니 오고
캄캄한 밤중에 바다가 운다.
바다가 흑흑 느껴 운다.
—「바다가 운다」[157] 전문

집 안에만 있기가 심심하여서
문을 열고 밖으로 나갔습니다.
들에서만 있기가 심심하여서
산으로 기어 올라갔었습니다.

산으로 올라가서 바다를 보니
바다에만 살기가 답답하던지
바닷물이 몸부림을 치고 울면서
바위를 들이받고 있었습니다.
—「바다와 나」[158] 전문

---

157) 윤석중, 『노래동산』(학문사, 1956), pp.44~45.
158) 윤석중, 『산바람 강바람』(웅진출판, 1988), p.81

'시내'나 '바다'는 동적인 물이다. 동적인 물은 자아의 정체성을 확인할 수 없는 움직이는 물의 거울이다. 움직이는 물의 거울에는 항상 자아의 형상도 동요한다. 따라서 '시내'나 '바다'의 이미지에는 심리적 동요나 자아의 불안의 세계가 투영된다.[159] 이 시들에서 나타나는 이미지 역시 동적으로 "가시덤불 사이로" 흘러가는 형상이나, "긁히며도 생채기가 안납니다"에서 자아의 불안한 심리를 상징적으로 드러내다가 「바다가 운다」와 「바다와 나」에서 '우는 바다'로 변모한다. "혹시나 바람에 뒤집혀 가라앉지나 않을까"와 "캄캄한 밤중에 바다가 흑흑 운다", "바닷물이 몸부림을 치고 울면서 바위를 들이박고 있었습니다"는 「흐르는 시내」나 「시냇물」에서 비롯된 불안한 심리가 고조되는 것을 상징적으로 드러내고 있다고 보아야 할 것이다.

화자가 답답한 것은 불안함이 해소되지 못함에 기인한다. 돌아올 고깃배도 아니오고 집안에 있기가 답답한 화자는 급기야 "우는 바다"가 된다. 이는 이어지는 비운과 존재론적 의문에 해답을 찾지 못하는 방황에서 기인한다고 볼 수 있다. 화자의 모성애와 부성애의 부재의식도 간과할 수 없는 불안요소로 작용할 것이다.

그의 시에서 자아의식은 불안해 하다가 때때로 '우는' 모습으로 나타나는데 시냇물이 울고, 바다가 울고, 상처 난 나무도 운다. 또

159) 김수복, 『상징의 숲』(청동거울, 1999), p.65 참조.

한 패랭이 꽃잎을 흩이면서도 운다. 이는 절망과 고통으로부터 벗어나고 싶은 의식의 형상화로 해석될 수 있겠다.

나무에 난 생채기
나무가 자라니까 따라 자라네.

몸에 난 생채기 굽어볼 때
나무는 얼마나 맘이 아플까.

아무도 안 보는 캄캄한 밤에
다친 나무 흐느껴 우는 그 소리.
—「생채기」[160] 전문

이 시에 나타나는 '생채기'나 '캄캄한 밤' 혹은 '흐느껴 우는 그 소리'도 불안한 자아의식을 상징적으로 내포하고 있다. 상처를 안고 자라는 '나무'도 상실의 환경에서 소외와 고독을 숙명처럼 간직하고 자라는 윤석중의 불안한 자아의식의 드러남으로 해석된다. 이는 나아가 「바다가 운다」에서 "흑흑 우는 바다"는 자아와 세계의 심한 갈등의 노정으로 윤석중의 소외의식, 상실의식이 투영되어 있는 불

160) 윤석중, 『빛나는 졸업장』(웅진출판, 1988), p.82.

안한 심리적 공간이다. 「바다가 운다」와 「생채기」에서 "흑흑 울고", "흐느껴 우는 소리"의 상징성은 초기 시 '시냇물'의 상징성에서 비롯된 불안이나 소외의식이 강화되고 확장되는 것으로 해석할 수 있다.

본능은 생리적이고 감각적인 충동인데 이러한 충동이 공상 중에도 표출될 때 상징적인 이미지로 나타난다.[161] 이 시에서 나타나는 '시냇물'의 상징적 이미지는 상실의 환경에 피투된 그의 불안한 심리를 잘 드러내 보여준다고 할 수 있다.

> 뙤약볕 내리쬐는 모래밭 위엔
> 웃통 벗고 낮잠 자는 짚신짝 하나.
> 대낮의 바닷가는 한가도 해요.
>
> 고기잡이 돌아간 발자국 보고
> 옛 임자 꿈을 꾸는 헌 모자 하나.
> 대낮의 바닷가는 고요도 해요.

---

161) 바슐라르는 시적 이미지가 원형과의 인과관계에서 벗어난다고 주장한다. 시적 이미지는 충동적인 힘에 예속되어 있는 게 아니라 상상력을 통한 이미지의 번쩍임으로 인해 먼 과거가 메아리들로 울리는 것이라며 프로이트나 융의 이론과 달리한다. 즉, 시적 행위, 그 느닷없이 떠오르는 이미지는 울림으로, 울림 속에서 시적 이미지는 존재의 소리를 갖는다는 주장이다. 가스통 바슐라르, 곽광수 역, 『空間의 詩學』(민음사, 1990), p.83. 참조.

푸른 물에 글씨 쓰는 흰 새 한 마리
사공 없이 떠다니는 조각배 하나.
대낮의 바닷가는 심심도 해요.

—「대낮의 바닷가」[162] 전문

바닷가에서
아기가 모래성을
쌓았다 헐었다
여름날은 길기도 해요.

바다 위에서
물새가 글씨를
썼다 지웠다
여름날은 심심도 해요.

—「여름날」[163] 전문

이 시에 나타나는 '바다'의 이미지는 「바다가 운다」에서 '흑흑 우는' 바다나 「시냇물」에서 가시덤불 사이에서 '긁히면서' 흐르는 시내의 이미지와 약간 다른 양상으로 전개된다. 「흐르는 시

162) 윤석중, 『산바람 강바람』(웅진출판, 1988), p.8.
163) 윤석중, 『노래동산』(학문사, 1956), p.44.

내」와 「시냇물」, 「바다가 운다」에서의 물의 이미지가 동적이라면 「대낮의 바닷가」와 「여름날」의 물의 이미지는 정적이다.

같은 물이라 할지라도 그것을 형성하는 주변적인 것들로 인하여 물의 이미지는 서로 다른 상징성을 갖는다. 모성애 상실에서 이어지는 윤석중의 유년 상실의 원형은 「대낮의 바닷가」에서 짚신짝, 헌모자, 흰새, 조각배라는 사물과 만나면서 자신을 드러내게 되고 성찰하게 되면서 외로운 이미지로서의 '하나'로 상징화된다. 이는 자아의식이 형성되어 가는 상황의 형상화로써 상실의 환경에서 무의식의 간섭(원초적인 솟구침)으로 짚신짝과 헌모자 그리고 흰새와 조각배를 하나로 구성해 나간다. '하나'는 윤석중의 실존에 의한 질문에서 비롯된 외로움의 상징으로 자아와의 동일성을 이루며 외로운 존재로서의 정체성을 형성하는 단초가 된다.

「여름날」과 「바다가 운다」는 1952년에 쓰여 1956년 『노래동산』의 같은 페이지에 발표되었다. 『노래동산』은 한국전쟁을 겪은 후 왕성하게 창작한 시들로 그의 체험과 관련된다고 보아야 할 것이다. 전쟁으로 인한 가족의 상실은 그에게 「바다가 운다」에서처럼 슬픈 정서를 형성했을 것이고, 이는 존재론적 불안으로 이어질 수 있다.

> 돌멩이 집어서 연못에 던지면
> 연못물 웃으며 둥글게 퍼지네
> 아무리 던져도 성 한 번 안 내고

던진 돌 삼킨 채 고요히 잠드네.

—「연못물」[164] 전문

연못 속으로

사람이 거꾸로 걸어간다.

소가 거꾸로 따라간다.

나무가 거꾸로 쳐다본다.

연못 속에는

새들이 고기처럼 헤엄쳐 다닌다.

구름이 방석처럼 깔려 있다.

해님이 모닥불처럼 피어오른다.

—「연못속」[165] 전문

양처럼 생긴 흰 구름이

연못을 내려다 본다.

버드나무가 하늘을 쓸다

연못을 굽어 본다.

황소가 곁눈으로

164) 윤석중, 『옹달샘』(웅진출판, 1988), p.39.

165) 위의 책, p.40.

연못을 들여다 본다.

우리 마을 연못은

우리 마을 거울이다.

—「연못」[166] 전문

연못은 정적인 물이다. 「흐르는 시내」와 「시냇물」, 「바다가 운다」에서 '시내'와 '바다'의 상징이 자아와 세계의 갈등구조가 투영되는 공간이라면 「대낮의 바닷가」와 「여름날」은 자아정체성을 외로운 존재로 설정하는 공간이고 「연못물」과 「연못속」, 「연못」에서의 '연못'은 자아의 성찰을 이루고자 하는 상징의식이 작용하는 공간으로 해석될 수 있다.

고여 있는 '물'은 자아의 정체성을 이룰 수 있는 세계이며 자아의 완전한 삶을 그려볼 수 있는 심리적 거울이다. M. 엘리아데는 물속에 잠기는 자아의 의식은 무형 상태로의 회귀, 존재 이전의 미분화된 상태로의 복귀를 상징하는 것으로 삶의 잠재력을 풍요롭게 하고 증식시키는 부활의 이미지로 보았다. 따라서 물은 인간의 삶을 완전하게 하는 세계의 자아화를 이루는 공간의식으로 작용한다.[167]

이 작품에 나타나는 '연못'의 상상력은 「대낮의 바닷가」와 「여름

166) 윤석중, 『달맞이』(웅진출판, 1988), p.94.

167) 김수복, 『상징의 숲』(청동거울, 1999), p.75.

날」에서 상징으로 나타나던 외로움의 불안 심리에서 벗어나 자아를 성찰하고 세계와 화해하려는 시인의 의식지향을 엿볼 수 있다.

「연못속」, 「연못물」, 「연못」의 물은 호수와 마찬가지로 고여있는 물로 인간의 완전한 삶을 투영하는 자아성찰의 거울 이미지를 담고 있다. 세계를 반영하는 물거울이면서 동시에 자아의 정신적 현실을 투영하는 자아성찰과 탐구의 의식공간인 셈이다.[168] 윤석중의 '물'의 상징 유형에서 '연못'은 '우는 바다' 혹은 '몸부림치는 바다'의 세계에서 나타나던 갈등과 불안에서 벗어나 자아의 성찰과 탐구를 통하여 자아 정체성을 확인하려는 의식 공간으로 자리잡고 있다.

의식이 어떻게 형성되는가에 대하여 프로이트는 초기에 무의식이 의식에서 나온 것이라고 보았고, 바슐라르는 의식이 사물과 만나 울림을 통하여 내면으로 전달되어 현상화된다고 하였다. 그런가 하면 융은 "의식은 첫째로는 자기 신체, 자기 존재에 대한 의식을 통해서, 둘째로는 일련의 기억에 의해서 형성된다"고 하였다.[169] 이 작품에 나타나는 일련의 자아의식은 윤석중의 내면에 잠자고 있던 무의식적인 여성적 인격이 물의 이미지와 조응하여 형상화된 것

---

168) 앞의 책.

169) 물론 그 뒤에 정신적 기능의 분화, 여러 가지 종류의 개인적 분화 등이 뒤따른다. 사고, 감정, 감각, 직관 등 융의 이른바 정신의 네 가지 기본 기능도 의식의 내용이 된다. 이것은 물론 그 분화 정도에 따라 무의식의 내용이 될 수도 있다. 이부영, 『분석심리학—C. G. Jung의 인간 심성론』(일조각, 2008), p.63.

으로 자아정체성의 형성으로 볼 수 있을 것이다.

불안은 우리 삶에 부정적인 영향도 주지만 삶의 에네르기로 작용하기도 한다. 아동심리학자들에 의하면 아기가 처음 세상에 태어날 때 우는 것은 모체로부터 분리되면서 느끼는 무의식적인 불안(분리불안)이 본능적으로 호흡기관을 활성화시키기 때문이라고 한다.

이렇듯 인간은 불안에 대하여 원초적이고 생리적으로 대응하게 되는데 세상에 던져진 존재로서의 윤석중의 자아의식은 환경적 불안을 극복하려는 욕망을 실현하고자 노력한다. 욕망을 실현하기까지 자아는 세계와 갈등하고 충돌하면서 '흐르는 물'에서 '우는 바다' 로 그리고 황소를 비추고 마을을 비추고 따라서 '자신을 비추는 연못' 으로 변모하며 정체성을 형성해나간다.

어머니를 여의고 아버지와 살지 못한 채 외조모와 살면서 유년을 상실한 이후에 아버지를 비롯한 가족의 상실과 고향의 상실까지 경험한 윤석중의 시에 나타나는 시내나 바다 등에서 흐르는 물의 동적인 이미지와 연못의 정적인 이미지는 실존적 존재로서 자아 정체성을 형성하는 노정으로써 사회와 화해하려는 자아의식으로 해석될 수 있다.

03
고향 상실과 향수의 공간인식

1. 향수의 근원과 고향 상실의식

집은 몽상을 지켜주고, 집은 몽상하는 이를 보호해 주고, 집은 우리들로 하여금 평화롭게 꿈꾸게 해준다. 몽상을 살았던 장소들은 새로운 몽상 가운데 스스로 복권되며, 과거의 거소들이 우리들 내부에 불멸하게 남아있는 것은 바로 그것들의 추억이 몽상처럼 되살아지기 때문이다.[170] 일찍 어머니를 여의고 외조모 손에 자란 윤석중에게 아버지 윤덕병[171]은 어머니와 동일성을 띤다. 아버지가 살았던 공간 서산은 윤석중이 외조모로부터 물려받은 땅이다. 아버지의 전적에 따라서 결혼 후 그도 서산에 적을 두는데 서산은 첫째와 둘째를 낳아 입적시킨 공간이며,[172] 그의 몽상이 살았던 공간으로 그

170) 가스통 바슐라르, 앞의 책, p.118.

의 추억이 저장된 곳으로 자리매김 된다.

실제로 그의 부친은 서산 사람들에게도 후덕한 양반, 고고한 인품의 소유자로 인식되어 왔다. 이웃집에 사는 사람들은 물론, 가난하고 약한 사람, 야학을 여는 사람들에게조차 금일봉을 나누어 주면서 격려하였다는 증언[173]들이 나타난다.

이러한 아버지를 윤석중은 "자애로운 아버지"라고 술회하는데 실제로 부자지간에 정이 두터웠다고 한다. 여러 가지 객관적 사실들로 미루어 보아 윤석중은 그의 부친을 존경하였으며 실제로 정이 투터웠던 것으로 확인된다.

---

171) 윤석중의 부친 윤덕병은 윤석중의 생모와 사별하고 1919년 재혼한다. 그리고 1920년대 왕성한 노동운동 · 사회운동을 하다가 세 번이나 1930년 서대문형무소를 출옥 후 한동안 잠잠하게 지내다가 1934년경 서산시 음암면 율목리 46번지의 생모가 아들 윤석중에게 물려준 땅에 정착한다. 부친은 마을 사람들에게 후덕한 서울 양반, 인품있는 교양인으로 인식된다. 그는 실제로 가난한 이웃들을 위하여 봉사하며 서산 사람들에게도 많은 도움을 주어 칭송의 대상이 된다. 그런 부친은 새어머니와의 사이에서 여러 형제를 낳는다. 새어머니는 양잠강습소를 다니며 마을 사람들에게 양잠법을 강의하러 다니는 신여성이었다. 그런데 1950년 한국전쟁시 이들 부부는 20년대 노동운동 · 사회운동을 했던 전력으로 인하여 좌파로 인식, 우익에 의하여 불운하게 생을 마감하게 된다. 윤석중은 부친 사후 서산의 모든 것들을 등지게 된다.

172) 부인 박용실 여사에 의하면 윤석중은 결혼 1년 전 아버지가 서산으로 이주하자 수표동 집에서 살게 되고 서울에서 첫째와 둘째를 낳았는데, 호적이 부친을 따라다니는 관계로 자녀들이 서산 출생으로 기록되었다고 한다.

173) 윤석중 앞집에 살던 이종식(전직 교장선생님)과 윤석중의 동생 윤시중의 음암초등학교 동기동창인 김낙중의 증언에 의하면 부친 윤덕병의 집안에는 책이 아주 많았고, 명절에 세배를 가면 먹을 것과 동화책을 나누어 주었으며, 야학을 열 때에는 금일봉을 주면서 격려해 주었고, 아들 윤석중이 서울에서 내려오면 여러 날을 방안에 틀어박혀 글만 쓴다는 이야기도 자랑삼아 하였다고 한다.

서울 사는 아이야 / 시골 왜 왔니?

시골 바람 맑은 바람 / 쐬고 싶어 왔단다.

서울 사는 아이야 / 시골 왜 왔니?

퐁퐁 솟는 맑은 샘물 / 먹고 싶어 왔단다.

서울 사는 아이야 / 시골 왜 왔니?

맑은 물에 노는 고기 / 보고 싶어 왔단다.

서울 사는 아이야 / 시골 왜 왔니?

산새 들새 노랫소리 / 듣고 싶어 왔단다.

—「서울 사는 아이야」[174] 전문

가도 가도 끝없는 / 시골 길가에

아기는 혼자 서서 / 무엇을 하나.

나물밭에 곱게 핀 / 노란 쑥갓꽃

하나 둘 헤며 가다 / 수를 잊었나.

엄마가 기다리는 / 우리 집까지

깡충깡충 뛰어서 / 얼른 가려고

이 길 위에 그려보는 / 토끼 그림자.

—「시골길」[175] 전문

174) 윤석중, 『고향땅』(웅진출판, 1988), p.42.

175) 위의 책, p.46.

시골 사는 아이들은 / 몇 갑절 저보다 큰

나뭇짐도 잘 지고 // 시골 사는 아이들은

몇 갑절 저보다 큰 / 나룻배도 잘 젓고

시골 사는 아이들은 / 몇 갑절 저보다 큰

소도 말도 잘 끌고.

—「시골 사는 아이」[176] 전문

「서울 사는 아이야」는 묻고 대답하는 형식의 구어체로 이루어져 있는데 서울 사는 아이가 시골에 왔을 때 호기심 많은 시골 아이들은 서울 사는 아이가 왜 왔을지 궁금하다.

이 시가 전집 5권 『고향땅』에 실린 것과 객관적 자료를 미루어 보면 「서울 사는 아이야」는 서산 할아버지 댁에 놀러왔던 윤석중의 아이들과 시골에 사는 아이들의 일상에서 모티프를 얻었음을 알 수 있는데, 향수의 공간으로서 한 양상을 형상화하고 있는 것이다.[177]

176) 앞의 책, p.48.

177) 윤석중의 아버지가 서산시 음암면 율목리에 터를 잡을 때 그를 가리켜 당시 동네 사람들은 "서울양반이 쉬러 시골에 내려왔다", "서울에서 대학 나온 부잣집이다."라고 하였다고 한다. 물론 사는 모습과 형편이 달라 마을 사람들의 왕래는 별로 없었다지만 당시 마을 이장이었던 최종구는 그 집에 자주 드나들며 심부름을 해주곤 하였다고 한다. 어른들이야 사는 형세가 너무 달라 왕래가 없었다고 하여도 아이들은 만나면 부잣집이든 가난한 집이든 가리지 않고 함께 어울려 논다. 큰사위 임상섭에 의하면 아내 윤주화(큰딸, 2007년 6월 작고)는 생전에 서산에 관한 이야기를 하면서 "아버지와 함께 배를 타고 할아버지 댁에 가곤 했었다."는 것과 그 마을에 관한 이야기를 가끔씩 했다고 한다.

「시골길」에서 "가도 가도 끝없는" 길이라고 한 표현은 윤석중의 집으로 들어가는 길목을 연상하게 한다. 아버지가 계신 집을 찾아드는 길은 서산시 성연면에 소재한 명천항에서 배를 내려 한 시간 정도 한적한 시골길을 걸어야 한다. 그 길에는 들도 있고 산도 있다. 길목에는 꽃을 헤는 어린 아기도 있었을 것이고, 「시골 사는 아이」에서처럼 산에서 나무를 하여 짊어지고 오는 큰 아이도 있었을 것이며, 나룻배를 젓는 아이와 소를 모는 아이도 있었을 것이다.

당시의 시대는 오늘날과 달리 학교에서 돌아온 아이들은 집안일을 도와 나무를 해야 했고 소를 몰아야 했으며 꼴도 베어야 했고 바닷가에 사는 아이는 배도 저어야 했다.

특히 「서울 사는 아이야」와 「시골 사는 아이」는 서로 대조를 이루는 작품으로 당시 우리나라 여느 시골의 평범한 모습이지만 그의 전기적 체험과 연관 지으면 윤석중의 땅이 있고 아버지가 터를 잡고 살던 서산시 음암면 율목리의 환경일 개연성이 높다. 윤석중이 서울에 살면서도 자녀들을 데리고 아버지가 있는 서산에 다녔다는 것은 부인과 사위, 그 마을에 살던 사람들의 말을 통해 알 수 있는데, 당시 시골에 사는 아이의 시점으로 보면 그 마을에 '서울 사는 아이'가 와 있었고, 서울 사는 아이의 시점으로 보면 그 마을에는 저보다도 몇 갑절 큰 소를 몰고, 나뭇짐을 지고, 나룻배를 젓는 '시골 사는 아이들'이 있었던 것이다. 더욱이 이 시들이 『고향땅』에 실려 있다는 것도 개연성을 확대시킨다.

우리 집 꽃밭 봉숭아랑 채송화랑 저녁때 피는 분꽃들
인제 오늘이 마지막이로구나 꽃밭에 물을 주기도
오래오래 피거라 우리 떠난 뒤라도 전이나 다름없이
잘 있거라 꽃들아 잘 있거라 꽃들아 너를 두고 떠난다.

동네 아가씨 사이좋게 아침저녁 물들을 긷는 옹달샘
인제 오늘이 마지막이로구나 샘물을 받아먹기도
마르지를 말아라 우리 떠난 뒤라도 전이나 다름없이
잘 있거라 샘물아 잘 있거라 샘물아 너를 두고 떠난다.

어둔 밤에도 등불 없이 마을 사람이 잘들 다닌 논둑길
인제 오늘이 마지막이로구나 논둑길 걸어가기도
무럭무럭 크거라 논과 밭에 곡식이 전이나 다름없이
잘 있거라 고향아 잘 있거라 고향아 너를 두고 떠난다.

—「잘 있거라 고향아」[178] 전문

「잘 있거라 고향아」에 나타나는 화자의 '고향'에는 봉숭아와 채송화 그리고 분꽃이 피는 꽃밭이 있고, 동네 아가씨들이 있으며, 옹달샘이 있다. 그리고 어둔 밤에 등불 없이 다니던 논둑길이 있으며

178) 앞의 책, p.92.

논과 밭에는 자라는 곡식들이 있다. 화자는 고향을 구성하는 꽃밭과 옹달샘과 논둑길에 "잘 있거라 고향아, 너를 두고 떠난다"고 작별 인사를 한다. 작별인사를 하는 화자는 어떠한 이유에서인지 다시 돌아올 것 같지 않게 인사를 한다.

이 시에서 고향으로 설정한 공간은 그가 태어나고 자란 서울 중구 수표동이나 외가가 있던 중구 수은동의 자연 환경이 아니다. 그렇다고 선행 연구에서 공통적으로 산견된 그리움 혹은 기다림을 상징하는 향수의 근원으로써 '보편적인 고향'이라고 하기에는 고향의 공간이 구체성을 띠며, 피난가기 위해 고향을 떠난다는 해석에도 무리가 따른다. 왜냐하면 피난은 난리를 피하는 것으로 돌아옴을 전제로 하기 때문이다. 그런데 "오래오래 피거라 우리 떠난 뒤라도 전이나 다름없이"라든가 "마르지를 말아라 우리 떠난 뒤라도 전이나 다름없이", "무럭무럭 크거라 논과 밭에 곡식이 전이나 다름없이"라고 작별하면서 "우리가 떠난 뒤라도 전이나 다름없이"를 반복함으로써 금방 돌아올 것 같지 않게 인사를 한다. 이는 고향을 멀리 떠나 앞으로 오지 못할 사람이거나, 안 올 사람의 인사로 해석된다.

어머니!
이번 싸움에 우리 고향이
죄 부서졌다는데

이제 우리는

고향이 없지요?

물에서만 사는 물새들도

고향이 있는데

우리라고 고향이 없겠니

땅덩이만 남더라도

고향은 고향이지.

—「고향」[179] 전문

「고향」은 1952년 9월 한 달만에 쓴 것으로(63편) 1956년 발간한 『노래동산』에 실려있다. 그는 『노래동산』의 서문에서 '내 노래에 풍년이 들게 한 조국의 하늘아, 땅아, 해야, 달아, 별아, 비야, 눈아, 바람아, 산아, 물아, 새야, 꽃아 그리고 자라는 어린이들아, 고맙다.'고 한다. 즉 1952년 9월 한 달만에 63편의 시를 쓰게 한 우리의 산천과 자연환경이 고맙다는 것이다. 이 책에 수록된 「고향」에서 어린 화자는 "어머니!/ 이번 싸움에 우리 고향이/ 죄 부서졌다는데/ 이제 우리는/ 고향이 없지요?"라고 묻는다. 어머니는 "물에서만 사는 물새들도/ 고향이 있는데/ 우리라고 고향이 없겠니/ 땅덩이만 남

179) 윤석중, 『노래동산』(학문사, 1956), pp.66~67.

더라도/ 고향은 고향이지" 라고 대답하며 고향 상실을 인정하지 않는다.

대구법으로 된 이 시에 나타나는 두 화자는 고향으로부터 멀리 떨어져서 두고 온 고향에 대하여 이야기한다. "땅덩이만 남더라도 고향은 고향이지"에서 화자의 땅이 고향에 남아있다는 것을 알 수 있는데, 그 고향은 갈 수 없는 공간으로 설정되어 있다. 왜냐하면 "땅덩이가 남더라도"에서 "갈 수 없더라도"를 암시하고 있기 때문이다. 여기에서의 고향은 선행연구에서 밝힌 것처럼 피난 가기 위해 고향을 떠나는 것으로 보기는 어렵다. 왜냐하면 피난을 갔다면 우리 고향이 죄 부서졌다 해도 돌아오는 게 인지상정이기 때문이다. 결국 이 시에 나타난 고향은 3·8선으로 갈 수 없는 고향이거나 상실된 고향으로 해석할 수 있다. 인간이 가진 회귀본능은 모성과 고향으로 돌아가게 되어 있다. 그런데 시에서 나타나는 화자는 땅덩이가 남아 있는 고향에 가지 못하고 있다. 이는 남북으로 갈라진 우리나라의 현실에서 3·8선으로 인하여 갈 수 없는 고향으로 상징하는 것으로 볼 수도 있다. 그러나 시가 시인의 체험에 의존한다는 점을 감안할 때 시 속의 화자에게는 시인의 내면이 투영된다. 따라서 「고향」에서의 고향은 시인이 등진 서산일 가능성을 배제할 수 없다.

윤석중에게 서산의 땅을 물려준 생모는 천석지기 집안의 무남독녀 외딸이었다. 일찍 혼자가 되어 외딸까지 잃은 외조모는 양자를 들였으나 양아들은 집안의 재산을 탕진한다. 결국 유일한 핏줄인 외손 윤석중이 서산의 땅을 물려받게 되면서 그에게는 모성애와 연결된 하나의 공간이 생긴다. 그리고 그 공간에 그의 부친이 새어머니와 터를 잡고 동생들을 낳고 살아가고, 윤석중도 그곳에 적을 두게 된다.

윤석중의 부인인 박용실에 의하면 윤석중과 윤덕병 부자지간은 신뢰와 사랑이 두터웠다고 한다. 그런 아버지가 1930년대 초에 생모가 물려준 서산에 정착하면서 윤석중에게도 실체적 공간으로서의 고향이 생기게 된 것이다.

또한 윤석중은 부친 사후에 "부모를 잃었는데 재산은 찾아 무엇을 하느냐면서 생모에게서 물려받은 고향의 모든 것을 버리고 맨몸으로 떠났다."고 박용실은 말한다. 그러나 서산시에서는 아직까지도 그에게 땅을 찾아가라는 통보를 보내고 있다(2007년 12월 현재).

추억은 잘 공간화 되어 있으면 그만큼 더 단단히 뿌리박아, 변함없이 존재한다. 추억은 시간 가운데 위치한다기보다는 공간에 위치해 있다. 지난 고독들의 모든 공간들은, 우리들이 고독을 괴로워하고 고독을 즐기고 고독을 바라고 고독을 위태롭게 했던 그 공간들은 존재의 내부에서 지워지지 않는다. 정확히 말하자면 실존적 존재가 그것들을 지우고 싶어하지 않는 것이다.[180]

180) 가스통 바슐라르, 앞의 책, p.122 참조.

「고향」을 살펴보면 윤석중은 무의식적으로 그의 아버지와 형제들과 함께했던 서산의 공간들을 향수의 공간으로 설정하고 있음을 알 수 있다. 「길」과 「우리 마을 느티나무」, 「고향길」 그리고 「서울 사는 아이야」와 「시골길」, 「시골 사는 아이」에 나타난 공간들은 그의 무의식 속에 추억의 공간으로 자리매김 되는데, 그는 이러한 공간을 한국전쟁으로 인하여 떠나게 되는 것이다. 「잘있거라 고향아」와 「고향」에서처럼 고향과 이별을 해야 했고, 따라서 화자가 말하는 "이번 싸움에 우리 고향이 죄 부서졌다는데"에서 암시하듯 시인의 내면에 응축되었던 향수의 공간, 그리움의 대상인 부모형제는 한국전쟁에서 모두 부서지게 된다. 추억의 공간을 채우고 있던 아버지의 상실은 시인에게 "죄다 부서지는" 고향상실을 의미하는 것이다.

아버지가 계시던 공간, 추억이 살았던 공간을 등진 그의 의식에는 서산이 현재로부터 영원히 지워져버려 이후 일체의 장래의 희망과 무관해져 버렸을지라도, 아니 상실의 아픔을 수반하여 고통을 불러오는, 모성애 상실을 넘어서 세계의 상실로 이어질지라도 여전히 부친과 함께한 공간을 사랑했다는 사실은 무의식 속에 남아 지워지기를 거부하면서 작품으로 형상화되는 것을 알 수 있다.

2. 향수의 실체적 공간인식

앞에서 언급하였듯이 서울에서 태어나고 서울에서 자란 윤석중이 많은 작품에서 말하는 향수의 공간은 아버지가 살던 공간으로 충남 서산시 음암면 율목리 46번지일 수밖에 없다. 그곳은 두 살 때 사별한 생모가 윤석중에게 유산으로 물려준 땅이 있는 곳으로, 그곳에서 1930년대 초에 아버지가 새어머니와 정착하여 동생들을 낳으며 1950년까지 살았으며 이후 1961년에 서울로 전적하였다.

마을 사람들의 진술에 의하면 윤석중은 서울에서 활동하면서 명천항을 통하여 서산을 드나들었다. 윤석중의 장녀와 장남의 출생신고도 서산시 음암면 율목리 46번지로 되어 있다.[181] 또한 그의 부인은 아이들과 함께 시골에 내려와 한동안 시부모님을 모시면서 시부와 며느리 사이에 혹은 시모와 며느리 사이에 두터운 정을 나누었다. 하지만 6·25로 인하여 아버지와 새어머니, 생존해 있던 두 동생까지 모두 잃게 되면서 이러한 공간인 서산을 등지게 된다.

따라서 그의 작품에서 나타나는 향수의 이미지는 한국전쟁을 기점으로 즉, 고향 상실을 기점으로 다른 양상으로 전개된다. 이전에 발표된 고향을 소재로 한 「길」과 「우리 마을 느티나무」, 「고향길」에서 시적 화자의 정서가 고향에 머물고 있다면 「고향」, 「고향하

181) 원적에 의하면 윤석중은 단기 4294년 3월 10일로 중구 수표동 13번지로 전적되었다. 서기로는 1961년이 된다.

늘」, 「그리운 내 고향」, 「내 방패연」에 나타나는 시적 화자는 고향을 떠나 있다.

> 길은
> 개천을 건너뛰고 산을 돌아
> 어디든지 다 찾아가지요.
> 길아
> 나를 우리 시골에 좀 데려다 다아구.
> —「길」[182] 전문

> 우리 마을 느티나무 / 하도 오래 되어서
> 아무도 모른대요 / 느티나무 나이를
> 느티나무 그늘에서 / 얼마나 많은 사람 / 쉬어갔을까.
> 느티나무 가지에서 / 얼마나 많은 새가 / 놀다 갔을까.
> 우리 마을 느티나무 / 하늘 가린 푸른 우산
> 해가 뜨면 해 우산 / 비가 오면 비 우산
> —「우리 마을 느티나무」[183] 전문

> 기러기 떼 기럭기럭 처량한 소리

182) 윤석중, 『고향땅』(웅진출판, 1988), p.20.
183) 위의 책, pp.82~83.

혼자 걷는 고향길은 멀기도 해요.
가도 가도 호젓한 옛 고향길을
둥근 달님 가만가만 따라오지만
마른 가지 바수수수 잎 지는 소리
내가 걷는 발소리도 무섭습니다.
—「고향길」[184] 전문

시 「길」에서 화자는 잠시 고향을 떠나 있으면서 개천을 뛰어 넘고 산을 돌아 "우리 시골"에 데려다 달라고 한다. 우리의 정서로 '우리 시골'은 외가나 처가가 있는 시골이 아니라 아버지가 계신 시골 혹은 큰집이 있는 시골이다. 과학화·정보화시대에 접어든 오늘날까지 명절이면 '우리 시골' 즉, 고향을 향하여 민족이 대이동을 한다. 그런 맥락에서 「길」에 나타난 '우리 시골'도 그가 살고 있던 서울이 아니라 아버지가 계신 공간이나 물려받은 땅이 있는 공간으로 보아야 할 것이다.

「길」이 처음 발표된 곳은 1946년 발간한 시집 『초승달』인데 1946년은 해방 이듬해로 그의 부친이 처자와 함께 서산에서 후덕한 양반, 고고한 선비로 가난한 이웃들을 보살피며 살아가던 때이다. 「우리 마을 느티나무」에서의 '우리 마을'도 내가 사는 마을(서

184) 앞의 책, p.13.

명천항이 있던 자리. 명천포구라는 팻말이 서 있다.

울)이거나 아버지가 사는 마을 혹은 조상 대대로 이어온 마을이다. 따라서 시에 나타나는 '우리 마을'은 생모가 물려주신 윤석중의 땅이 있는 마을, 아버지가 사는 서산의 마을로 보아야 할 것이다.

서울에서 배를 타고 서산시 성연면에 있는 명천항에 내려서 음암면 율목리 집으로 가는 길목에는 마을 입구에 큰 느티나무가 서 있다. 그 느티나무는 그의 고향이 있는 서산시 음암면 율목리 입구에 현재에도 그대로 있는데 수령 500년 정도로 추정하고 있을 뿐 정확한 나이를 모른다. 다만 주민들이 신성하게 여겨 일 년에 한 번씩 서산시의 도움을 받아 성황제를 지내고 있다.

그런가 하면 「고향길」에서 화자는 현재 고향으로 가기 위해 길을 걷고 있다. 「고향길」에서 화자가 걷고 있는 길은 "기러기 떼 기럭기럭 처량한 소리"가 들리고 "가도가도 끝없는 호젓한 고향길"이며, "둥근 달님 가만가만 따라오고", "마른가지 바수수수 잎 지

명천항 나루터의 구멍가게는 그대로 있고 바닷가는 논으로 바뀌었다(2008. 3월 명천항의 모습).

율목리 2구 입구에 서 있는 느티나무

는 길"이다.

「고향길」은 1932년 처음으로 발간한 『윤석중 동요집』에 발표되었다. 그의 부친이 1930년대 초에 서산에 터를 잡았는데 그 이전부터 윤석중은 외조모 땅의 지주로서도 서산을 왕래했을 가능성이 크다. 왜냐하면 아버지가 서산에 정착하기 이전부터 생모에게서 물려받은 땅이 서산에 있었고, 일찍 혼자가 되어 딸마저 잃은 외조모에게 윤석중은 유일한 혈육이었기 때문이다.

"부모도, 형제도, 집도 없이 자란 나는 다리를 상한 제비보다도 마음이 서러웠습니다. 그러나 나에게도 고마우신 흥부님이 여러

분 계셨습니다. 그 중에도 젖먹이 석중을 길러내신 외조모님의 은혜는 하늘보다 높습니다. 가난한, 그러나 말할 수 없이 착한 나의 고향은 홍부님 고향인지도 모릅니다. 제비는 홍부네 집에 박씨를 물어다가 선사했습니다. 나도 많은 신세를 진 내 고향에 맨손으로 돌아갈 수는 없습니다. 동요집 『어깨동무』는 나의 고향에 바치는 조그만 선물입니다."

—1940년 첫여름 '도꾜·반쬬' 에서

고향은 물론 고국을 뜻하는 것이었다.[185] 이 글을 요약하면 '다리를 상한 제비보다도 마음이 서러웠던 윤석중에게 외조모님은 고마우신 홍부님이었다. 나의 고향은 홍부님의 고향인지도 모른다. 많은 신세를 진 내 고향에 맨손으로 돌아갈 수 없다. 동요집 『어깨동무』는 나의 고향에 바치는 조그만 선물이다.' 가 된다. 이 글은 일본으로 유학간 윤석중이 1940년 고라르 신부의 부탁으로 『빛』이라는 잡지의 출판을 맡아볼 때 그곳에서 만든 제4동요집 『어깨동무』 서문이다.

1939년에 계초장학금으로 도쿄의 상지대학으로 유학을 간 윤석중은 1940년에 집으로 '이소야 윤' 으로 창씨를 개명하라는 편지를 냈고,[186] 서산에 있는 그의 원적에 의하면 이것이 받아들여져 1940년 12월 18일 대전지방법원 서산지원으로부터 이소야로 창씨개명

185) 윤석중, 『어린이와 한평생』(범양사출판부, 1985), p.176.

허가를 받는다.

그리고 그는 일본에서 『어깨동무』(1940)를 발간하면서 자신의 고향에 대하여 이와 같이 말한다. 그리고 그 서문을 『어린이와 한평생』(1985)에 소개하면서 머리말에서 말하는 나의 고향은 고국[187]이라고 덧붙였다. 그러나 이 글을 잘 살펴보면 의문점이 생긴다.

윤석중이 일본으로 유학가기 전까지 적을 두었던 곳은 외조모가 물려주신 생모의 땅이 있는 충남 서산이었다. 윤석중은 외조모님께 키워주신 신세뿐만 아니라 한 점 혈육으로 유산까지 물려받는다. 유산으로 물려받은 윤석중의 땅에서 그의 아버지가 새어머니와 동생들을 키우며 살고 있다.

따라서 그 땅을 물려주신 외조모님은 윤석중에게 홍부와 같은 존재일 수밖에 없다. 그러므로 "말할 수 없이 착한 나의 고향은 홍부님 고향인지도 모릅니다." 에서 유추할 수 있는 그의 "고향"은 외조모님께 물려받은 땅이 있는 공간일 개연성을 갖는다. 그런데 1985년에 쓴 『어린이와 한평생』에서 "고향은 고국을 뜻하는 것"이라고 하였다.

---

186) "우리나라 사람들이 제 성을 버리고 일본식 이름으로 창씨개명을 시작한 것은 1940년 2월 11일이었다. 욕 가운데 지독한 욕이 '성 갈 놈' 인데 그러한 모욕을 우리 겨레가 당하게 된 것이다. (중략) '尹' 가를 소라고 하는 것은 소축(丑)자에 꼬리를 달면 尹자가 되므로 놀리는 말인데, 나는 '돼지띠' 지마는 '소' 가 그다지 나쁠 것도 없어서, 정 창씨를 개명해야 배기겠으면 '伊蘇野 潤' 이라고 하라고 집에 편지를 냈다." 앞의 책, p.173.

187) 앞의 책, p.176.

『어깨동무』가 발간된 1940년과 그 서문을 언급한 『어린이와 한평생』이 발간된 1985년 사이에는 45년의 간격이 있다. 그 45년 사이에 해방이 있었고, 좌 · 우익의 대립인 한국전쟁이 있었으며, 그로 인하여 윤석중은 부친을 비롯한 형제들을 잃었고 외조모님께 유산으로 물려받은 땅 서산을 등졌다. 그리고 그 상실에 대하여 침묵으로 일관하였다.

1940년 『어깨동무』 서문에서 말한 "고향"이 1985년 발간한 『어린이와 한평생』에서처럼 "고국"을 의미하는 것이라면 "착한 나의 고향은 홍부님의 고향인지도 모릅니다."라는 진술이 모호해진다. 왜냐하면 당시 고국을 떠나 일본에 있는 윤석중에게 고국이라고 하면 외조모님이 계신 곳도 자신이 태어나고 자란 곳도 모두 포함하게 된다. 그런데 "나의 고향은 홍부님의 고향인지도 모른다."고 진술함으로써 나의 고향과 홍부님의 고향이 다르다는 것을 전제로 하고 있다. 따라서 40년에 말한 "고향"이 "고국"을 의미하는 것이라고 하는 진술은 의혹을 떨쳐버릴 수 없게 한다.

그렇다면 왜 윤석중은 『어깨동무』의 서문에서 밝힌 "홍부님의 고향이 내 고향인지도 모른다."에서의 "고향"을 1985년에 발간한 『어린이와 한평생』에서 "고국"이라고 했을까. 그것은 글을 썼던 시대적 환경을 고려해야 할 것이다. 외조모님이 물려주신 땅 서산을 말하려면 그동안 침묵하였던 아버지에 대하여 말해야만 한다. 그것은 아픈 상처를 가지고 있는 윤석중으로서는 힘든 일이며 또한 당대 우리나라의 지배이념이었던 반공주의와도 상충된다. 따라서 윤석중은 실체적 공간 서산과 관계되는 진실을 덮어두었을 가능성을 배제할 수 없다.

> 눈을 감고도
> 찾아갈 수 있는 우리집.
> 목소리만 듣고도 난 줄 알고
> 얼른 나와
> 문을 열어주는 우리집.
> 조그만 들창으로
> 온 하늘이
> 다 내다뵈는 우리집
>
> —「우리집」[188] 전문

이 시는 1943년 일본에서 엮은 『초생달』에 들어 있는 동요다. 『초생달』에 발표된 「우리집」에는 고향집에 대한 향수가 짙게 배어 있다. 일본으로 떠나기 전 윤석중은 서울에서 활동하였지만 부인과 아이들은 충남 서산에서 부모님과 함께 살았다.[189] 따라서 이

---

188) 앞의 책, p.199.

189) 부인 박용실의 증언에 의하면 박용실은 일본으로 유학가기 전 몇 달과 다녀온 후에도 아이들과 함께 서산에서 살았다고 한다.

시에서 나타나는 「우리집」에서의 우리집이 있는 공간은 충남 서산을 가리킨다고 볼 수 있다.

고향땅이 여기서 얼마나 되나
푸른 하늘 끝 닿은 저기가 거긴가.
아카시아 흰 꽃이 바람에 날리니
고향에도 지금쯤 뻐꾹새 울겠네.

고개 너머 또 고개 아득한 고향
저녁마다 놀 지는 저기가 거긴가.
날 저무는 논길로 휘파람 날리며
아이들이 지금쯤 소 몰고 오겠네

—「고향땅」[190] 전문

「고향땅」은 1948년에 발표되었다.[191] 1948년은 해방 3년 뒤로 윤석중이 생모로부터 물려받은 서산의 땅에서 아버지와 새어머니가 아이들과 함께 일가를 이루며 살고 있을 때이고, 윤석중은 시흥군 서면 소하리에서 서울 성북구로 이사를 가서 살면서 다섯째 혁을 낳은 이듬해가 된다.

당시 서울에 살고 있던 윤석중이 「고향땅」에 나타나는 자연환경

190) 윤석중, 앞의 책, p.14.

191) 윤석중, 『여든 살 먹은 아이』(웅진출판, 1990), p.84.

을 설정할 수 있는 공간은 서울이 아니다. 이 시를 살펴 보면 향수의 공간인 고향땅은 "고개 너머 또 고개"에 있고, "저녁마다 놀지는" 서쪽에 위치하고 있으며, "아카시아 흰 꽃이 바람에 날리는" 곳이고 "아이들이 휘파람 불면서 논둑길로 소를 몰고 오는" 한가로운 시골이다. 물론 당시의 우리나라는 어느 시골이나 「고향땅」에 나타나는 자연환경을 가지고 있지만 "저녁마다 놀지는 저기가 거긴가"에 나타나는 시인의 의식은 향수의 공간으로 서쪽을 설정하고 있다. 서쪽, 즉 서산에는 당시 생모로부터 물려받은 그의 땅이 있었고, 그곳에서 부친을 비롯한 형제들이 살고 있었기 때문에 개연성은 확대된다.

저 멀리 바라뵈는 내 고향 하늘
이따금 붉은 놀이 덮이는 하늘
떼 지어 날아가는 왜가리들아
단풍 졌나 불 났나 보고 오너라.
—「고향하늘」[192] 전문

우리 고향 생각나면
일이 손에 안 잡히네.

192) 윤석중, 『고향땅』(웅진출판, 1988), p.16.

지금도 시시로 그리운 내 고향

어머님이 나를 낳아 길러 주신 고마운 곳.

지금도 시시로

그리운 내고향.

가고파라 우리고향 훨훨 날아 보고파라.

시시때때 가고픈

우리 고향

시시때때 보고픈 고향 산천.

—「그리운 내 고향」[193] 전문

이 시들을 살펴보면 다양한 양상의 고향이 나타나 있는데 시기적으로 보면 한국전쟁 이후에 발표되었다. 이 시에 나타난 향수의 공간은 그가 태어나고 자란 서울 중구 수표동이나 수은동의 환경은 아니다. 왜냐하면 그는 서울에서 태어나고 자랐으며, 작품 발표 당시에도 서울에 살고 있던 그가 "우리 고향 생각하면 손에 일이 손에 안 잡히네", "훨훨 날아 가고파라"라고 말하고 있기 때문이다. 그렇다고 선행 연구에서 공통적으로 산견된 그리움 혹은 기다림을 상징하는 향수의 근원으로써 '보편적인 고향'이라고 하기에는 구체적 공간이 설정되어 있다.

193) 앞의 책, p.19.

「고향하늘」에서 화자는 왜가리들을 보고 붉은 놀이 덮이는 고향 하늘에 "단풍 졌나, 불 났나 보고오라" 고 한다. 즉 떠난 고향에 대한 안부를 철새에게 묻는데 그곳은 서울에서 바라볼 때 '붉은 놀이 덮이는 곳' 으로 서쪽임을 암시한다.

「그리운 내 고향」의 화자는 우리 고향을 생각하면 일이 손에 안 잡힌다고 하면서 "시시때때 가고픈", "시시때때 보고" 파서 "새가 되어 훨훨 날아 가고싶다" 고 한다. 이 시에서도 북쪽에 고향을 둔 화자가 3·8선으로 인하여 갈 수 없는 것을 암시한다고 할 수도 있지만 시가 시인의 내적 정서의 표출임을 감안한다면 서울에 살고 있는 시인이 "시시때때로 가고 싶은 곳" 은 그리움의 공간으로 아버지와 함께 하던 공간이라는 개연성을 획득한다.

아리스토텔레스는 "시는 역사보다 더 진실하다" 고 하였다. 가시적으로 보이는 현상에 대한 탐구가 과학이라면 문학은 보이지 않는 세계를 탐구한다. 시인이 "보고 싶은 마음 호수만 하니" 라고 말했다고 해서 그것을 거짓이라고 할 수 없다.

살펴본 바와 같이 이 시에 나타난 향수의 실체적 공간은 서울이 아닌 시골로 서쪽이며 고개 넘어 또 고개를 넘어야만 하는 곳 등으로 집약된다. 따라서 윤석중의 작품에 나타나는 향수의 공간은 서산일 수밖에 없다. 즉 과학적이고 상식적인 진술로는 윤석중의 고향은 태어나고 자란 서울일 수밖에 없으나, 정서의 표출인 문학적 진술로는 서산임을 「길」, 「우리 마을 느티나무」, 「고향길」 등 많은 작품들이 뒷받침하고 있다. 또한 이들 시는 모두 전집 중에서 『고향땅』으로 묶은 5권에 들어있다.

고향을 소재로 한 윤석중의 시를 두고 대부분의 연구자들은 그리움의 대상으로 "보편적 고향" 혹은 "마음의 고향"으로 해석하였으나 이는 앞에서 살펴본 바와 같이 저녁놀이 지는 공간, 논두길이 있는 공간, 아이들이 소를 모는 공간으로 마음의 고향은 실체적 공간을 가지고 있으며, 그곳은 생모로부터 물려받은 땅이 있고 아버지가 살았던 서산임을 알 수 있게 한다.

과거 우리를 지배하였던 유교적 이념은 아버지가 부인을 몇을 들여도 그들을 모두 어머니로 섬겼다. 윤석중이 아홉 살 때 부친과 부부의 연을 맺은 새어머니는 그와 아홉 살 차이밖에 나지 않지만 30여 년을 부친과 함께 살면서 자식을 아홉이나 낳았으니 피로 맺어진 관계는 아니더라도 우리의 정서로는 당연히 그의 어머니였고 그들과 함께 하던 공간은 그의 의식에 향수의 공간으로 자리매김 될 수밖에 없을 것이다.

추억은 상상력의 작용을 잘 보여주는 예로 추억이 아름답게 보이는 것은 상상력이 추억, 즉 과거의 이미지를 지향하는 바, 원형으로 변화시켜 나가기 때문이다. 그러므로 추억과 원형은 상상력을 통해 종합된다. 또한 집은 인간의 사상과 추억과 꿈을 한데 통합하는 가장 큰 힘이고 이 통합의 원리는 몽상이다. 과거, 현재, 미래는 집에 각각 다른 역동성을, 때로는 대립되기도 하고 때로는 서로를 부추

기기도 하며 흔히 서로 겹치는 역동성을 부여한다.[194)]

한국전쟁에서 부모형제를 잃고 생모에게서 물려받은 땅까지 등질 수밖에 없었던 서산은 그에게 아픔의 공간으로 그리움의 정서와 대립되지만 시간이 흐르면서 그의 무의식에는 향수의 공간, 그리움의 공간으로 자리 잡으면서 주옥같은 시편으로 살아나는 것을 알 수 있다.

아픈 기억이 윤석중 개인의 과거에 속하는 것이라면 추억을 향한, 그리움을 향한 원형지향은 인류의 과거에 속한다. 이러한 원형지향은 집단 무의식적 현상이고 집단 무의식은 인간이 최초로 이 세상에 태어난 이후 전체 인류의 삶을 통해 형성된 것이다. '추억을 넘어서는 태고' 는 바로 그러한 아득한 인류의 과거의 원형을 암시한다.[195)] 즉 윤석중 개인의 추억은 집단 무의식인 원형을 지향함으로써 모성애와 동일시를 이루었던 부성애는 향수의 근원이 되고 향수의 공간 상실은 부성애에 대한 그리움을 더욱 강화시키면서 「고향」, 「고향땅」, 「기러기」 등의 향수의 미학으로 살아나는 것이다.

194) 가스통 바슐라르, 앞의 책, pp.116~118.

195) C G. 융, 「무의식에의 접근」『인간과 상징』(열린책들, 1996), p.67.

IV. 윤석중 문학에 나타난 세계인식의 지향

앞 장에서는 윤석중 문학의 다양한 세계인식방법을 살펴보았다. 동심주의 문학의 대명사처럼 명명되었던 그의 작품세계에서는 세계인식방법이 다양하게 전개되는 것으로 드러났다. 그것을 원형지향과 모성인식, 현실비판과 자아인식, 고향상실과 향수의 공간인식으로 나누어 연구하였다. 본 장에서는 크게 세 가지로 나눈 윤석중의 작품을 토대로 그의 세계인식의 양상을 살펴보기로 한다. 궁극적으로 작품은 작가의 내면세계의 반영이다. 앞 장에서 살펴본 바와 같이 세계를 인식하는 방법도 주체의 개별적 체험과 그를 둘러싸고 있는 환경에 의하여 다른 양상으로 전개되는데, 결국 작가를 둘러싸고 있는 구조적인 환경으로부터 자유롭지 못하였음이 드러났다.

따라서 본 장에서는 Ⅲ장에서 작품에 나타난 세계인식을 토대로 윤석중 개인의 세계인식이 지향하는 양상을 연구한다. Ⅲ장의 원형추구와 모성인식은 유년체험과 과거지향으로, 현실비판과 자아인식은 현실대응과 미래지향으로, 고향 상실과 향수의 공간인식은 현실인식에 의한 통일지향과 현실초월에 의한 동심지향으로 나누어 연구하기로 한다.

최근 의학계에서는 개인의 세계인식방법이 50% 유전된다는 연구결과를 발표하였다. 이는 개인을 둘러싸고 있는 현실과 그것을 어떻게 바라보고 무엇을 지향할 것인가 하는 문제가 개인의 유전적인 구조에서 자유롭지 못하다는 것을 반영한다. 이것은 달리 표현하면 세계인식방법의 절반은 외적 환경에 의하여 달라질 수 있다는 근거가 된다.

체험이나 경험은 한 인간의 사고나 행동 양식 그리고 그의 글쓰기를 결정하는 기본요소이다. 그 체험이 한 인간의 내부에서 쌓이고 쌓여서 그의 심리적 복합체를 형성한다. 그 복합체를 의식화 시키고 질서화 시키려는 과정이 그의 전사고(田思考)의 역정이라고까지 할 수 있다. 그 심리적 복합체와 글쓰기의 관계는 창작심리학이나 문체론의 한 대상을 이룬다. 중요한 것은 한 개인이 그의 개인성을 획득하게 되는 것은 그의 체험과 경험 때문이다.[196]

따라서 개인성이 어떻게 전개되고 무엇을 지향하는가의 문제는 작가의 내적인 것이 개별적이기 때문에 같은 공간, 같은 시간, 같은 사건을 겪더라도 세계인식방법은 개별적 양상으로 전개될 것이다.

---

196) 김현, 『한국문학의 위상/문학사회학』 (문학과지성사, 2002), p.83.

01
유년체험과 과거지향

1. 유년체험의 시적 공간

서정적 자아의 상상력의 세계는 세계와의 상호작용을 이루려는 공존성, 공동성의 관계에 의해 결합되어 있다. 따라서 시인의 세계인식은 감각적인 대상화를 통해 일체성을 경험하려는 의식의 지향성을 추구한다.[197] 윤석중의 초기 현실비판적 인식은 어린이들이 처한 당대의 교육현실, 사회현실과 충돌할 여지를 안고 있었다. 그리하여 그의 사회적 자아는 현실을 초월하여 인간의 원형인 동심으로 물꼬를 튼다.

어린이는 어른들의 인습과 이해관계에서 가장 먼 존재인 만큼 그의 상상은 상상력의 자유로움에 따라서 그것의 지향에 가장 충실

197) 김수복, 『상징의 숲』(청동거울, 1999), p.14.

한 법이다. 어린이에게 감동과 아름다움이 가장 빈번하고 강렬하게 느껴지는 것은 이 때문일 것이다. 이것은 달리 말해 어린이의 삶이 상상력의 이상, 즉 원형적 상태에 가장 가까이 있는 것이라고 하겠다.[198)]

동요는 마음의 고향이며 인간이 문학에 눈뜨는 시발점이 된다. 윤석중의 모성애 상실로부터 비롯된 유년기의 상실은 동요 「새 신」, 「똑같아요」, 「나란히 나란히」 등의 작품 창작을 통하여 유년기의 일상을 시적 공간에 형상화시킨다. 모성애의 상실로 인하여 유년을 상실했던, 그래서 일찍부터 어른 행세를 해야 했던 시인의 시창작 활동은 유년 상실에 대한 상흔의 치유과정 혹은 극복의지나 초월의지로 해석될 수 있다. 따라서 그 작업은 그가 상실했던 유년체험의 공간을 시적으로 형상화하고, 그 공간에 건강하게 자라는 아이, 외롭지 않은 아이, 부모의 사랑을 충분히 받고 걱정 없이 자라는 아이를 주인공으로 한다.

> 새 신을 신고 / 뛰어 보자 팔짝 / 머리가 하늘까지 닿겠네.
> 새 신을 신고 / 달려 보자 휘휘 / 단숨에 높은 산도 넘겠네.
> ─「새 신」[199)] 전문

---

198) 가스통바슐라르, 곽광수 옮김, 『공간의 시학』, p.117.

199) 윤석중, 『봄 나들이』(웅진출판, 1988), p.80.

무엇이 무엇이 똑같은가./ 젓가락 두 짝이 똑같아요.

무엇이 무엇이 똑같은가,/ 윷가락 네 짝이 똑같아요.

—「똑같아요」[200] 전문

나란히 / 나란히 / 나란히

밥상 위에 젓가락이 / 나란히 나란히 나란히

댓돌 위에 신발들이 / 나란히 나란히 나란히

짐수레에 바퀴들이 / 나란히 나란히 나란히

학교길에 동무들이 / 나란히 나란히 나란히

나란히 / 나란히 / 나란히

—「나란히 나란히」[201] 전문

이 시들은 한결같이 밝은 분위기로 천진한 어린이의 모습을 담고 있다.「새 신」에서 "새 신을 신고 뛰어보자 팔짝", "머리가 하늘까지 닿겠네", "단숨에 높은 산도 넘겠네"라고 한다. 또한「똑같아요」에서는 "무엇이 똑같은가" 하는 질문에 "젓가락 두 짝이" 똑같고, "윷가락 네 짝"이 똑같다고 한다. 그리고「나란히 나란히」에서는 "밥상 위에 젓가락이 나란" 하고, "댓돌 위에 신발들이 나란" 하고, "짐수레에 바퀴들이 나란" 하고, "학교길에 동무들이 나란" 하다

200) 앞의 책, p.75.

201) 윤석중,『앞으로 앞으로』(웅진출판, 1988), p.24.

고 한다.

이 시들에 나타나는 시적 화자는 모두가 원시적 인간으로 천진성을 바탕으로 하고 있다. 이들은 오늘날의 물질만능, 과학만능의 시대에 학교와 학원을 오가는 어린이와 다르게 미래에 대한 걱정이 없다.

성인들은 새 신을 신고 뛴다고 해서 머리가 하늘까지 닿지 않을뿐더러, 높은 산도 넘지 못한다는 것을 안다. 또한 성인들은 시 속의 화자처럼 "무엇이 똑같은가"라는 질문에 겨우 젓가락 두 짝, 윷가락 네 짝으로 대답하지 않는다. 그런데 시 속의 화자에게 나란히 있는 것들은 숫자나 문자 혹은 책 속에 들어있는 내용들이 아니라 밥상 위의 젓가락이고, 댓돌 위의 신발이고, 짐수레에 바퀴들이며 학교길에 동무들이다.

작가가 만들어 내는 작품 속의 아이들은 하늘을 나는 새와 푸른 벌판을 달리는 냇물과 동일성을 띤다. 새 신을 신고 팔짝 뛰면 새로 산 신발이 주는 기쁨으로 하늘에 닿을 수 있고, 둘과 넷을 알면 되고 나란히 있을 줄 알면 된다. 이 시에 나타난 화자들은 인위로 변질되지 않은 자연의 일부로서 시인이 그리워하는 유년기 아이들 모습이라고 볼 수 있다.

애들아 나오너라 달따러 가자.
장대 들고 망태 메고 뒷동산으로

뒷동산에 올라가 무등을 타고
장대로 달을 따서 망태에 담자

저 건너 순이네는 불을 못 켜서
밤이면은 바느질도 못 한다더라

얘들아 나오너라 달을 따다가
순이 엄마 방에다가 달아 드리자.

—「달따러 가자」[202] 전문

퐁당 퐁당 돌을 던지자
누나 몰래 돌을 던지자
냇물아 퍼져라 널리널리 퍼져라
건너편에 앉아서 물장난 하는
우리 누나 댕기 좀 적셔주어라

—「퐁당퐁당」[203] 1연

낮에 나온 반달은 하얀 반달은

---

202) 윤석중, 『빛나는 졸업장』(웅진출판, 1988), p.26.
203) 윤석중, 『여든살 먹은 아이』(웅진출판, 1990), p.16.

해님이 쓰다버린 쪽박인가요.

꼬부랑 할머니가 물 길러 갈 때

치마끈에 달랑달랑 채워줬으면.

—「낮에 나온 반달」[204] 1연

이 시들은 모두 일제 강점기인 윤석중의 나이 16~21세에 창작되었다. 그런데 「달따러 가자」(1932), 「퐁당퐁당」(1927), 「낮에 나온 반달」(1929)에는 일제에 의해 혹은 가난에 의해 억압을 받거나 상실의 흔적을 찾을 수 없는 밝은 개구쟁이들의 모습이 나타나 있다. 「달따러 가자」에서는 달밤에 마음껏 뛰어노는 아이들의 꾸러기 같은 모습이, 「퐁당퐁당」에서는 누나에게 장난을 치고 싶은 개구쟁이가, 「낮에 나온 반달」에는 천진하고 익살스러운 아이의 이미지가 내포되어 있다. 달밤에 아무런 근심걱정 없이 뛰어노는 아이의 모습이 밝은 달빛의 서정적 이미지와 조화를 이루고, 누나에게 장난을 걸고 싶은 아이의 짓궂은 모습이 한낮의 냇물과 조화를 이루며 투명하고 아름답게 흐른다.

"해님이 쓰다버린 쪽박"과 "치마끈에 달랑달랑 채워줬으면"의 표현에서도 시적 자아는 건너편에서 물장난하는 누나의 댕기를 적시려고 누나 몰래 냇물에 돌을 던지는 짓궂은 개구쟁이다. 이들 시

204) 윤석중, 『낮에 나온 반달』(웅진출판, 1988), p.14.

에 나타나는 주인공들은 현실이야 슬프거나 말거나, 어둡거나 말거나 천진성을 바탕으로 어린이답게 생각하고 어린이답게 뛰어논다. 이는 시인의 내면 속에 살아 숨 쉬는 잃어버린 유년을 체험하는 공간으로써 소유하고 싶은 자의식의 형상화로 볼 수 있다.

아가야 나오너라 달맞이 가자.
앵두따다 실에 꿰어 목에다 걸고
검둥개야 너도 가자 냇가로 가자.

비단 물결 남실남실 어깨춤 추고
머리 감은 수양버들 거문고 타면
달밤에 소금쟁이 맴을 돈단다.

아가야 나오너라 냇가로 가자.
달밤에 달깍달깍 나막신 신고
도랑물 졸랑졸랑 달맞이 가자.

—「달맞이」[205] 전문

토끼야 / 토끼야 / 꼭꼭 숨어라.

---

205) 윤석중, 『달맞이』(웅진출판, 1988), p.10,

커단 귀 보일라 / 꼭꼭 숨어라.

다람쥐야 / 다람쥐야 / 꼭꼭 숨어라.

긴 꼬리 보일라 / 꼭꼭 숨어라.

—「숨바꼭질1」[206] 전문

이 시 『달맞이』와 『숨바꼭질1』에서 화자는 아가보고 달맞이 가자고 한다. "앵두따다 실에 꿰어 목에다 걸고/ 검둥개야 너도 가자 냇가로 가자."고 한다. 또한 화자는 토끼, 다람쥐와 숨바꼭질을 한다. 시 속의 화자는 근심걱정이 없다. 밤이면 밤대로, 낮이면 낮대로 달빛 아래에서 혹은 냇가나 들에서 실컷 뛰어노는 아이이다. 시적 분위기는 밤에 "달맞이 가자"고 하는데도 환한 달빛이 비치고, 커다란 귀와 긴 꼬리 때문에 숨을 곳이 없는데도 밝게 빛난다.

작품 속 화자들의 마음에는 천사도 살지 않고 악마도 살지 않는다. 따라서 이들의 이미지는 선하지도 않고 악하지도 않다. 다만 자연 그대로의 순수한 주체로써 상실로 인하여 아파하지도 않고 외로워하지도 않으며 따라서 미래를 두려워하지도 않는다. 즉 人爲로 변화되지 않은 太古의 이미지를 간직하고 있다.

윤석중은 만 두 살 때 모성애를 상실함으로써 이 시에서 나타나는 아이들과 같은 천진성을 바탕으로 하는 유년기를 상실하였다고

206) 앞의 책, p.38.

볼 수 있는데, 그것은 그로 하여금 천진이나 순수를 지향하는 힘의 원천이 된다. 즉 의식의 중심으로서의 자아는 정신의 의식된 부분에 불과하므로 그것이 나의 전체를 통괄하고 자각하려면 무의식적인 것을 하나씩 깨달아가는 의식화의 과정이 필요하다. 그 과정에서 제일 먼저 부딪히는 것이 그림자이다. '그림자'란 자아의식의 무의식적인 부분을 말한다. 아직은 어둠 속에 가려서 잘 보이지 않는 자아의 일부분인 윤석중의 그림자는 천진과 순수를 지향한다.

2. 추억의 공간으로의 전이

앞에서 살펴본 바와 같이 윤석중의 모성애 상실의식은 시창작에서 현실에 대응하기 위한 심화된 정서의 한 양상으로 나타났다. 조국 상실과 모성애의 상실은 시인에게 동일성의 인식으로 「모래성」이나 「허수아비야」 등의 시에서처럼 민족주의의 양상과 「휘파람」과 「빗방울」 등의 시에서처럼 누나에 대한 따뜻한 그리움의 서정적 양상을 띠기도 하였다.

민족이 처한 수난의 현실과 개인이 처한 상실의 현실은 「독립」과 「피난」에서처럼 모순되고 피폐한 사회현실을 고발하는 양상으로 전개되기도 하고, 「방패연」이나 「먼 길」과 같은 시창작으로 이별을 형상화하기도 한다. 이러한 시작 태도는 민족이 처한 사회적 현실과 상실에 처한 개인적 현실에서 억압과 고통을 극복하기 위한 방법의 한 양상으로 볼 수 있다.

이러한 시작 활동은 그를 둘러싸고 있는 사회현실에 대한 비판적 인식에서 출발했으며 시인의 시심은 이후 억압의 현실을 초월하여 어린이의 본질인 낙천을 지향하게 된다.

추억이 아름다워 보이는 것은 상상력이 추억 즉 과거의 이미지를 그것이 지향하는 바, 원형으로 변화시켜 나가기 때문이다. 그러므로 추억과 원형은 상상력을 통해 종합된다. 추억이 개인의 과거에 속하는 것이라면 원형은 인류의 과거에 속하는 것이다. 왜냐하면 원형은 집단 무의식의 현상이고 집단 무의식은 인간이 최초로 이 세상에 태어난 이후 전체 인류의 삶을 통해 형성된 것이기 때문이다. '추억을 넘어서 태고' 는 바로 그러한 아득한 인류의 과거를, 그리하여 원형을 암시한다.[207]

> 아기네들이 어머니의 자장가를 잃어버렸다면 그처럼 쓸쓸한 일이 없을 것이다. 그까짓 자장가쯤 없으면 어떠냐고 대수롭지 않게 여기는 어머니가 있다면 이 또한 불행한 일이 아닐 수 없는 것이다. 어려서 어머니를 여의고(두 살 적에) 외갓집에서 외할머니의 말라붙은 젖꼭지를 만지며 커서 그랬는지 몰라도 엄마 품에

207) 가스통 바슐라르, 앞의 책, p.116.

안기거나 등에 업혀서 엄마가 불러주는 자장가를 듣다가 스르르 잠이 들어버리는 동네 아기들이 얼마나 부러웠던지.
엄마의 마른 등에 업혔건만, 궂은 일을 하는 거친 손이건만, 그리고 곡조도 없고 말도 잃어버린 자장가 아닌 자장가이건만, 폭신폭신한 솜요보다도 더 따뜻하고 성악가의 고운 목소리보다도 더 좋게 들려서 업힌 채로, 잠이 들던 아기네들.[208)]

어린 아이에게 사람을 그려보라고 하면 얼굴만 크게 그리는데, 그것은 어린이가 느낀 인상 때문이다. 이와 같이 어린 시절이 우리들 내부에 살아 있어서 추억으로 남아있는 것도 사실의 차원에서가 아니라 인상의 차원이다. 윤석중은 이러한 어린이의 특성을 알아서 밝은 인상을 남겨주려고 시도한다. 그들의 내면에 남아있는 인상이 밝아야 그들 앞에 펼쳐질 미래가 밝아질 수 있기 때문이다.

이러한 윤석중의 시작 활동은 생모와 함께 했던 추억에 대한 열정에서 ─사실보다는 인상으로 남아있는─ 기인하는 것으로 해석될 수 있다. 즉 생모로부터 보호받은 추억들이 무의식에 남아있어서 자장가를 통하여 그 추억을 되살려 무의식의 에너지를 표출하는 것이다. 닫혀 있는 어떤 것이 추억들을 간직하고 있어서 그 추억의 이미지에 가치를 부여한다.[209)] 윤석중에게 닫혀 있었던 무의식에

208) 윤석중, 『어린이와 한평생』(웅진출판, 1988), pp.85~86.

내려 앉아있는 생모와의 추억들은 그의 많은 작품인 자장가를 통하여 연결되고 새롭게 창조되어 다양한 양상으로 전개된다.

① 방울 소리 절렁절렁 우리 아기 깨겠네.
나귀 목에 나귀 목에 솔방울을 달아라.
우리 아기 예쁜 아기 잘도 자네 자장자장.

삽살개가 콩콩콩콩 우리 아기 깨겠네.
버들버들 강아지야 네가 네가 문 봐라.
우리 아기 예쁜 아기 잘도 자네 자장자장.

뻐꾹 시계 뻐꾹뻐꾹 우리 아기 깨겠네.
해바라기 꽃시계를 앞마당에 심어라.
우리 아기 예쁜 아기 잘도 자네 자장자장.

―「방울소리」[210] 전문

② 구름가는 소리가 나나 안 나나
두 눈 감고 가만히 들어 보아라.

---

209) 〈닫혀있는 어떤 것〉은 원형(요나 콤플랙스)이 추억을 (아름다운 혹은 시적인)이미지로 되게 하는 토대임을, 즉, 일반화하여 말한다면 한마디로 아름다움의 토대임을 직설적으로 말해주고 있다. 가스통 바슐라르, 앞의 책, p.117 참조.

210) 윤석중, 『빛나는 졸업장』(웅진출판, 1988), p.18.

잠나라에 달님이 뜨나 안 뜨나
꿈 속에서 가만히 살펴보아라.

박꽃피는 소리가 나나 안 나나
두 눈 감고 가만히 들어보아라.
잠나라에 나비가 자나 안 자나
꿈 속에서 가만히 들어보아라.

—「구름 가는 소리」[211] 전문

③ 자장 자장 자장 모두모두 잠자네.
꽃밭에서 꽃이 자고
풀밭에선 풀이 자고
엄마 품엔 아기 자고.

자장 자장 자장 모두모두 잠자네.
하늘에선 별이 자고
숲 속에선 새가 자고
엄마 품엔 아기 자고.

211) 앞의 책, p.12.

자장 자장 자장 모두모두 잠자네.

산 속에선 바람 자고

바다에선 물결 자고

엄마 품엔 아기 자고.

—「모두모두 잠자네」[212] 전문

④ 산새들의 자장가는

바람 부는 소리란다.

솨아솨아

솨아솨아

물새들의 자장가는

물결치는 소리란다.

철썩철썩

철썩철썩

—「산새들의 자장가」[213] 전문

⑤ 산 너머 저쪽에 강이 있고

강 건너 저쪽에 산이 있고

---

212) 앞의 책, p.14.

213) 앞의 책, p.25.

우리 아기 자장자장.

그 산 너머 저쪽에 또 강이 있고

그 강 너머 저쪽에 또 산이 있고

우리 아기 자장자장.

―「산 너머 저쪽」[214] 전문

⑥ 아가 아가 무지개 꿈 꾸며 잠 잘 자거라. 자장자장.

비누 풍선도 작은 새들도 풀각시도 잠자면 볼 수 있지.

아가 아가 무지개 꿈 꾸며 잠 잘 자거라. 자장자장.

아가 아가 젖 먹는 꿈 꾸며 잠 잘 자거라. 자장자장.

방울 단 북도 뛰뛰 기차도 장난감도 잠자면 볼 수 있지.

아가 아가 젖 먹는 꿈 꾸며 잠 잘 자거라. 자장자장.

―「무지개 꿈」[215] 전문

⑦ 아가야 착한 아기 잠 잘 자거라

초저녁 달을 보고 멍멍 짖다가

심심해 바둑이도 잠이 들었다.

---

214) 앞의 책, p.22.

215) 앞의 책, p.17.

아가야 착한 아기 잠 잘 자거라
아무리 불어봐도 소리가 안 나
성이 나 나팔꽃도 잠이 들었다.
아가야 착한 아기 잠 잘 자거라.
모여서 소곤소곤 채송화들도
입들을 꼭 다물고 잠이 들었다.
아가야 착한 아기 잠 잘 자거라.
집 없는 잠자리도 풀잎에 앉아
눈물이 글썽글썽 잠이 들었다.

—「아가야 착한 아기」[216] 전문

자장가는 어린이들을 잠재우기 위해 부르는 노래이다. 이는 잠재우기 위한 목적으로 지은 노래로써 여러 나라에 공통성이 많으며 또 지방색이 농후한 것이 많다.[217]

---

216) 앞의 책, p.26.

217) 한국의 자장가의 경우는 어린이를 잠재우기 위한 리듬적 동요적인 것과 주로 아이를 보는 소녀들이 부르는 워크송풍의 것이 있는데 후자에 속하는 노래가 더 많은 것 같다. 서양 사람들의 자장가에는 성악곡이 많고 민요 속에 많이 찾아볼 수 있으나 그 중에는 예술작품으로서 저명한 것도 적지 않다. 모차르트, 슈베르트, 브람스 등이 작곡한 〈자장가〉는 모두 세계적으로 알려졌으며 이들은 독창용의 원곡에서 합창용으로도 편곡되어 널리 불리고 있다. 서양의 자장가에서는 영어의 〈Lullaby〉, 이탈리아어의 〈ninnananna〉, 스페인어의 〈arrullo〉와 같은 되풀이말이 자주 발견되는데 이는 어린이를 잠재우고자 하는 생각에서 불리는 원시적인 주술의 흔적으로 남은 것이 아닌가도 생각된다. 김현식, 동아세계대백과사전(동아출판사, 1992), p.138.

시 「방울소리」에 나타난 화자는 나귀 목에 달려있는 방울소리에 아기가 깰까보아 "솔방울을 달아라" 하고, 컹컹 짓는 삽살개 때문에 아기가 깰까보아 "버들강아지야 네가 네가 문 봐라" 하며, 뻐꾹뻐꾹 우는 시계소리에 아이가 깰까보아 "해바라기 꽃시계를 앞마당에 심으라"고 한다. 그런가 하면 「구름 가는 소리」에서 시인의 상상력은 "구름 가는 소리"와 "박꽃 피는 소리", "잠나라에 달님이 뜨는 소리", "나비가 잠 자는 소리" 등의 시각적인 매개물에 청각적인 이미지를 부여함으로써 조용하고 평화스러운 이미지를 한층 더 부각시킨다.

이러한 그의 자장가에는 아기에 대한 어머니의 혹은 아버지의 끝없는 사랑이 들어 있고, 건강하고 행복하게 자라길 바라는 바람이 담겨 있다. 이러한 바람은 "잠 잘 자거라"를 되풀이시킴으로써 언어에 주술성을 부여하는 것에서 짐작할 수 있다.

이 시는 시각적인 상관물에 청각을 요구함으로써 조용하고 안락한 분위기를 고조시켜 아이를 잠으로 빠져들게 한다. 「모두모두 잠자네」에서는 '꽃밭, 풀밭, 엄마 품' 그리고 '하늘, 숲 속, 엄마 품', '산 속, 바다, 엄마 품'을 설정하여 자연을 이루는 모든 것들을 잠재운다. 따라서 아기도 엄마 품에 안겨 잠들게 한다. 「산새들의 자장가」에서 자연을 구성하는 모든 것들은 어머니가 되어 아기를 잠재우기 위한 자장가를 부르고, 「산 너머 저쪽」에서는 한없이 펼쳐지는 넓은 세계를 꿈에 그려볼 수 있게 하며, 「무지개 꿈」에서도 아이들을 꿈의 세계로 안내한다.

또한 「아가야 착한 아기」에서는 바둑이와 나팔꽃, 채송화, 잠자리도 잠이 들었다고 알려주며 아기에게 잘 것을 요구한다. 잠은 휴식의 공간이자 재충전의 공간으로 에너지를 회복할 수 있게 하고 자라게 하며 나아가 꿈으로 연결되고, 꿈은 희망을 상징한다.

이들 자장가에 나타나는 자연물들은 시인의 작업으로 인하여 아기를 안전하고 평화롭게 잠들게 하고 꿈꾸게 한다. 그것은 아기를 소중하게 여기는 윤석중의 세계인식방법으로 세상에 가장 아름다운 게 아기네라는 최남선의 지적과 맥을 이룬다.

윤석중의 자장가는 나무, 산, 강, 구름 등 언뜻 보기에도 평화로운 자연을 불러들여 잠드는 아기를 자연으로 안내한다. 서양에서는 자연이 정복의 대상으로 받아들였지만 동양에서는 자연을 인간의 동반자로 여겨왔으며 인간은 자연의 품 속에서 살다가 다시 자연으로 돌아가는 존재로 여겨져 왔다. 따라서 윤석중의 자장가 속의 자연은 아이를 편안하게 잠재워 건강하게 자라게 하려는 어머니와 동일시를 이룬다.

네 살 이전의 어린이는 아직 연속적인 의식을 가지고 있지 않다. 그것은 일종의 몽롱한 상태처럼 의식의 단절적 불연속성(insulare Diskontinuitat)을 특징으로 하며 이러한 상태에서 인지하는 부모의 상(Elternimago)은 현실적인 상이 아니라 풍부한 환상에 의해 채색된다. 이 환상은 단순한 공상이 아니라 심적 현실로서 그 환상을 낳게 하는 마음 속의 모체를 전제로 하며 그것이 '신의 쌍(雙)' 주제에 반영되는 부모 원형으로 어린이가 지각하는 부모는 부모의 현실상이 신성으로 덧입혀진 상[218]이다. 따라서 만 두 살 때 어머니를 여읜 윤석중이 기억하는 어머니의 이미지는 실체적 존재였던 어머니의 이미지라기보다 그가 만들어내는 자장가에 나타나는 보편적인 어머니의 이미지로 해석되어야 할 것이다.

앞에서 살펴본 자장가들은 윤석중이 두 살 때 돌아가신 생모에게서 보호받던 공간을 되살아가고 싶은 의지의 표상으로 볼 수 있다. 즉 보편적으로 자장가는 아기를 잠재우기 위한 노래인데 비해 그의 자장가는 자신이 아기가 되어보는 공간, 일련의 그의 무의식에 자리 잡은 부모의 원형인 모성애의 공간으로의 전이인 것이다.

아기를 잠재우기 위한 어머니의 노래가 아기를 원초적인 안락한 잠에 스며들게 하듯 시인은 자장가의 몽상에서 무의식에 자리 잡은, 자연과 동일시를 이루는 모성애의 편안한 품에 안겨 잠에 스며드는 체험을 할 수 있다. 이렇듯 여러 양상의 「자장가」에서 나타나

---

218) 융의 모성원형 Mutterarchetypus에 관한 그의 논문에서 모성원형상을 비교적 자세히 설명한 바 있다. 모성원형이란 비단 개인적인 모성상으로 나타날 뿐 아니라 신화 속의 고귀한 여신(女神)상, 대지(大地)의 곡신(穀神) 데메터와 그녀의 딸이며 지하세계의 여신인 프르세포네-코레(소녀) Persephone-Kore의 관계에서 보는 여신, 어머니-애인 Muttergeliebte으로서의 키벨레-아티스Kybele-Attis 형 혹은 딸 애인으로서의 여신 그리고 또한 빛과 지혜의 처녀 소피아 Sophia 등으로 나타난다. 뿐만 아니라 천국, 낙원, 교회, 대학, 도시, 나라, 하늘, 땅, 숲, 바다와 잔잔한 물, 정원, 나무, 샘, 우물, 동굴, 그릇으로서의 꽃, 장미나 연꽃, 마법의 원(圓) 등 많은 모성원형상으로 나타날 수 있다고 했다. 이부영, 앞의 책, pp.90~91.

는 윤석중의 상상력은 가장 먼 추억들을 고정시키는 무의식의 힘에서 비롯된다고 하겠다.

02
현실대응과 미래지향

1. 현실대응의 정서적 심화

한 개인이 그의 개인성을 획득하게 되는 것은 그의 체험과 경험 때문이다. 윤석중의 체험과 환경에서 비롯된 의식세계는 초기 현실 비판적인 경향으로 자리 잡기 시작한다. 「오뚝이」를 비롯하여 현실에 순응하는 무력한 어른들을 풍자한 그의 비판의식은 민족주의적 성향으로 변모하는데 그 이면에는 당시 활발하게 활동하던 아버지의 사회운동 · 노동운동을 비롯하여 최남선의 계몽주의적 소년운동, 방정환의 어린이 운동도 영향을 주었을 것으로 짐작한다.

이러한 개인 내면의 상실의식과 외부적 요인은 현실을 대응할 수 있는 정서를 심화시키며 현실대응의 다양한 양상으로 형상화된다. 깨달음이란 본질적으로 새로운 대상에 접했을 때 자기 반성을 통해 얻어지는 인식의 초월이다. 삶의 매순간 사람을 둘러싸는 새로운

세계에서의 진정성은 깨달음을 통해 보장받을 수 있다.[219)]

팔랑팔랑 방패연 / 우리 오빠 연

길 떠나신 아버지가 / 접어주신 연.

우리 남매 남겨 놓고 / 혼자 가시며

울지 마라 달래면서 / 접어주신 연.

방패연아 / 춤 좀 추어라.

길 가시는 아버지 좀 / 구경하시게.

고개 고개 넘으시다 / 네가 노는 걸

담배 한 대 피워물고 / 바라보시게.

―「방패연」[220)] 전문

아기가 잠드는 걸 / 보고 가려고

아빠는 머리맡에 / 앉아 계시고

아빠가 가시는 걸 / 보고 자려고

아기는 말똥말똥 / 잠을 안 자고

―「먼 길」[221)] 전문

---

219) 권오룡, 『존재의 변명』(문학과 지성사, 1989), p.182.

220) 윤석중, 『고향땅』(웅진출판, 1988), p.72.

221) 위의 책, p.66.

「방패연」의 화자는 아이이다. 회고록에 쓴 창작동기처럼 가난한 사람들을 위한 사회운동을 하다가 일본인들에게 '나쁜 조선인'으로 지목되어 감옥에 가는 아버지가 "울지마라 달래면서 접어주신" 방패연을 날리는 어린 남매의 모습이 잘 나타나 있다.[222] 어린 남매는 아버지가 접어주고 가신 방패연을 날리면서 "춤 좀 추라고" 한다. 그래서 "길 가시는 아버지가 구경하시게", "내가 노는 걸 바라보시게"라고 한다. 아버지가 감옥에 가면서 울지 말라고 달래며 접어주신 연을 날리는 아이의 안타까움과 아버지에 대한 사랑이 "춤 좀 추어라" 하는 시어 속에 잘 형상화되었다. "춤 좀 추어라"는 화자의 시적 진술에는 '아버지 사랑해요, 아버지 건강하세요.' 등의 아들로서 바랄 수 있는 아버지에 대한 안녕의 기원이 함축되어 있다.

그런가 하면 시 「먼 길」의 화자는 어른이다. 어린이 운동을 하기 위하여 아이를 두고 먼 길을 떠나야 하는 아버지의 마음이 잘 나타나 있는데, 이 시는 「방패연」에서 나타난 남매를 남겨놓고 사회운동을 하느라 길을 떠나는 아버지에 대한 어린 날의 회상이 모티

---

222) 앞서 밝혔던 바와 같이 윤덕병은 1920년대 활발한 사회운동을 하면서 몇 차례 검거되었다가 석방된 사실이 밝혀졌다. 女子職工罷業 선동 혐의로 검속된 金南洙에 이어 勞動聯盟會 幹部 尹德炳, 李準泰 등도 파업전말서 배포한 혐의로 구속〈東亞日報 1923.7.13 · 22 일제침략하 36년사-7〉 p.136; 조선공산당사건 金若水 · 尹德炳 · 鄭雲海, 1심 공판에 불복 공소(67명, 복역결정),〈일제하사회운동사자료집 2〉, p.179. 동아일보 1928. 2. 16. 〈한국공산주의운동사〉(김창순)-1929. 8. 7. 제1차 조선공산당사건 관계자 尹德炳, 서대문형무소에서 출옥, 동아일보 1929. 8. 8. 〈일제하사회운동사자료집2〉, p.215; 1930. 3. 18. 윤덕병, 동대문서에 인치중외일보 1930. 3. 30. 〈일제하사회운동사자료집 2〉, p.260. -〉4. 22. 불기소 석방, 중외일보 1930. 4. 24. 〈일제하사회운동사자료집 2〉, p.279.

프가 되었다고 윤석중은 회고록에서 창작동기를 고백한다. 길 떠나는 아버지가 만들어주신 연을 날리던 어린 화자가 말똥말똥 잠을 안 자는 아이를 두고 먼 길을 떠나야만 하는 아버지가 되어서 「먼 길」을 쓰게 되는 것이다.[223)]

팔월에도 보름날엔 / 달이 밝건만
우리 누나 공장에선 / 밤일을 하네
공장 누나 저녁밥을 / 날라다 두고
휘파람을 불며 불며 / 돌아오누나
—「휘파람」[224)]전문

보슬비 보슬보슬 / 내리는 밤에
줄타고 따르르르 / 굴러온 방울.
말없이 소곤소곤 / 귀엣말하며
어디서 왔을까요 / 왜 왔을까요.
저 줄만 따라가면 / 실 뽑는 공장
아마도 우리 누나 / 눈물인가봐.
기계는 심술 피고 / 실은 엉키고

223) 시인은 「먼 길」의 창작동기를 일제 강점기 가족을 두고 징용을 떠나는 아빠들을 생각하며 썼다고 하였다. 그러나 「먼 길」에 나타나는 시적 정서는 일제에 의해 강제로 징용을 떠나는 아빠의 애절함보다는 잠시 먼길을 떠나는 아빠의 안타까움 정도의 분위기로 이해된다.

224) 윤석중, 『고향땅』(웅진출판, 1988), p.55.

답답해 쏟아놓은/ 눈물인가봐.

—「빗방울」 1929

길가에

방공호가 하나 남아 있었다.

집 없는 사람들이 그 속에서

거적을 쓰고 살고 있었다.

그 속에서 아이 하나가

제비 새끼처럼 내다보며

지나가는 사람에게 물었다.

"독립은 언제 되나요?"

—「독립」[225] 전문

「휘파람」, 「빗방울」은 국권 상실의 시대에 열악한 환경의 공장에서 일하며 노동력을 착취당하는 언니의 모습을 형상화하였다. "우리 누나 공장에선/ 밤일을 하네/ 공장 누나 저녁밥을/ 날라다 두고"는 가난하고 피폐한 현실을 짊어져야 하는 가냘픈 언니의 일상을 소재로 시적 정서를 심화하였다. 이러한 정서는 당시 노동자

225) 윤석중, 『휴전선의 어린이날』(웅진출판, 1988), p.17.

들을 대변하면서 노동운동의 일선에서 활동했던 부친의 영향을 받았음을 간과할 수 없다.[226]

「독립」에는 국권 상실의 시대 「휘파람」, 「빗방울」에서처럼 노동력을 착취당하고, 「허수아비야」에서처럼 생산물을 수탈당하던 현실에서 '독립' 만 되면 좋아질 거라고, 살 만한 세상이 올 거라고 믿었던 제비새끼 같은 어린 화자가 등장한다.

이 시는 독립 이듬해인 1946년에 발표되었다. 발표 1년 전인 1945년에 독립이 되었음에도 길가에 남은 방공호에서는 "집 없는 사람들이 거적을 쓰고 살았으며" 그 속에 먹이를 물어다주기를 기다리는 제비새끼 같이 연약하고 배고픈 아이들이 있었고, 아이들은 지나가는 사람에게 "독립은 언제 되나요?" 라고 묻는다.

그 질문에는 독립이 무엇인지도 모르면서 독립만 되면 잘 살게 될 줄 알았던 어린 화자의 세계인식이 내포되어 있다. 해방된 지 일년이 지났어도 어린 아이는 여전히 거적을 쓰고 살며, 여전히 배고프다. 결국 해방은 되었으나 아무것도 달라지지 않은 현실을 어린 화자를 통하여 보여준다. 시인은 어린 화자를 내세워서 광복 이후의 피폐한 우리 사회의 현실을 직시하는데 그것은 본질적으로 삶의 보편성을 지향하는 윤석중의 현실대응을 위한 심화된 정서의 한 양

---

226) 윤석중의 부친 윤덕병은 1920년대 김남수 정운해, 이학수, 김종범 등과 함께 무산자동지회, 노동공제회, 조선노동연맹회, 조선노동총연맹 등을 설립하여 일선에서 노동운동을 한 자료들이 당시 동아일보나 중외일보에 보도되었다. －이재화, 『한국근대민족해방운동사 Ⅰ』, p.100. → 평론가 김제곤 제공.

상으로 볼 수 있다.

이삿짐 뒤를 따라 / 고개를 넘어
새벽에 순이네는 / 떠났습니다.
이사간 순이네 집 / 무너진 담에
올해도 개나리가 / 피었습니다.
순이가 입고 떠난 / 노랑저고리
나리꽃보다도 / 고왔습니다.

—「이사간 순이」[227] 전문

저녁 쌀은 있지만 나무가 없어
앞집에선 저녁을 여태 못 짓고
나무는 해왔지만 쌀이 떨어져
뒷집에선 저녁을 여태 못 짓고
앞집에선 뒷집에 쌀을 대주고
뒷집에선 앞집에 나무 대주어
밤 늦게 이 두집 굴뚝에서도
연기가 모락모락 올랐습니다.

—「저녁밥」[228] 전문

227) 윤석중, 『고향땅』(웅진출판, 1988), p.84.
228) 윤석중, 『낮에 나온 반달』(웅진출판, 1988), p.44.

무얼 달랄까보아 / 서로 알면서도 / 모른 체하고
무얼 줄까보아 / 서로 모르면서도 / 알은 체하고
피난 가서는 아는 사람은 모른 체하고
모르는 사람은 알은 체하고.

―「피난」[229] 전문

시 「이사간 순이」, 「저녁밥」 역시 한국전쟁에서 피난민의 모습을 상징화하였다, 「저녁밥」에서처럼 공동체 삶을 지향했던 우리의 정서와는 다르게 「피난」에서는 자기만을 생각하는 이기적인 사람들이 등장한다. 그것은 「저녁밥」에서 이웃끼리는 서로 의지하고 살아갈 수 있는 최소한의 여건―앞집, 뒷집―이 갖춰져 있으나, 「피난」에서는 생을 위한 최소한의 여건마저도 갖춰있지 못한 상황의 암시로 시에 등장하는 인물들은 모두 집도 없고 굶주림에 시달리는 피난민들이다. 배고픔을 면하기 위하여 서로 "모른 체" 하기도 하고 "알은 체" 하기도 해야 하는 현실에 대한 냉철한 고발의식이 나타나 있다.

이 시들은 모두 가난하고 버림받고 외로운 사람들의 다양한 모습을 담아냈다. 이는 윤석중의 날카로운 현실인식에서 출발한 것으로 일제강점기와 한국전쟁의 피폐한 생활상을 고발하고 있는 것이다.

---

229) 윤석중, 『휴전선의 어린이날』(웅진출판, 1988), p.42.

이러한 작품은 심화된 정서에 의한 그의 내면을 엿볼 수 있게 하는데 이 또한 사회운동과 노동운동을 하던 아버지의 영향을 간과할 수 없을 것이다.

"얼음을 끄고 물을 떠 먹을 / 그 애 생각을 하면,
더운 숭늉이 / 목에 걸려 안 넘어가는구나……."
그런 말씀을 하실 때마다
어머니는 두 눈에 눈물이 핑 도세요.
"눈구덩이에 쓰러져 잘 / 그 애 생각을 하면,
더운 방바닥이 살에 닿을 때마다
가슴이 선뜩 내려앉는구나……."
그런 말씀을 하실 때마다
어머니 두 눈에 눈물이 핑 도세요.
"그 애"가 누구냐 하면, / 바로 우리 언니예요.
병정 나간 우리 큰 언니예요.
-「우리 언니」[230] 전문

달팽아 / 달팽아 / 난리났니.
잔등에 / 무거운 / 짐을 지고

230) 윤석중, 『노래동산』(학문사, 1956), pp.72~73.

달팽아 / 달팽아 / 어디 가니.

충청도 / 인심이 / 좋다는데

달팽아 / 그리로 / 피난가니.

—「달팽이」[231] 전문

빈 집에 / 담보다도 키가 큰 / 해바라기가 살고 있었다.

해바라기를 쳐다보고 / 도둑이 왔다가 그냥 가며,

"이 집엔 사람이 사나보지?"

아무도 안 사는 텅빈 집을 / 해바라기가 지켜주었다.

—「빈집」[232] 전문

이들 세 편의 시는 여덟 번 째 동요집 『노래동산』(1956)에 실린 작품이다. 윤석중은 서두에서 "여기 실린 예순세 편은 1952년 9월 한 달 동안에 지은 노래들이다. 내 노래에 큰 풍년이 들게 한 조국 하늘아, 땅아, 해야, 달아, 별아, 비야, 눈아, 바람아, 산아, 물아, 새야, 꽃아, 그리고 자라나는 어린이들아, 고맙다."[233]고 하였다. 그 동요집에는 병정나간 자식을 그리워하는 「우리 언니」을 비롯하여 「고향」 등 한국전쟁으로 인하여 가족이나 고향을 상실한 이야기와 「달팽이」와 「빈집」 등 전쟁으로 인한 피폐한 실상들이 적나라하게 그

231) 앞의 책, pp.58~59.

232) 앞의 책, p.86.

린 작품들이 실려 있다.

시는 사실성의 세계에 대한 모방에서부터 출발한다. 모방은 간접적이든 직접적이든 시인의 체험에 의존한다. 따라서 윤석중의 시도 그의 체험과 관련이 있다[234]고 보아야 할 것이다.

1952년 9월에 쓰고 4년 뒤인 1956년에 발간한 『노래동산』에 실린 시들은 윤석중의 전쟁의 체험과 관련지을 수 있는데 "시인에게는 최고의 고난이 최상의 명당"이라는 함석헌 선생의 말처럼 한국전쟁은 그에게 정서적으로 심화된 「우리 언니」와 「달팽이」, 「빈집」 같은 전쟁의 상흔을 담은 시를 발표하게 한다.

「달팽이」는 고향을 등지고 피난을 가는 사람들의 모습을 형상화하였고, 「빈집」은 주인이 전쟁으로 피난가거나 죽음을 당하여서 주인을 잃어버린 텅 빈 집의 쓸쓸함을 형상화하였다.[235] 즉 주인이 피난가거나 죽어 전쟁으로 인해 폐허가 된 텅 빈 집의 모습을 형상화한 것은 윤석중의 심화된 정서와 깊고 냉철한 현실인식을 알 수 있게 한다.

그러나 현실에 대한 심화된 정서와 함축된 상징 등의 기법으로

233) 윤석중, 『어린이와 한평생』(웅진출판, 1988), p. 134. 원적에 의하면 윤석중은 1952년 10월 20일 서산에서 한국전쟁에서 죽은 아버지와 계모의 사망신고를 하였다. 따라서 이 시들은 생모가 유산으로 물려준 서산의 땅과 관련된 것들을 정리하면서 쓴 시들로 필자는 짐작한다.

234) 한국전쟁에서 우리는 수많은 것을 잃어버렸다. 특히 수많은 젊은 아들들이 희생되었다. 전술하였듯이 시인의 부모도 희생되었고 아끼던 두 동생도 희생되었으며 이로 인하여 그는 고향의 집과 땅을 등졌다.

창작된 이러한 시들은 동요로서 생명력을 획득하기 어려웠다. 그것은 동요가 가진 특성 때문일 것이다. 노래는 전달을 목적으로 하기 때문에 쉬워야 불리면서 바로 의미전달이 된다. 그런데 심화된 정서의 표출양상으로 창작된 윤석중의 작품은 시적 장치로 인하여 의미의 전달이 용이하지 않다. 그것이 현실인식의 토대 위에서 심화된 정서나 현실비판적인 정서를 나타낸 그의 작품들이 제대로 알려지지 않는 원인이 되기도 한다.

2. 현실자각을 통한 미래지향

일찍부터 모성애 상실을 경험한 윤석중이 구성하는 세계인식방법은 그에게 일찍 어른이 되게 하였으며 현실 비판적인 글도 쓰게 하고, 민족성을 나타내는 시를 쓰게도 하였다. 또한 유년 체험의 시적 공간을 형성하기도 하였다. 이러한 그의 세계인식방법은 이후 현실자각을 통하여 미래를 지향한다.

---

235) 증언에 의하면 윤석중은 한국전쟁 후 부모가 비운에 처하고 두 동생이 전쟁터로 나간 일이 년 뒤에 고향에 다녀갔었다고 앞집에 살던 이종식과 윤석중의 둘째 동생 시중의 동기동창이었던 김낙중(현, 음암면 율목리 거주)은 증언한다. 또한 원적에 의하면 1952년 10월 윤석중은 서산에 내려와 아버지(1950. 10. 4)와 계모(1950. 10. 7.)의 사망을 신고한다. 따라서 「빈집」은 가족이 비운에 처하고 서산을 떠난 뒤 다녀갔던 그의 '빈집'의 이미지를 안고 있다고 보아진다.

① 앞으로 앞으로

지구는 둥그니까 자꾸 걸어 나가면

온 세상 어린이를 다 만나고 오겠네.

온 세상 어린이가 하하하하 웃으면

그 소리 울려 가겠네 달나라까지

앞으로 앞으로

—「앞으로 앞으로 2」[236] 부분

② 동무들아 오너라, 서로들 손 잡고

노래하며 춤추며 놀아 보자.

낮에는 해 동무, 밤에는 달 동무

우리들은 즐거운 노래 동무.

동무들아 오너라, 서로들 손 잡고

노래하며 춤추며 놀아 보자.

비 오면 비 동무, 눈 오면 눈 동무

우리들은 정다운 어깨동무.

—「동무들아」[237] 전문

③ 다 같이 돌자 동네 한 바퀴

---

236) 윤석중, 『앞으로 앞으로』(웅진출판, 1988), p.41,

237) 윤석중, 『새나라의 어린이』(웅진출판, 1988), p.18.

아침 일찍 일어나 동네 한 바퀴
우리 보고 나팔꽃 인사합니다.
우리도 인사하며 동네 한 바퀴
바둑이도 같이 돌자 동네 한 바퀴.

―「동네 한 바퀴」[238] 전문

④ 날아라 새들아, 푸른 하늘을
달려라 냇물아, 푸른 벌판을.
오월은 푸르구나, 우리들은 자란다.
오늘은 어린이날, 우리들 세상.

우리가 자라면 새 나라 일꾼
손 잡고 나가자, 서로 정답게.
오월은 푸르구나, 우리들은 자란다.
오늘은 어린이날, 우리들 세상

―「어린이날 노래」[239] 부분

⑤ 좋은 책 벗 삼아 정답게 지내자.
너도 나도 똑바로, 책과 사귀자.

---

238) 윤석중, 『봄나들이』(웅진출판, 1988), p.72.

239) 윤석중, 『새나라의 어린이』(웅진출판, 1988), p.35.

앉기도 똑바로, 읽기도 똑바로.

마음들도 똑바로, 몸도 똑바로.

고마운 책들을 반갑게 대하자.

너도 나도 깨끗이, 책을 위하자.

보기도 깨끗이, 두기도 깨끗이

마음들도 깨끗이, 몸도 깨끗이.

—「고마운 책」[240] 전문

⑥ 새나라의 어린이는 일찍 일어납니다

잠꾸러기 없는 나라 우리나라 좋은 나라.

새 나라의 어린이는 서로서로 돕습니다

욕심쟁이 없는 나라 우리나라 좋은나라.

—「새 나라의 어린이」[241] 부문

이 여섯 편의 동요들은 한결같이 밝은 분위기로 천진한 어린이의 본성을 나타내고 있다. ①에서 "지구는 둥그니까 자꾸 걸어 나가면 온 세상 어린이를 다 만나고 오겠네" 하는 상상력은 태고적 인간의 이미지이다. 현대 과학이 발달한 시대의 어린이는 "자꾸 걸어 나

240) 앞의 책, p.71.

241) 앞의 책, p.20.

가면 온 세상 어린이를 다 만나고 오겠네." 라는 생각을 하지 않는다. 그럴 수 없다는 것을 알기 때문이다.

②에서 "서로들 손잡고 노래하며 춤추며 노는" 어린이의 이미지, "낮에는 해 동무, 밤에는 달 동무", "노래하며 춤추며 노는" 이미지 역시도 굴레에 갇히지 않은 자유의 인간, 태고의 인간의 모습을 상징적으로 나타내고 있다.

③에서도 바둑이와 함께 달리는 건강한 아이들이 나타나 있고, ④에서는 "날아라 새들아, 푸른 하늘을", "달려라 냇물아, 푸른 벌판을" 이라며 "우리들 세상" 이라고 한다. ⑤와 ⑥에는 바른 마음을 가진 바람직한 어린이상이 제시되어 있다.

④의 「어린이날 노래」는 해방이 되자마자 맨 먼저 지은 동요로 박태준이 곡을 붙여 아이들 사이에 널리 불렸다. 입을 옷 없어 헐벗고 먹을 밥 모자라 굶주린 어린이들이었지만 이 노래를 부르면 '새나라의 어린이' 라는 것만으로도 힘이 솟았다. 잠꾸러기 없는 나라, 욕심쟁이 없는 나라, 서로 믿고 사는 나라, 정답게 사는 나라, 무럭무럭 크는 나라, 그런 나라 어린이가 되려면 일찍 일어나고 서로 돕고, 거짓말 안 하고, 쌈을 안 하고, 몸이 튼튼해야겠다는 것으로 새나라 어린이에게 등대 구실을 한 노래였다.[242] ⑤의 「고마운 책」에서는 "좋은 책 벗 삼아 정답게 지내자", "너도 나도 똑바로",

---

242) 김병규, 「소파 방정환판테 배우고 뒤이어서 꽃피운 윤석중의 어린이 문화활동」『윤석중 문학제 연구논집』,2008, p.146.

"책과 사귀자"고 한다. 또한 "앉기도 똑바로" 하고 "읽기도 똑바로" 하며 "마음들도 똑바로" 하고 "몸도 똑바로", "마음들도 깨끗이", "몸도 깨끗이"라고 한다. 즉, 시인의 세계인식에 따라 새 나라에 있어야만 하는 어린이, 禮와 智를 추구하는 건강한 어린이가 제시되어 있다.

①~⑥에는 유교적 이념의 잔재와 일제 강점기 그리고 한국전쟁의 그늘에서 억압받던 어린이들에게 주체적 어린이로서, 어린이 본성대로 '뛰어 놀아라'는 상징적인 메세지가 들어있다. 이 시들은 시인의 말대로 어린이 해방가인 셈이다. 이렇게 억압에서 해방된 어린이들은 '새 나라의 어린이'로 미래의 주인공이 된다.

빛나는 졸업장을 타신 언니께
꽃다발을 한아름 선사합니다.
물려받은 책으로 공부를 하며
우리는 언니 뒤를 따르렵니다.

잘 있거라 아우들아 정든 교실아
선생님 저희들은 물러갑니다.
부지런히 더 배우고 얼른 자라서
새 나라의 새 일꾼이 되겠습니다.
앞에서 끌어주고 뒤에서 밀며

우리나라 짊어지고 나갈 우리들

냇물이 바다에서 서로 만나듯

우리들도 이 다음에 다시 만나세

―「졸업식 노래」[243] 전문

해방 뒤 첫 졸업식은 1946년 6월에 있었다. 과거 졸업식장에서 이 노래를 부를 때 첫 연은 재학생이, 둘째 연은 졸업생이, 셋째 연은 다함께 부르면서 졸업생들은 모두 울었다.

정든 곳, 정든 선생님, 정든 동무들과 이별해야 한다는 것은 슬픈 일이다. 「졸업식 노래」는 마지막이라는 안타까움을, 이별의 슬픔을 감정에 호소하였고 이러한 감정에 가난으로 진학하지 못하는 서러움까지 곁들여져 졸업식장을 울음바다로 만들곤 하였던 것이다. 이들 시는 현실자각의 토대 위에서 밝고 맑고 꿈이 있는 미래를 지향하고 있다.

'자기'란 자기실현의 종착점이자 시발점이다. 자기란 전체 정신, 의식과 무의식이 하나로 통합된 전체 정신이다. 그것은 인격 성숙의 목표이며 이상이다. 그것은 의식의 중심인 '나(자아)'를 훨씬 넘어서는 엄청난 크기의 전체 정신 그 자체, 혹은 그 전체 정신의 중심이며 핵이다. 많은 원형 중 가장 핵심적인 것, 의식과 무의식의

243) 윤석중, 『빛나는 졸업장』(웅진출판, 1988), p.151.

조화로운 통합을 위해 스스로 조정하고 질서 지우는 궁극적인 원리 같은 것이 자기원형이다.[244)]

「졸업식 노래」에서 "물려받은 책으로 공부를 하며", "부지런히 더 배우고 얼른 자라서 새 나라의 새 일꾼이 되겠습니다"와 "우리나라 짊어지고 나갈 우리들/ 냇물이 바다에서 서로 만나듯/ 우리들도 이 다음에 다시 만나세"라는 시인의 인식은 자기원형과 현실을 자각하는 의식의 통합으로 미래를 지향한다. 또한 「동무들아」, 「앞으로 앞으로」, 「동네 한 바퀴」, 「어린이날 노래」 등에서 나타나는 시인의 내면을 반영한 화자의 심리도 현실에 대한 의식과 무의식의 조화로운 통합을 향한 자기원형의 형상화로 해석할 수 있겠다.

244) 이부영, 『그림자』(한길사, 2008), p.45.

03
현실인식에 의한 통일, 동심지향

1. 반전의식과 통일지향

우리 사회에서 세상에 던져진 존재로서 혼란이 심했던 시기는 일제강점기이기도 했지만 좌우익의 대립이 있었던 한국전쟁이 더욱 그러했다. 당시 지식인들은 이데올로기의 대립에서 양자택일을 해야 했고, 그 결과는 지배 이데올로기의 방향과 일치하느냐 그렇지 않느냐에 따라서 달라졌다. 사회운동과 노동운동을 했던 윤석중의 부친은 파멸을 맞았고, 윤석중은 불안한 운명에 처하게 되었으며, 그를 제외한 다른 피붙이들은 부친과 같은 운명에 처하게 되었다.

그로 인하여 생모가 남겨준 유일한 공간이었던 서산을 상실한 윤석중은 한국전쟁 이후 피해의식으로 팽배했던 사회의 지배이데올로기였던 반공주의에 편승하지 않고 반전과 통일을 지향한다.

시인은 『노래동산』(1956)에서 한국전쟁에 관한 시들을 발표한 이후 반전과 통일을 지향하며 「전쟁」, 「피난」, 「되었다, 통일」, 「휴전선의 어린이 날」을 쓰고, 「놀러오너라」, 「새아침」, 「풍선아 멀리 멀리 날아라」 등이 미래지향적인 작품을 쓰게 된다. 교육성을 중시하는 아동문학의 특성상 당대 지배이념에 편승하지 않고 독자적인 길을 걷는다는 것은 큰 용기를 필요로 한다.

> 전쟁이 지구 위에 끊일 날이 없습니다.
> 이처럼 두고두고 싸움만 하다가는
> 사람은 모조리 고슴도치처럼 되고
> 집이란 집은 모두 밤송이처럼 되겠네.
> ―「전쟁」[245] 전문

> 무엇 달랄까보아
> 서로 알면서도
> 모른 체하고
>
> 무엇 줄까보아

245) 윤석중, 『휴전선의 어린이날』(웅진출판, 1988), p.36.

서로 모르면서도

알은 체하고

피난 가서는

아는 사람은 모른 체하고

모르는 사람은 알은 체하고.

—「피난」[246] 전문

되었다, 통일.

무엇이? 산맥이.

그렇다! 우리나라 산맥은

한줄기다, 한줄기.

되었다, 통일.

무엇이? 강들이.

그렇다! 두만강과 낙동강이

바다에서 만난다.

되었다, 통일.

---

246) 앞의 책, p.42.

무엇이? 꽃들이.

그렇다! 봄만 되면 진달래

활짝핀다, 일제히.

되었다, 통일.

무엇이? 새들이.

그렇다, 팔도 강산 구경을

마음대로 다닌다.

통일이 통일이

우리만 남았다.

사람만 남았다.

—「되었다, 통일」[247] 전문

삼팔선이 전쟁 통에

휘어 휴전선

휴전선 안에는

별별 꽃이 다 피고

별별 나무 다 크고

247) 윤석중, 『휴전선의 어린이날』(웅진출판, 1988), pp.57~58.

휴전선 안에는

별별 새가 다 날고

별별 짐승 다 살고

휴전선 안에는

맑은 샘물 퐁퐁 솟고

열린 열매 남아 돌고

휴전선 안에도

오월이 오겠지

오월이 오면

어린이날도 오겠지

하지만

어린이 없는 어린이날

무슨 소용 있으랴

철조망 두른 자유와 평화

무슨 보람 있으랴.

—「휴전선의 어린이날」[248] 전문

「전쟁」과 「피란」 그리고 「되었다, 통일」, 「휴전선의 어린이날」은 한국전쟁으로 인한 실상을 고스란히 보여주고 있다. 전쟁은

---

248) 윤석중, 앞의 책, pp.46~47.

집이나 건물을 파괴한 것은 물론 사람들의 마음까지 파괴하여 서로 불신하게 만들었고 굶주림은 인간성을 파괴하였다. 그리하여 '어떻게 하면 얻어먹을 수 있을까, 어떻게 하면 혼자 먹을 수 있을까' 하는 생각을 하게 하고, 타인을 배려하는 인간다움을 상실하게 만들었다. 윤석중은 그런 피폐한 사회상을 시로 그려내면서 전쟁을 고발한다. 그래서 「되었다, 통일」에서 대구법을 통하여 산맥과 강과 꽃과 새들이 함께 소통하며 사는 통일된 자연을 제시하면서 "우리만 남았다"고 함으로써 분단에 대한 그리고 통일에 대한 성찰을 요구한다.

「휴전선의 어린이날」에서는 삼팔선에 철조망을 둘러놓고 우리가 부르짖는 자유와 평화가 무슨 의미가 있느냐고 묻는다. 이들은 반전과 통일을 지향하는 시들로 한국전쟁으로 부모와 형제 그리고 향수의 공간마저 상실한 시인의 체험에서 우러난 사유의 형상화로 볼 수 있다.

① 우리는 무럭무럭 자라나는 무궁화.
우리는 송이송이 나라 꽃송이
너희 고향은 어디냐?

함경도다, 전라도다, 평안도다, 경상도다,
황해도다, 충청도다, 강원도다, 경기도다,

그리고는 제주도다.

같은 하늘 밑에서 살고 있는 우리들,

손목잡고 정답게 앞으로 앞으로.

우리는 너울너울 춤을 추는 태극기,

우리는 잡이잡이 나라 길잡이.

어디 가 보고 싶으냐?

함경도다, 전라도다, 평안도다, 경상도다,

황해도다, 충청도다, 강원도다, 경기도다,

그리고는 제주도다.

어디든지 맘대로 갈 수 있는 우리들,

거침없이 겁 없이 앞으로 앞으로.

—「어린이 행진곡」[249] 전문

② 같이 놀고 같이 뛰고 같이 달리는

우리는 사이좋은 마을 어린이

---

249) 윤석중, 『새나라의 어린이』(웅진출판, 1988), p.42.

같이 웃고 같이 울고 같이 자라는
우리는 슬기로운 나라 어린이
나라 땅 나라 하늘 하나로 만들
우리는 자랑스런 통일 어린이.

—「우리 어린이」[250] 전문

③ 하늘은 하늘끼리 서로 통하고
바다는 바다끼리 서로 통하고
하나밖에 없는 지구 말은 달라도
사람은 사람끼리 서로 통하고.

뿌리는 뿌리끼리 땅 속에 살고
잎새는 잎새끼리 가지에 살고
하나밖에 없는 나라 무궁화 겨레
우리는 우리끼리 내일에 살고

—「우리끼리」[251] 전문

④ 해가 돋는 동해물 늘 푸른 바다
흰 눈 덮인 백두산 늘 푸른 수풀

---

250) 앞의 책, p.51.

251) 앞의 책, p.147.

그 푸름 그 젊음을 간직하고서
우리는 앞서리라 겨레와 함께
우리는 이기리라 나라와 함께

세종 임금 태어난 문화의 터전
이 충무공 태어난 승리의 강산
그 슬기 그 용맹을 이어받아서
우리는 지키리라 겨레의 자유
우리는 이루리라 나라의 평화

—「겨레와 함께」[252] 전문

⑤ 우리가 탄 자전거 / 앞바퀴는 해 바퀴 / 뒷바퀴는 달 바퀴
해와 달이 굴러간다./ 우리를 싣고.
해와 달이 몰고 간다./ 서로 정답게.
금강산도 백두산도 / 우리 산이다.
두만강도 압록강도 / 우리 강이다.
우리가 탄 자전거 / 앞바퀴는 해 바퀴 / 뒷바퀴는 달 바퀴
해와 함께 달과 함께 / 통일로로 달리자.

—「해와 달이 굴러간다」[253] 전문

252) 윤석중, 『앞으로 앞으로』 (웅진출판, 1988), p.64.
253) 윤석중, 『종달새의 하루』 (웅진출판, 1988), p.56.

⑥ 어린이날 / 어린이날 어린이 모두 나와서

하늘 높이 둥둥 / 오색 풍선 띄우자.

하늘에 하나 가득 / 풍선이 뜨면

하늘에서 덩실덩실 / 춤추는 꽃밭. / 따뜻한 남풍 타고

북으로 북으로 움직여라 풍선아.

북녘 땅에 가거든 / 아기 있는 집마다 / 사뿐 내려라.

아기 노는 곳마다 / 사뿐 내려라.

바람, 구름, 새들이 / 마음대로 오고 가는

철조망 없는 하늘 / 툭 터진 하늘.

낮엔 해가 / 밤엔 달이 / 고루고루 비춰 주는

남북 땅 우리 땅.

어린이날 / 어린이란 어린이 모두 나와서 / 하늘 높이 둥둥

오색 풍선 띄우자./ 서로 갈린 어린 겨레 / 우리부터 사귀자.

—「오색 풍선 띄우자」[254] 전문

①~⑥은 모두 50~80년대 창작되었다. ①에서 화자는 고향이 어디냐고 묻고, 함경도, 전라도, 평안도, 경상도, 황해도, 충청도, 강원도, 경기도, 제주도 순으로 대답한다. 우리나라 8도를 위치별로 차례차례 대답하지 않고 남과 북에 위치한 것을 섞어서 하나씩 대답

254) 앞의 책, p.78.

한다. 그러고는 후렴구에 "같은 하늘 밑에서 살고 있는 우리들, 손목잡고 정답게 앞으로 앞으로", "어디든지 맘대로 갈 수 있는 우리들, 거침없이 겁 없이 앞으로 앞으로"라고 한다.

이 시에서 우리는 동서남북을 거침없이 자유롭게 달리는 아이들을 통해 통일을 지향하는 시인의 의식을 짐작할 수 있다. ②에서는 "같이 놀고 같이 뛰고 같이 달리는/ 우리는 ……나라 땅 나라 하늘 하나로 만들/ 우리는 자랑스런 통일 어린이"라면서 어린이가 '통일'의 주체임을 강조한다. 이 시에서 "같이 놀고 같이 뛰고 같이 달리는 우리는"에서의 시적 화자인 '우리'는 남과 북에 사는 모든 어린이들을 의미한다고 할 수 있다.

③에서는 "하늘은 하늘끼리, 바다는 바다끼리 서로 통하고……하나밖에 없는 나라 무궁화 겨레/ 우리는 우리끼리 내일에 살고"라고 한다. "서로 통하고"와 "내일에 살고"의 시어에서 '내일'은 서로 통하는 내일로서 통일된 미래를 암시한다.

④에서는 "해가 돋는 동해물"과 "흰 눈 덮인 백두산"의 터전에서 "세종과 충무공의 용맹을 이어받아서 겨레의 자유와 나라의 평화를 이루리라"고 하며 평화와 통일을 지향한다.

⑤에서는 "백두산도 두만강도 압록강도 우리강"이라고 하면서 '자전거를 타고 통일로로 달라자' 한다. '자전거를 타고 통일로를 달리는 어린이'에서 어린이는 건강한 어린이, 물질에 휘둘리지 않는 어린이, 인위에 길들지 않은 어린이, 주체적으로 생각하고 행동

하는 어린이들이다.

⑥의 시에는 풍선을 띄우자고 하면서 “북으로 북으로 움직여라 풍선아./ 북녘 땅에 가거든/ 아기 있는 집마다/ 사뿐 내려라” 하고 “철조망 없는 하늘/ 툭 터진 하늘.// 낮엔 해가/ 밤엔 달이/ 고루고루 비춰 주는/ 남북 땅” 그리고 “서로 갈린 어린 겨레/ 우리부터 사귀자”고 한다.

이 여섯 편의 시에 나타난 시적 화자인 어린이는 방정환이 만든 잡지 《어린이》에 나타난 ‘어린이’와 같은 주체적 존재로서 독립된 인격체의 어린이들이다. 이는 육당 최남선의 《소년》에서 어린이는 어른들의 의도대로 자라줄, 어른들의 이념을 받들어줄 계몽의 대상으로서의 어린이라면 방정환의 어린이는 어른들의 이념이나 가치관과 달리 주체적인 인격체로서 독립을 이끌어갈 어린이라 할 수 있고, 윤석중의 작품에 나타나는 어린이는 당대 지배이념인 반공에서도 벗어나 통일을 지향하는, 동심을 지향하는 보편적인 진리인 동심을 지향하는 어린이들로 해석할 수 있다.

따라서 이 시에 나타난 어린이들은 어른들의 이념 혹은 가치관에 따라 인위로 길들여진 어린이가 아니라 스스로 생각하고 스스로 행동하는 어린이로 자라서 지배이념인 반공에 편승하지 않고 주체적으로 통일을 이끌어갈 어린이들인 것이다. 이는 국권 상실과 이념의 대립으로 인한 고통을 경험한 시인의 체험적 소산으로 해석될 수 있다.

이렇듯 주체적으로 통일을 이끌어갈 범우주적 어린이는 전쟁으로 인한 아픔을 겪은 윤석중으로서는 당위적 존재의 어린이다. 반공주의가 지배이념이었던 당시 통일을 강조하는 시인의 용기와 세계인식방법은 새롭게 평가되어야 할 것이다.

2. 현실초월의 동심지향

한국전쟁 이후 사회적 자아인식으로 한 단계 더 성숙된 윤석중의 세계인식방법은 반공주의가 지배하는 현실을 초월한다. 따라서 앞 장에서 살펴본 바와 같이 「어린이 행진곡」이나 「우리 어린이」, 「우리끼리」, 「겨레와 함께」, 「해와 달이 굴러간다」, 「오색풍선을 띄우자」 등의 작품에서처럼 통일을 지향하거나 동심을 지향한다. 그로 인하여 현실을 외면하였다거나 현실에 없는 아동을 그렸다는 혹평을 듣기도 한다. 그럼에도 불구하고 그는 당대의 지배이념에 편승하지 않고 초지일관 미래를 향해 동심을 지향하게 된다.

이러한 윤석중의 자아의식은 작품에서 자연과 사물과 인간을 동일한 위치에 놓는다. 그리고 인간 중심의 사고에서 벗어나 자연물들과 조화를 이루기 위한 유기적이고 윤리적인 관계를 형성한다. 이러한 관계맺음이야말로 우리가 범우주적으로 조화를 이루며 평화롭게 살아갈 수 있는 유일한 길이기 때문이다.

아침 일찍 피어서 / 우리들을 반기는

나팔꽃은 나팔꽃은 / 그 얼마나 고마우냐.

입에 물고 불며는 / 노래되어 나오는

버들피리 버들피리 / 그 얼마나 고마우냐.

저녁 밥 지을 때를 / 우리에게 알려주는

분꽃은 분꽃은 / 그 얼마나 고마우냐.[255]

흙 속에 파묻혀서 / 나무 크게 해주는

나무뿌리 나무뿌리 / 그 얼마나 고마우냐.

무더운 여름철에 / 나그네가 쉬어가는

나무그늘 나무그늘 / 그 얼마나 고마우냐.[256]

이 시에서 나타나는 윤석중의 세계인식방법에 의한 가치의 발견은 아침 일찍 피는 나팔꽃에서부터 출발한다. 그리고 봄에 부는 버들피리, 저녁에 피는 분꽃으로 이어진다. 이러한 식물에 "그 얼마나 고마우냐" 하는 시인의 인식 전환은 태고인의 인식방법으로 원형을 향한 동심으로부터 발현된다고 보아진다. 이 시에 나타나는 고마움의 대상인 나팔꽃과 버들피리, 분꽃 그리고 나무의 뿌리와 그늘은 오늘날 현대인들이 고맙다고 인식하지 않는 것들이다. 시인

255) 윤석중, 『그 얼마나 고마우냐』 (웅진출판, 1994), p.9.

256) 위의 책, p.19.

은 그러한 것들에 고맙다고 노래함으로써 독자에게 인식의 전환을 요구하는 것이다.

간결한 언어와 반복되는 리듬감은 독자도 모르는 사이에 인식의 전환을 경험하게 된다. 『그 얼마나 고마우냐』에 나타나는 150가지의 고마운 대상들은 전체가 한 편의 노래로서 "그 얼마나 고마우냐"라는 윤리적 관계를 맺으면서 이어진다.

이 시집은 그가 팔순이 넘어 발간한 시집으로 문학에 전념한 80년을 결산하는 종합적인 인식이라고 해도 과언이 아닐 것이다. 이러한 시인의 세계인식은 경쟁에 쫓기는 현대의 독자에게 꽃밭이나 옹달샘, 시원한 나무그늘 같은 쉼터를 제공한다. 그러한 것들이 고마운 존재라면 비록 경쟁에서 패배했을지라도 행동하는 인간 존재의 가치는 더 존엄해질 수 있기 때문이다.

> 누가 와 따갈까봐 / 가시 옷을 입고 있는
>
> 밤송이는 밤송이는 / 그 얼마나 고마우냐.
>
> 가시에 찔릴까봐 / 꺾어가지 못하는
>
> 가시나무 가시나무 / 그 얼마나 고마우냐.
>
> 가시가 돋아 있어 / 아무도 손 못대는
>
> 선인장은 선인장은 / 그 얼마나 고마우냐.[257)]
>
> 반갑구나 반가워 / 잘 익은 옥수수알.

누가 미리 따갈까봐 / 껍질 쓰고 익었구나.

반갑구나 반가워 / 송이송이 포도송이.

나르기 좋으라고 / 주렁주렁 달렸구나.[258)]

반갑구나 반가워 / 담 대신 꽃울타리.

나비 손님 찾아와서 / 날개 쉬어 가는구나.

반갑구나 반가워 / 이름 모를 들꽃들.

이름 모를 애들이 / 구경하다 가는구나.[259)]

깨끗이 입고 나서 / 아우에게 물려주는

언니 옷은 언니 옷은 / 그 얼마나 고마우냐.

깨끗이 보고 나서 / 아우에게 물려주는

언니 책은 언니 책은 / 그 얼마나 고마우냐

깨끗이 쓰고 나서 / 아우에게 물려주는

언니 책상 언니 책상 / 그 얼마나 고마우냐.[260)]

이 시에서 나타나는 밤 가시, 껍질 쓴 옥수수, 따가기 좋으라고

257) 앞의 책, p.43.

258) 윤석중, 『반갑구나 반가워』(웅진출판, 1995), p.13.

259) 위의 책, p.17.

260) 위의 책, p.87.

열린 포도송이, 꽃울타리와 들꽃에게 "그 얼마나 고마우냐"라고 윤리적 관계를 형성하며 가치를 부여할 수 있는 인식은 화자인 주체와 시에 등장하는 객체가 동일한 위치에 있을 때 가능하다.

이는 세계를 구성하는 인간을 비롯한 모든 것들은 동일한 선상에서 그 각각의 가치를 지니고 있음을 상징적으로 나타내고 있다. 이러한 시인의 세계인식방법은 각각의 생명들이 유기적으로 연결되어 함께 살아가는 관계임을 전제로 하고 있다.

이 시에 나타난 고마움의 대상은 못생기고 뾰족하여 상처를 주는 밤송이와 가시나무 그리고 선인장이며, 껍질을 쓰고 있는 옥수수와 나르기 좋으라고 주렁주렁 달린 포도송이 그리고 꽃울타리와 들꽃이다. 언니가 입다가 혹은 언니가 쓰다가 물려주는 헌 옷과 헌 책 그리고 헌 책상이다. 그것들은 못남과 주눅, 열등감을 상징하는 것들로써 현대인들에게 쓸모없는 존재들이다. 그런데 시인은 그것들에 "그 얼마나 고마우냐."라고 반문하여 나눔 혹은 쓸모없음의 의미를 돌아보게 한다.

이러한 윤석중의 세계인식방법은 원시성을 가진 태고의 인간이 가질 수 있는 방법이다. 누가 따갈까봐 껍질을 쓰고 익은 옥수수 알, 나르기 좋으라고 주렁주렁 열린 포도송이, 꽃울타리와 들꽃에 가치를 부여하는 인식은 경쟁에서 우위를 차지하는 법을 배운 현대인들에게는 어리석게 인식된다. 현대인들은 오직 새로운 것, 문명적이고 과학적인 것을 가치있게 여기기 때문이다.

이들 시에서 나타나는 반가움의 대상은 고마움의 대상과 별 차이가 없다. 시인의 세계인식방법은 '반가우면 고마운 것이고, 고마우면 반가운 것'이다. 그런데 시인이 이러한 것을 노래로 읊을 만큼 반갑고 고마운 이유는 무엇일까.

그것은 바로 깨달음이라고 할 수 있다. 껍질을 쓰고 익은 옥수수에서 삶의 이치를 깨닫는 인식방법, 주렁주렁 열린 포도송이에 대한 인식방법은 담 대신 만든 꽃울타리에서 더불어 살아가는 조화의 지혜로움을 발견하게 된다. 그것은 사물에서 깨달을 수 있는 주체의 인식방법에 있고 이러한 인식방법은 세상을 조화롭게 하는 힘을 가진다. 즉 시인은 사소한 것들을 통해서 독자에게 삶의 순리와 지혜를 깨닫게 하는 것이다. 이러한 시인의 세계인식방법은 다양한 삶의 체험과 깊이 있는 성찰을 통했을 때 비로소 얻어질 수 있다.

결국 시인은 쉬운 우리말에 리듬감을 살린 쉬운 문장 그리고 가까이 접할 수 있는 친근한 사물들을 통해 깊이 있는 삶의 자세, 조화로운 삶의 실천적 자세를 형상화하고 있다는 것이다.

> 날마다 일찍 깨어 / 날 밝는 걸 알리는
>
> 수탉은 수탉은 / 그 얼마나 고마우냐.
>
> 날이 밝자 찾아와서 /우리 잠을 깨워주는
>
> 아침 까치 아침 까치 / 그 얼마나 고마우냐.[261]

떼를 지어 울어대어 / 비올 것을 알리는

개구리는 개구리는 / 그 얼마나 고마우냐.

거미줄을 미리 쳐서 / 날이 갤 걸 알리는

거미들은 거미들은 / 그 얼마나 고마우냐. [262)]

아침마다 알을 낳아 / 사람에게 먹여주는

암탉은 암탉은 / 그 얼마나 고마우냐.

비가 오나 눈이 오나 / 잠 안 자고 집을 보는

멍멍개는 멍멍개는 / 그 얼마나 고마우냐.

엄마 대신 젖을 짜서 / 아기에게 먹여주는

젖소는 젖소는 / 그 얼마나 고마우냐.[263)]

이 시에서 고마워하는 것은 수탉과 아침 까치, 개구리와 거미, 암탉과 멍멍개 그리고 젖소이다. 수탉은 홰를 치며 날이 밝는 걸 알려줘서 고맙고, 아침 까치는 울음소리로 아침임을 알려줘서 고마우며, 개구리와 거미는 날이 흐릴 것과 맑을 것을 알려줘서 고맙고, 암탉과 젖소는 먹을 것을 줘서 고마우며, 멍멍개는 집을 봐줘서 고마운 존재이다.

---

261) 윤석중, 『그 얼마나 고마우냐』(웅진출판, 1994), p.41.

262) 위의 책, p.77.

263) 위의 책, p.83.

이 고마운 존재들은 인간에게 시간을 알려주고, 날씨를 알려주며, 먹을 것을 준다. 그래서 시적 화자는 시계가 없어도, 기상예보가 없어도 때를 알아서 해야 할 것을 할 수 있고 먹을 수 있다.

이러한 인식은 그의 동심론에 입각한 인식방법이다. 그러한 세계인식의 토대 위에서는 과학의 발달에 신세지지 않아도 자연과 더불어 건강하게 살아갈 수 있다. 또한 현대 사회에서 가치 있다고 여기는 금력이나 권력이 무용(無用)해 질 수 있다.

이러한 윤석중의 세계인식은 현대 과학이 지배하는, 물질이 지배하는 글로벌 경쟁사회에서 역행하지만 욕망에 지배당하는 인간을, 물질에 지배받으며 살아가는 인간을 위로하고, 한정된 재화로 인하여 뒤쳐질 수밖에 없는 인간의 삶을 성찰하게 한다. 이러한 인식방법은 상대적 빈곤에 허덕일 수밖에 없는 존재들에게 현재적 삶을 돌아보게 하고 존재적 가치를 깨닫게 하며 경쟁에서 밀린 선한 인간을 정당하게 해준다.

윤석중의 동심을 지향하는 세계인식은 동·식물에 제한되지 않는다. 그의 세계인식방법은 확대되어 자연물로 이어진다. 즉 윤석중의 세계인식방법은 옹달샘이나 연못물, 해와 달 등의 자연으로부터 받는 혜택을 생각하고 고맙다고 하여 독자들에게 동일한 인식을 유도한다.

아무리 떠먹어도 / 물이 다시 솟아나는

옹달샘은 옹달샘은 / 그 얼마나 고마우냐.
더운 해 가려주고 / 서늘한 비 내려주는
구름은 구름은 / 그 얼마나 고마우냐.
사람 손닿지 않게 / 물에 연꽃 피게 하는
연못물은 연못물은 / 그 얼마나 고마우냐.[264)]

반갑구나 반가워 / 냇가의 수양버들.
흐르는 강물 위에 / 글씨 공부 하는구나.
반갑구나 반가워 / 산골짜기 맑은 물.
바위가 막으면은 / 길을 돌아오는구나.[265)]

이 시에서 고마운 대상은 옹달샘과 구름, 연못물이고, 수양버들과 산골짜기 맑은 물이다. 이러한 자연물은 하늘과 땅에 존재하는 것들로 생명의 근원이 된다. 현대인은 이 생명의 근원에서 생명을 실어 나르기 위해 살아가면서도 그 근원의 고마움을 생각하지 못한다. 그리고 그것들을 함부로 대하면서 하늘이 인간의 근원적 생명을 위해 만들어준 무한정한 물질을 훼손하면서 욕망을 채우기 위하여 인간이 만든 유한정한 물질을 선호한다. 이러한 삶의 자세는 환경을 오염시켰고, 급기야 지구를 파괴했으며 그 결과로 우리의 삶

264) 앞의 책, p.21.
265) 윤석중, 『반갑구나 반가워』(웅진출판, 1995), p.25.

이 위협받고 있다.

시인은 바위가 막으면 길을 돌아 흐르는 산골짜기 맑은 물에게 '그 얼마나 고마우냐'고 한다. 물은 산골짜기를 흐르면서 강으로 바다로 간다. 그 순환적 과정에서 수많은 경험을 하고 생명을 키워낸다. 웅덩이가 있으면 채워주고 가고, 큰 바위가 막으면 싸우지 않고 돌아서서 간다. 그러면서 수많은 생명을 키워내는 것이다.

이러한 흐르는 산골짜기 물의 여정을 시인은 '그 얼마나 고마우냐' 혹은 '반갑구나 반가워'라고 인식함으로써 동심을 지향한다. 이러한 시인의 세계인식방법은 노자의 상선약수(上善若水)의 사상을 담고 있다.

반갑구나 반가워 / 얼음 녹아 흐르는 내.
흐르는 냇물 타고 / 겨울 빨리 가는구나.
반갑구나 반가워 / 푸른 산과 푸른 강.
쳐다보면 푸른 숲 / 굽어보면 푸른 물.[266]

어둠에서 태어나 / 차차 밝게 자라는
초승달은 초승달은 / 그 얼마나 고마우냐.
음력으로 열닷새를 / 둥근달로 알려주는

266) 앞의 책, p.27.

보름달은 보름달은 / 그 얼마나 고마우냐.
낮엔 해가 밤엔 달이 / 번갈아서 밝혀주는
해와 달은 해와 달은 / 그 얼마나 고마우냐.[267)]

졸고 있는 산과 들을 / 정신 번쩍 들게 하는
소나기는 소나기는 / 그 얼마나 고마우냐.
비가 뚝 그친 뒤에 / 색동 다리 놓아주는
무지개는 무지개는 / 그 얼마나 고마우냐.
처마의 빗물이 / 한데 모여 흐르는
홈통은 홈통은 / 그 얼마나 고마우냐.[268)]

시인의 세계인식방법은 산과 들을 깨우는 소나기와 무지개로 이어진다. 이러한 인식의 전환은 물질을 탐하기 위하여 자연을 이용하고 나아가 환경을 파괴하는 현대의 우리에게 경각심을 불러일으킨다.

시인의 세계인식방법은 미래의 삶을 결정하는 중요한 요소가 된다. "콩 심은 데 콩 나고 팥 심은 데 팥 난다."는 우리 속담처럼 고마움과 반가움을 심은 자리에는 고마움과 반가움이 피어날 것이기 때문이다.

---

267) 윤석중, 『그 얼마나 고마우냐』 (웅진출판, 1994), p.45.
268) 위의 책, p.91.

이러한 인식은 동물이나 식물, 자연에 그치지 않고 문명으로 이어진다. 시인의 세계인식방법은 인간이 이룩한 문명사회에서도 가치를 찾아내는 것이다. 그것이 과학의 발달로 인하여 편리한 삶을 추구하는 현대인들에게 낡은 가치로 인식될 뿐이다.

아궁이 속 성난 불을 / 살살 달래 잠 재우는
부지깽이 부지깽이 / 그 얼마나 고마우냐.
아궁이 속 매운 연기 / 집 밖으로 내보내는
굴뚝은 굴뚝은 / 그 얼마나 고마우냐.
물독에 들어가서 / 겨울에도 물 나르는
물바가지 물바가지 / 그 얼마나 고마우냐.[269)]

아침저녁 밥상을 / 깨끗하게 훔쳐주는
물행주는 물행주는 / 그 얼마나 고마우냐.
방과 마루 구석구석 / 깨끗하게 닦아주는
물걸레는 물걸레는 / 그 얼마나 고마우냐.[270)]

살에 박힌 가시를 / 안 아프게 빼주는
족집게는 족집게는 / 그 얼마나 고마우냐.

---

269) 앞의 책, p.35.
270) 앞의 책, p.37.

길 가는 눈 먼 사람 / 길을 살펴가게 하는

지팡이는 지팡이는 / 그 얼마나 고마우냐.[271)]

이 시에 나타나는 고마운 존재들은 부지깽이와 굴뚝과 물바가지 그리고 물행주와 물걸레, 족집게와 지팡이다. 이들은 문명의 산물로서 편리를 위해 태고의 인간들이 고안해 낸 것들이다. 그러나 태고의 인간들은 그것들이 없으면 불편했던 것에 비해 현대인들은 그것들이 없어도 불편하지 않다. 시골에서도 과학의 발달은 뿌리를 뻗어 부지깽이도 필요 없고 굴뚝 또한 필요 없기 때문이다. 물바가지와 물행주, 물걸레도 마찬가지이다. 그것들의 역할은 현대사회에서 기계가 대신한다. 그러나 편리함만 쫓다보니 편리함이 주는 해로움 또한 존재하여 인간을 물질 아래에 위치하게 했다.

신이 만물을 창조할 때에는 모든 것이 선하지만, 인간의 손에 건네지면 모두가 타락한다. 인간은 어떤 땅에서 나는 산물을 다른 땅으로 하여 억지로 기르게 하고, 어떤 나무에 다른 나무의 열매를 맺게 하려고 억지를 쓴다. 그래서 때와 장소와 자연조건을 혼란케 한다.[272)]

인간의 욕망에 의해 생산된 기계를 움직일 수 있는 에너지는 유한하고, 유한한 생명을 가진 인간은 무한히 이어져 결국 자연은 고갈될 수밖에 없다. 자연이 고갈되면 에너지가 고갈되고 우리의 삶

---

271) 앞의 책, p.39.

272) 루소, 『에밀』(육문사, 2005), p.23.

도 고갈될 수밖에 없다. 현대인은 태고인으로부터 이어져왔다. 즉 어제 없이 오늘은 존재하지 않으며 부모 없이 우리는 존재할 수 없다. 그러니 오늘이 역사인 것이고 현대인이 태고인인 것이다. 작품에 내재된 시인의 이러한 세계인식방법은 현대인들에게 사용가치 개념으로써 소중한 것들을 일깨워주고 경쟁에서 뒤처질 수밖에 없는 선한 인간에도 가치를 부여한다.

원형의 작용은 목적을 내포하고 있으므로 그 개체나 집단의 정신상황에서 그것이 요청될 때 무의식 속에 배정(配定)되며 어떤 형태로든 의식에 나타나 체험된다. 그 경우란 대개 의식의 일방적인 발달과 분화, 무의식에 대한 경시로 말미암아 의식이 무의식으로부터 떨어져 나갈 위기에 처하게 되었을 때, 이러한 자아의식의 모체로부터의 단절, 하나의 근절상황을 극복하기 위한 대상작용으로 원형의 작용이 나타난다. 이 경우 원형상은 흔히 예시하며 경고하는 역할을 하게 된다.[273)]

앞의 시에서 나타나는 윤석중의 자아의식은 인간의 욕망이 현대사회에서 물질의 발달과 풍요를 불러왔으나 인간의 가치를 물질 아래에 두었고 어린 아이들을 일찍부터 경쟁에 뛰어들게 하였다는 데 이른 것으로 볼 수 있다. 본질상 천진성을 바탕으로 하는 어린이들은 어른들의 요구에 부응하기 위하여 동무들을 경쟁의 대상으로 여기게 되었고, 그들의 놀이 공간이 경쟁의 공간으로 바뀌는 현실에

273) 이부영, 『분석심리학－C. G. Jung의 인간심성론』(일조각, 2008), p.109.

대한 자아의식의 불안이 모체인 원형심리를 불러왔다고 볼 수 있다. 따라서 이러한 물질만능주의가 팽배한 현실에 대한 윤석중의 세계인식방법은 통일지향과 더불어 자연과 함께하는 동심을 지향하게 되는 것이다.

V. 결론

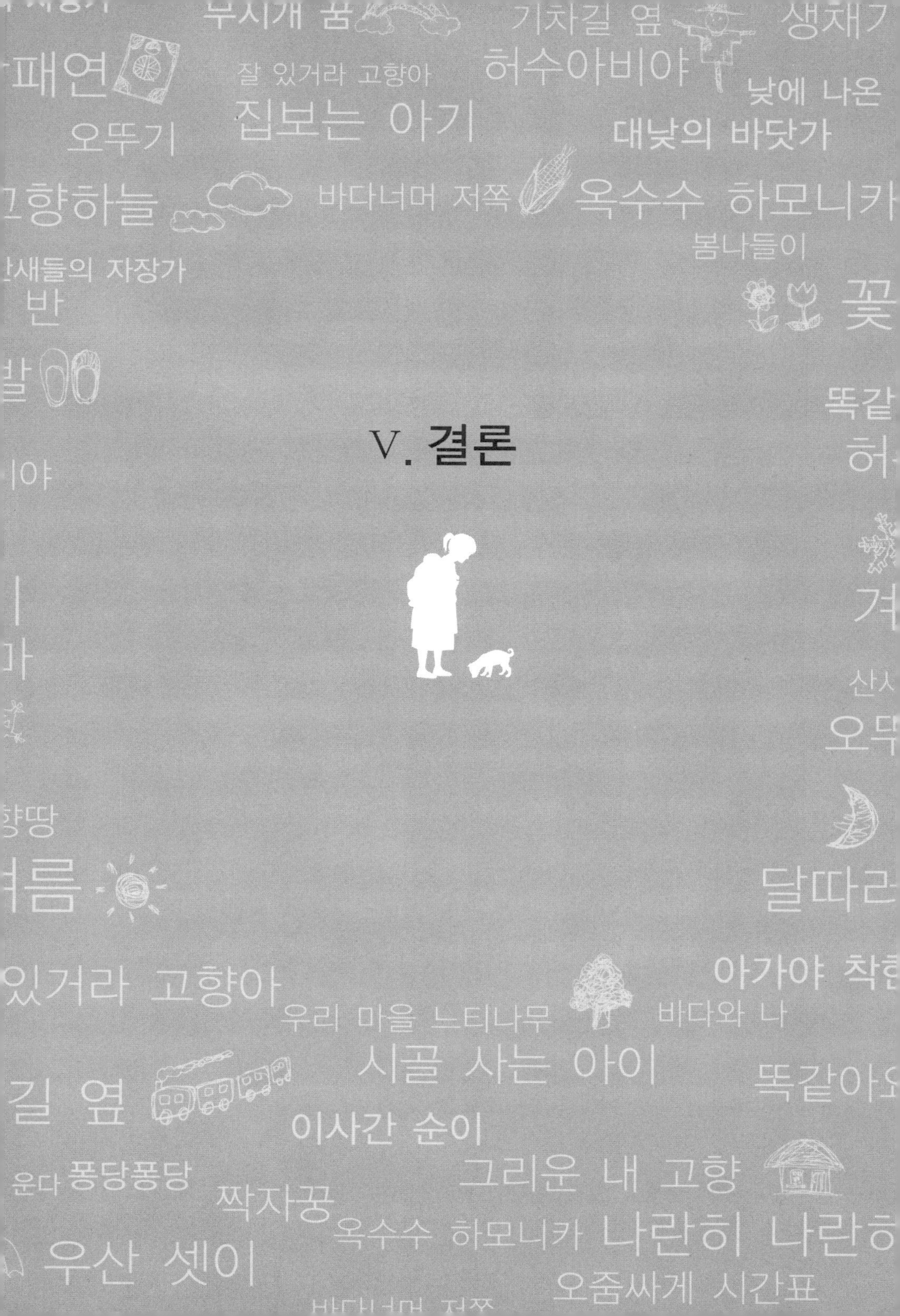
기차길 옆
잘 있거라 고향아
허수아비야
낮에 나온
집보는 아기
오뚜기
대낮의 바닷가
바다너머 저쪽
옥수수 하모니카
봄나들이
똑같
아가야
우리 마을 느티나무
바다와 나
시골 사는 아이
이사간 순이
풍당풍당
그리운 내 고향
짝자꿍
옥수수 하모니카
나란히 나란히
우산 셋이
오줌싸게 시간표

지금까지 윤석중 문학에서 나타나는 그의 문학관과 작품에 나타나는 세계인식의 다양성 그리고 그 인식이 지향하는 바를 살펴보았다. 오랜 시간적 격차를 두고 어떤 역사적 사실에 대해 다시 논의한다는 것은 그 사실에 대한 새로운 의미 부여가 가능할 때에 비로소 의의를 지닌다. 이러한 논의 자체가 상황의 변화에 힘입고 있다는 것은 부정할 수 없는 사실이다.[274)]

윤석중은 국권 상실의 시대에 태어나 만 두 살 때 어머니를 잃고 실존에 대한 존재적 성찰에 눈뜨게 되면서부터 문학에 입문하였다. 그의 문학은 방대하여 연구하는 데 어려움이 많아 작품을 일일이 다루지 못하였으나 중요하다고 여겨지는 작품을 중심으로 가능한 한 많은 작품을 텍스트로 삼아 연구에 임하려고 노력하였다.

작품은 작가의 전기적 생애와 밀접하다. 그러나 윤석중의 작품세

274) 권오룡, 『존재의 변명』(문학과 지성사, 1989), p.91 참조.

계를 연구함에 있어서 그동안 윤석중의 어린 시절에 대한 전기로 일찍 생모와 사별했다는 사실만 알려졌을 뿐 1920년대 사회운동 · 노동운동을 하던 아버지의 죽음과 두 동생의 죽음 그리고 생모가 남겨준 유일한 유산인 서산의 땅에 관련된 것은 밝혀지지 않았었다. 서산은 그의 작품에서 향수의 공간으로써 중요한 위치로 자리매김된다. 그러나 이와 관련된 정보가 밝혀지지 않아 그동안의 선행 연구는 좋은 연구결과라 하더라도 작가론적 관점에서 보면 미흡할 수밖에 없는 필연성을 가지고 있어 부분적 연구에 지나지 않았다.

본고는 II장에서는 첫째로 윤석중의 문학관 형성과 문학정신의 전개를 전기적 사실들과 문학적 집적물을 연계하여 연구하였다. 그의 문학관 형성은 초기 모성애 상실과 일제 강점기 그리고 아버지의 사회운동 · 노동운동의 영향과 방정환이 주도한 아동문화운동의 영향을 받으면서 자아정체성과 민족주의에 눈뜨게 되었음이 드러났다. 이러한 윤석중의 문학정신은 점진적으로 주체적인 어린이를 위한 문학운동으로 전개되면서 낙천성을 나타내다가 한국전쟁 이후 통일지향과 동심지향으로 변모되었다. 이러한 인식의 저변에는 이념의 대립으로 인한 한국전쟁에서 부모 형제를 모두 잃는 가족사가 있었음을 밝혀내었다.

윤석중의 방대한 작품세계에서는 「고향땅」을 비롯하여 향수로 집약되는 작품이 많은데 작품에서나 회고록에서는 본고에서 다룬 향수의 실체적 공간 서산에 대하여 실제적인 언급은 없었고, 피난지로 한 번 언급하였을 뿐이다. 그러나 필자는 본고에서 윤석중의 작품세계에 나타나는 향수의 이미지를 그의 가족사와 연계하여 연구하였고 그것이 실체적 공간 서산임을 전기적 자료들을 토대로 밝혀내었다.

둘째로는 윤석중의 방대한 작품과 자료에서 나타나는 동요의 보급과 어린이 문화 활동을 정리하였다. 윤석중의 작품은 동시, 동요, 동극, 동화 등 전 장르에 걸쳐 방대하다. 그 중에서 특히 동요는 1,300여 편이나 되고, 곡을 붙인 것이 800여 편이나 된다. 「짝자꿍」을 비롯한 「졸업식 노래」 등 많은 동요를 보급하여 우리의 정서를 회복하게 하였고, 주차를 '둠', 정차를 '섬'으로 고치는 것을 비롯해 '나들이'와 같은 우리말을 보급하였으며, 《굴렁쇠》를 시작으로 많은 종류의 어린이 잡지를 만들어 문학가를 발굴하였고, 한국전쟁에서는 '내가 겪은 이번 전쟁'이라는 주제의 글들을 쓰게 함으로써 전쟁의 참상을 알리는 것은 물론 어린이들의 눈에 비친 전쟁의 실체를 고발하고, 그들의 문학적 정서를 함양하였음도 밝혀내었다.

개인의 체험이나 경험은 한 인간의 사고나 행동 양식 그리고 그의 글쓰기를 결정하는 기본 요소이다. 이러한 과정에서 나타나는 작품은 개인적인 체험의 산물이어서 다른 사람들의 작품과 비교할 수 없다. 즉 톨스토이의 작품과 스탕달의 작품을 비교하여 누구의 작품이 더 좋고 나쁘다고 할 수 없듯이 동심을 지향하는 윤석중의 문학정신도 현실을 지향하는 다른 여타의 작가들의 문학정신과 비교하여 우열을 논할 수 없다는 것이다.

Ⅲ장에서는 윤석중 작품에서 나타나는 세계인식을 원형지향과 모성인식, 현실비판과 자아인식 그리고 고향상실과 향수의 공간인식으로 나누어 작품을 연구하였으며, Ⅳ장에서는 Ⅲ장의 작품에서 나타나는 다양한 세계인식방법이 지향하는 바가 무엇인지를 연구하였는데 유년체험과 과거지향, 현실대응과 미래지향, 현실인식에 의한 통일, 동심지향으로 나타났다. 특히 향수의 공간을 역사적 사실을 토대로 연구하여 동심주의로 명명된 윤석중의 작품세계를 새롭게 이해하는 전환점을 마련한 것은 큰 의미가 있다고 하겠다.

결과적으로 유년체험과 과거지향은 잃어버린 유년기의 정서와 모성애를 향한 열망이었고, 현실대응과 미래지향은 어린이는 어린이답게 자라야 한다는 아동관에 기초한 것이었으며, 통일과 동심지향은 이념의 대립으로 인한 부성애 상실과 향수의 공간 상실의 아픔에 기인한 통합적인 세계인식방법으로 자연과 인간의 조화와 상생을 지향하는 것으로 밝혀졌다.

이러한 윤석중 문학에 대하여 논자들의 견해는 앞서 밝혔듯이 현실을 외면하였다는 비판에서부터 사랑의 시인, 언어로 보석을 만드는 시인이라는 견해까지 다양하였다. 이러한 평을 듣는 데는 전달을 목적으로 하는 동요의 특성상 상징이나 함축, 암시 등의 시적 기교보다는 어린이들의 행동이나 놀이, 자연물 등의 동적인 소재의 선택과 감각적인 언어 선택 그리고 간결한 표현에 기인한다는 것을 밝혔다. 또한 윤석중의 "만일 내 노래가 오래간다면 그것은 곡조의 힘이요, 듣기 좋게 잘 불러준 어린이 여러분의 덕택입니다."[275]라는 말이 암시하듯 작곡의 힘도 간과할 수 없었다.

살펴본 바와 같이 윤석중은 한국문학사뿐만 아니라 세계문학사에서 빼놓을 수 없는 중요한 인물이다. 그는 일찍부터 루소가 『에밀』에서 인식한 것처럼 자연의 일부인 어린이의 특수성에 대하여 인식하였고, 이를 작품에 반영하였다.

모방론적 관점에서 그의 작품은 대부분 자연에 기초한 어린이들의 동적인 모습과 동식물의 동적인 모습으로 인위로 변화되지 않은 천진하고 순수한 모습을 모방하였다. 이러한 모습의 형상화는 '있는 그대로의 세계'의 모방에서 나오는 일상적 진실의 추구보다는 '있어야 할 세계'의 모방에서 나오는 이상적 진실의 추구였다.

표현론적 관점에서 그의 의식이 지향하는 것은 현실강조에서 나타나는 일상적 진실이나 당대의 이념이 아닌 미래지향적이며 보편적 진실의 추구로 자연과 인간의 조화와 상생을 지향하는 것으로 나타났다.

이러한 윤석중의 세계인식이 지향하는 미적인 가치발견은 작가나 연구자들의 비판적 대상이 되었다. 왜냐하면 아동문학가로서 윤

275) 윤석중, 『어린이와 한평생』(범양사 출판부, 1985), p.244.

석중의 미의식은 아이들의 순수성에 집약되어 있거나 동식물을 포함한 자연 그대로의 모습에 머물고 있어 현대사회 우리가 인식하고 추구하는 현실과 거리를 두고 있기 때문이다.

그러나 윤석중의 의식지향이 지어내는 작품은 당대 어린이에게는 해방가와도 같았다. 특히 광복 이후 발표된 「앞으로 앞으로」, 「어린이날 노래」, 「새 나라의 어린이」 등이 현실에서 억압당하던 어린이들에게 건강하고 밝게 자랄 수 있는 자양분이 되었던 것은 주체적인 어린이로 자라야 한다는 시인의 바람이 한 몫 했음은 주지의 사실이다.

이후 「되었다, 통일」이나 「오색풍선을 띄우자」, 「어린이 행진곡」, 「우리 어린이」, 「우리끼리」에서처럼 반전과 통일을 지향하는 작품은 '우리는 하나, 세계는 하나'라는 인식을 토대로 하고 있으며, 팔순이 넘어 발간한 『그 얼마나 고마우냐』(웅진출판)에서 150가지의 사물에 대하여 '그 얼마나 고마우냐' 고 감탄하고, 『반갑구나 반가워』(웅진출판)에서는 100가지의 사물에 대하여 반갑다고 인식함으로써 자연과 인간의 조화를 추구하였다. 두 권의 책에 등장하는 '고맙고 반갑다'는 그의 인식이 지향하는 것은 그의 문학적 생애를 종합한 인식의 지향이라고 할 수 있겠다.

인간의 창조력에 대한 인식은 서양사상이 구축하였고 인간의 친화력은 동양사상이 구축하였다. 창조력은 자연에 도전하였지만 친화력은 자연과의 순응을 확대하려고 하였다. 여기서 서양 예술은

창조의 존재로 해석하게 되었고, 동양 예술은 순응의 덕성으로 해석하게 되었다.[276]

본고는 그동안 동심주의로 명명되었던 윤석중의 문학에서 다양한 양상의 세계인식방법을 연구하였고, 그의 세계인식이 지향하는 동심은 동양 예술 정신에 기초한 인간과 인간, 인간과 문명, 인간과 자연과의 친화력을 구축하고 있음을 밝혀내었다.

본고의 연구결과 윤석중의 세계인식은 동물과 식물은 물론 문명의 산물에서 인간과 자연에 이르기까지 세상을 구성하는 다양한 것들로 확산되면서 모든 것들에 존재론적 가치를 부여하는 것으로 나타났다. 또한 그의 작품에서 나타나는 세계인식의 지향은 이웃과 자연에 대한 연대를 강조하고 나아가 자연을 구성하는 것들과 인간의 유기적이고 윤리적인 관계를 형상화함으로써 우리 사회 전반에 깔려있는 인간 중심적 사고, 자아 중심적 사고를 반성하게 하는 것으로 나타났다.

결국 한 세기 가까이 살면서 문학에 몸담은 그가 팔순이 되어 고마움과 반가움의 대상들을 나열하는 궁극적인 이유는 물질에 지배받지 않는 인간상에 대한 염원으로 원형의식의 표출로 해석할 수 있겠다. 이는 물질과 문명이 인간의 삶을 편리하게 해주지만 행복하게 해주지는 못한다는 것을 문학적 생애를 통해 체득했기 때문이

276) 윤재근, 『東洋의 本來美學』(나들목, 2006), p.17.

라고 할 수 있을 것이다.

결국 동심을 지향하는 윤석중의 사상은 환경의 산물을 넘어서는 윤석중 자신의 체험의 산물이라고 볼 수 있겠다. 그 체험의 핵심은 결코 외부적 요인만으로는 설명할 수 없는 내부적인 문제로서 어려서부터 치열하게 제기된 물음인 '왜 나만 살아남았을까'에 대한 회의와 갈등에서 비롯된 궁극적인 해답으로 해석될 수 있다. 그 노정에서 이념의 대립으로 인한 부성애 상실, 세계 상실을 경험하면서 그의 의식이 지향하는 자연과의 유기적이며 윤리적인 관계형성과 조화와 상생의 가치지향은 더욱 확고해질 수 있었던 것이다.

따라서 80여 년 수많은 작품을 창작한 그의 문학의 중심사상인 동심지향은 출생부터 주어진 숙명적인 것으로 그를 둘러싼 환경적인 요인들로 인하여 선명하게 발현될 수 있었다. 이러한 의식지향의 그의 문학은 이념을 초월하고 국경을 초월하며 인간과 자연물들과의 조화를 추구하였다. 한국사와 한국문학사의 중추적인 인물들은 대부분 그가 만들어준 노래를 부르며 자란 어린이로서 윤석중 문학의 수혜자들이다. 그런데 윤석중 개인이나 그의 작품은 일반문학이나 한국문학사에서 다뤄지지 않고 있으며 아동문학 연구자들에게조차 혹평되기도 하였다. 물론 문학의 특성상 시대에 따라 혹은 연구자의 세계인식방법에 따라 달리 평가될 수 있음도 간과할 수는 없다. 그러나 윤석중의 문학세계는 그의 전기적 생애와 함께 일제 강점기와 해방공간, 이념의 대립이라는 우리 민족의 특수성의 맥락에서 이해되어야 할 것이다.

인간의 발달정도에 따라서 육체를 자라게 하는 음식의 섭취도 변화하는 것처럼 정신을 자라게 하는 아동문학도 천진을 본질로 하는 어린이의 특수성에 의하여 이해되어야 하며, 이를 위해 아동문학가들의 종합적인 인식과 더불어 연구와 노력도 요구된다. 이러한 시점에서 동심으로 대변되는 윤석중의 문학은 세대 간의 단절로 인하여 어린이는 어린이대로 성인은 성인대로 물질의 결핍과 인간소외로 인한 고독이 팽배해지는 현대사회에 큰 의의가 있다고 하겠다. 시간과 공간을 초월하여 3代를 아우를 수 있는 매체는 아동문학이며 그 중에서 특히 윤석중으로 대변되는 동요이기 때문이다.

결국 윤석중이 추구한 동심지향은 어린이를 타고난 본성대로 독립적이고 주체적인 성인으로 자랄 수 있게 하는 터전이고, 세대간의 화합은 물론 자연을 구성하는 모든 것들과 상생하게 하는 문학이며, 국경을 허물 수 있는 범지구적 차원의 문학이라고 할 수 있겠다. 이러한 윤석중의 문학이 현실을 외면했다거나, 현실에 없는 천사 같은 아동을 그렸다는 등의 비판의 대상이 되기도 하였는데 그의 문학적 업적은 그리 간단하게 두어 마디로 평가될 일은 아니다.

따라서 앞으로 윤석중의 문학세계에 대한 밀도 있는 연구와 함께 재평가가 요구된다. 다행히 2008년 11월에 그의 작품에 나타난 향수의 공간인 서산에서는 윤석중 문학제를 시행하면서 제1회 윤석중 학술대회를 열었다. 이 학술대회에서 필자는 부성애의 상실과 고향 상실 등의 윤석중의 가족사적 전기와 작품을 연계 연구하여 작품에 나타난 향수의 공간을 서산으로 밝히면서 윤석중 문학의 위상을 새롭게 정립하였다. 또한 새싹회 3대 이사장이었던 신현득은 "그가 만나본 윤석중은 늘 걱정이 많았는데 어린이와 겨레와 모국어와 자연을 사랑하기 때문에 하는 걱정이었다."고 발표하면서 윤석중의 문학을 첫째는 어린이 사랑이요, 둘째는 가정 사랑이요, 셋째는 민족 사랑이요, 넷째는 자연 사랑이라면서 '사랑의 문학'이라고 정의하였다. 그리고 동화작가 김병규는 윤석중의 동요에 작품성을 부여하며 세계적으로 윤석중의 문학과 같이 방대한 양과 방대한 영향을 끼친 것이 없었으며, 윤석중이 1978년 언론 문학 창작부분에서 라몬 막사이사이상을 받았을 당시 우리의 국력이 오늘날과 같이 신장했더라면 노벨문학상을 받았을 것이라고 하여 윤석중 문학을 높이 평가하였다.

본고를 통하여 윤석중의 전기적 사실들이 밝혀진 만큼 앞으로도 윤석중의 작품세계에 대한 연구는 새롭게 이루어져야 하겠다. 윤석중의 상생과 조화, 통합을 이루는 동심지향의 세계인식방법은 현대 아동문학이 나아가야 할 방향을 제시하고 있기 때문이다. 어린이를 사랑하는 일은 미래 한국을 위하는 일이고, 세계화 시대를 대비하는 일이다. 따라서 아동문학의 발전은, 그 중에서도 특히 동요문학의 발전과 보급은 시급히 요청된다. 그것이야말로 단절된 세대를 이어주는 매체이기 때문이다. 이를 위해서 아동문학가의 올바른 인식과 더불어 아동문학 100년사의 다양한 면에 대한 깊이 있는 연구가 선행되어야 하겠다. 그의 동심을 지향하는 문학은 그동안 알려졌던 현실을 외면한 동심주의가 아니라 현실의 토대 위에서, 그것도 비판적 인식의 토대 위에서 있어야 할 세계를 추구하였음도 밝혔는데 그것은 윤석중 문학에 대한 비판적 인식에 전환점이 될 것이라 생각한다.

이러한 시점에서 윤석중 문학이 차지하고 있는 의미를 새롭게 밝힌 본 연구는 윤석중 문학의 가치발견은 물론 아동문학사적으로도 의미있는 작업이라고 생각한다. 아동문학에 대한 깊이 있는 연구는 한국사와 한국문학사 나아가 세계사를 빛낼 인재를 양성하는 초석을 다지는 일에 의미를 부여하는 것으로 뜻 깊은 일이기 때문이다. 따라서 본 윤석중 연구는 윤석중 문학의 의의는 물론 세계문학사에 한국 아동문학의 지평을 확장시켰다는 의의를 가진다고 하겠다.

[참고문헌]

1. 기본자료

• 동시 동요집

윤석중, 『굴렁쇠』, 수선사, 1948.

윤석중, 『동요따라 동시따라』, 창조사, 1951.

윤석중, 『윤석중 동요 100곡집』, 학문사, 1954.

윤석중, 『노래동산』, 학문사, 1956.

윤석중, 『엄마손』, 학급문고간행회, 1960.

윤석중, 『윤석중 시집』, 학급문고간행회,1960.

윤석중, 『우리민요시화곡집』, 학급문고간행회, 1962.

윤석중, 『한국동요동시집』, 삼성출판사, 1964

윤석중, 『꽃길』, 배영사, 1968.

윤석중, 『세계명작 동요 동시집』, 계몽사, 1970.

윤석중, 『윤석중 동요 525곡집』, 세광출판사, 1979.

윤석중, 『노래가 하나가득』, 일지사, 1981.

윤석중, 『날아라 새들아』, 창작과 비평사, 1983.

윤석중, 『여든 살 먹은 아이』, 웅진출판, 1990.

윤석중, 『그 얼마나 고마우냐』, 웅진출판, 1994.

윤석중, 『반갑구나 반가워』, 웅진출판, 1995.

• 동화집

윤석중, 동화집 『열 손가락 이야기』, 교학사, 1977.

윤석중, 동화집 『멍청이 명철이』, 새남, 1982.

윤석중, 동화집 『달항아리』, 계림북스쿨, 2006.

윤석중, 동시동화집 『내일도 부르는 노래』, 문공사, 2000.

• 기타

윤석중, 노래로 엮은 이솝이야기 『사람나라 짐승나라』, 일지사, 1982.

윤석중, 독립운동사 10권 대중투쟁사 수록, 『한국소년운동소사』, 1978. 비매품.

윤석중, 『윤석중 아동문학독본』, 을유문화사, 1962.

윤석중, 『어린이와 한평생』, 범양사출판부, 1985.

윤석중, 『Half Past Four』, F.T. YOON COMPANY, 1978.

• 전집

윤석중, 『새싹의 벗 윤석중 전집 』, 웅진출판(1－30권), 1988.

2. 단행본

• 국내

과천연구실세미나, 윤소영 엮음, 『알튀세르와 라캉』, 공감, 1996.

권성우, 『모더니티와 타자의 현상학』, 솔, 1999.

권오룡, 『존재의 변명』, 문학과 지성사, 1989.

김경희, 『아동심리학』, 박영사, 2006.

김상욱, 『숲에서 어린이에게 길을 묻다』, 창작과 비평사, 2002.

김상태 감수, 『신비로운 정신의 세계』, 동아출판사, 1994.

김수복, 『상징의 숲』, 청동거울, 1999.

김용희, 『동심의 숲에서 길찾기』, 청동거울, 1999.

김윤식, 『운명과 형식』, 솔, 1998.

김자연, 『아동문학이해와 창작의 실제』, 청동거울, 2007.

김재은, 『우리의 청소년: 그들은 누구인가』, 교육과학사, 1996.

김준오, 『시론』, 삼지원, 2007.

김 현, 『한국 문학의 위상/문학사회학』, 문학과 지성사, 2002.

노안영, 강영신, 『성격심리학』, 학지사, 2006.

박상재, 『동화창작의 이론과 실재』, 집문당, 2002.

박아청, 『자아실현의 심리』, 교육과학사, 1999.

박아청, 『아이덴티티론』, 교육과학사, 1998.

박윤규, 『태초에 동화가 있었다』, 현암사, 2006.

박종석, 『작가 연구 방법론』, 도서출판 역락, 2002.

박진환, 『현대시론』, 조선문학사, 1996.

조태일 외, 『문학의 이해』, 한울 아카데미, 2002.

오세영, 『한국낭만주의시연구』, 일지사, 1997.

원종찬, 『아동문학과 비평정신』, 창비, 2005.

윤재근, 『東洋의 本來美學』, 나들목, 2006.

윤재근, 『樂論』, 나들목, 2007.

이부영, 『그림자』, 한길사, 2008.

이부영, 『분석심리학-C. G. Jung의 인간심성론』, 일조각, 2008.

이상섭, 『문학연구의 방법』, 탐구당, 1997.

이상섭, 『언어와 상상』, 문학과 지성사, 1980

이상호, 『한국현대시에 나타난 자아의식에 관한 연구』, 한국학술정보, 2006.

이오덕, 『시정신과 유희정신』, 굴렁쇠, 2005.

이오덕, 『아동시론』, 굴렁쇠, 2006.
이원수, 『아동문학입문』, 웅진출판, 1993
이원수, 『동시동화작법』, 웅진출판, 1993.
이재철, 『세계아동문학사전』, 계몽사, 1989.
이재철, 『한국아동문학사』, 일지사, 2000.
이재철, 『아동문학개론』, 서문당, 2003.
이재철, 『남북아동문학연구』, 박이정, 2007.
정과리, 『문학이라는 것의 욕망』, 도서출판 역락, 2005.
최봉영, 『주체와 욕망』, 사계절, 2000.
한국청소년개발원, 『청소년심리학』, 교육과학사, 2005.
한자경, 『자아의 탐색』, 서광사, 1997.
황정현, 『동화교육방법론』, 열린교육, 2001.
황정현 외, 『문학교육학』 제8호, 도서출판 역락, 2001.

• 국외

Ann Jefferson & David Robey, 김정신 옮김, 『현대문학이론』, 문예출판사, 1995.
Aristoteles, 천병희 역, 『시학』, 문예출판사, 1997.
Arthur Schopenhauer, 곽복록 옮김, 『의지와 표상으로서의 세계』, 을유문화사, 2003.
Alain Badiou, 박정태 옮김, 『들뢰즈—존재의 함성』, 이학사, 2003.
Bertrand Ogilvie, 김석 옮김, 『라캉 주체개념의 형성』, 동문선, 2002.
Carl Gustav Jung 외, 이윤기 옮김, 『인간과 상징』, 열린책들, 1996.
D. W 포케마 외, 윤지관 옮김, 『현대문학이론의 조류』, 학민사, 1983.
E. A. Bennet, 김형섭 역, 『한 권으로 읽는 융』, 푸른숲, 1997.
Emmanuel Levinas, 강영안 옮김, 『시간과 타자』, 문예출판사, 2001.

Gaston Bachelard, 이가림 옮김, 『물의 꿈』, 문예출판사, 1988.
Gaston Bachelard, 곽광수 옮김, 『空間의 詩學』, 민음사, 1990.
Gaston Bachelard, 이가림 옮김, 『촛불의 미학』, 문예출판사, 2001.
Gaston Bachelard, 이가림 옮김, 『순간의 미학』, 영언, 2002.
Gaston Bachelard, 안보옥 옮김, 『불의 시학의 단편들』, 문학동네, 2004.
Herbert Marcuse & Erich Fromm, 오태환 역, 『프로이드 심리학 비판』, 선영사, 1991.
Jacques Derrida 외, 김성곤 옮김, 『탈구조주의의 이해』, 민음사, 1988.
J. J. Rousseu, 『에밀』, 육문사, 2005.
John Bradshaw, 오재은 옮김, 『상처받은 내면아이 치유』, 학지사, 2006.
Jose Mauro de Vasconcelos, 박동원 옮김, 『나의 라임 오렌지 나무』, 동녘, 2003.
Lucian Goldmann, 정과리 옮김, 『숨은 신』, 연구사, 1986.
Leon Edel, 김현식 역, 『작가론의 방법』, 삼영사, 2000.
Raman Selden 외, 정정호 외 역, 『현대문학이론 개관』, 한신문화사, 1989.
Sigm. Freud, 김양순 옮김, 『정신분석입문』, 일신서적출판, 1998.
Sigm. Freud, 김기태 옮김, 『꿈의 해석』, 선영사, 1998.
이탁오(李贄), 홍승직 옮김, 『분서』, 홍익출판사, 1998.
가와하라 카즈메, 양미화 옮김, 『어린이관의 근대』, 소명출판, 2007.

3. 평문 및 논문

김병규, 「소파 방정환한테 배우고 뒤이어서 꽃피운, 윤석중의 어린이 문화활동」
『윤석중문학세계와 문화콘텐츠』, 서산, 2008.
김수라, 『윤석중 문학연구』, 석사학위논문, 교원대학교 교육대학원, 2005.
김순아, 『윤석중 동시 연구』, 석사학위논문, 전남대학교 대학원, 2005.

김용희, 「윤석중 동요연구의 두 가지 과제」『한국아동문학연구』(제10호), 2004.
김원석, 「잠의 미학」, 『한국아동문학』(21호), 2004.
김지예, 『윤석중 동시연구』, 석사학위논문, 중앙대학교 대학원 , 2004.
노경수, 「윤석중연구-공간을 중심으로」『윤석중 문학세계와 문화콘텐츠』, 서산, 2008.
노원호, 「윤석중은 과연 초현실적 낙천주의 시인인가」『한국아동문학연구』(제10호), 2004.
노원호, 『윤석중 연구』, 석사학위논문, 한국외국어대학교 교육대학원, 1991.
라정미, 『윤석중 동시연구』, 석사학위논문, 명지대학교 대학, 2004.
문선희, 『윤석중 동요 동시 연구』, 석사학위논문, 경희대학교 교육대학원, 1997.
박경용, 「윤석중 론」, 『아동문학』13집(배영사, 1966),
신현득, 『한국동시사 연구』, 단국대학교 대학원 박사학위논문, 2002.
신현득, 「윤석중연구」, 『윤석중문학세계와 문화콘텐츠』, 서산, 2008.
안지아, 『윤석중 동시 연구』, 석사학위 논문, 서울여자대학교 대학원, 1995.
유경환, 「한평생 언어로 보석을 만든 시인」, 『한국아동문학』(21호), 2004.
윤동재, 「윤석중 동요 동시의 특질과 의의는 무엇인가」『한국아동문학연구』(제10호), 2004.
이광수, 「아기네 노래」, 『윤석중 동요집』(1932, 신구서림).
이재철, 「한국아동문학가연구2」, 『국문학논집』, 1983.
임영주, 『윤석중 동요 동시 연구』, 석사학위논문, 경원대학교 대학원, 1992.
임정희, 『윤석중 동시 연구』, 석사학위논문, 상지대학교 대학원, 2006 .
장기람, 『윤석중 동시 연구』, 석사학위논문, 경산대학교 대학원, 1999.
진선희, 「석동 윤석중의 동시 연구」, 『한국어문교육』15집, 2006.
최명숙, 『윤석중 동요연구』, 석사학위논문, 동덕여자대학교 대학원 , 1992.

[윤석중 연보]

1911 서울 중구 수표동 13번지 출생(5월 25일 아버지 윤덕병, 어머니 조덕희)

1913 어머니 조덕희 사망. 혼자 사시는 외조모의 무릎에서 자람.

1919 아버지(윤덕병) 재혼. 수은동 외가에서 성장.

1920 누나(윤수명) 사망.

1921 초등학교(교동 보통학교) 입학. 두 해 월반하여 4년만에 졸업.
시 「봄」이 《신소년》에 입선.

1923 심재영(심훈의 조카), 설정식과 함께 '꽃밭사'라는 독서회를 만들고 《꽃밭》이라는 잡지를 만듦. 《꽃밭》에 실린 「흐르는 시내」가 윤극영 작곡으로 달리아회원들에 의해 불려짐.

1924 글벗모임 〈기쁨사〉를 만듬. 소용수, 이원수, 이성홍, 신고송, 서덕출, 윤복진, 최순애, 이정구, 서이복, 최경화 등이 동인으로 참석. 동인지 《굴렁쇠》 발간.

1925 양정고보 입학.
동화극 「올빼미의 눈」이 동화일보 신춘문예(1회) 선외가작으로 뽑힘.
동요 「오뚝이」가 《어린이》지에 입선.

1926 「조선물산장려가」 당선.

1927 〈굴렁쇠〉동인을 찾아 마산 이원수, 언양 신고송, 대구 윤복진과 함께 서덕출(척추장애)의 집에서 모임. 넷이서 한 줄씩 동요 「슬픈밤」 만듦.

1929 광주학생사건발생으로 인하여 후배들이 퇴학 등의 징계를 받을 때 졸업을 앞둔 상태에서 동참하지 못하는 양심의 가책으로 「자퇴생의

수기」를 쓰고 양정고보를 자퇴.

1930 일본에 유학갔다가 1년도 못 채우고 귀국. 아버지는 서산으로 이주.

1931 방정환 사후(7. 23)에 쓴 「못가세요, 선생님」이 《어린이》 8월호에 실림.

1932 『윤석중 동요집』 출간.

1933 개벽사 《어린이》 주간. 동요집 『잃어버린 댕기』 출간.

1934 조선중앙일보 《소년주간》 주간.

1935 박용실(황해도 봉산군 사리원 출신)과 결혼.

1936 장녀 '주화'를 낳음.

1937 장남 '태원'을 낳음.

1939 조선일보에서 '신문학'을 연구해오라고 학비를 대주어서 가족과 함께 일본 도쿄의 상지대학 신문학과로 유학.

1940 일본에서 동요집 『어깨동무』 출간. 일본에서 서산 집으로 '伊蘇野'로 창씨개명하라는 편지를 냄. 그 해 12월 18일 대전지방법원 서산지원으로부터 '이소야'로 창씨 정정.

1941 부인과 아이들은 귀국. 셋째 딸 '영선'을 낳음.

1943 동요집 『새벽달』 출간.

1944 6월에 일본에서 징용장을 받고 도망가다시피 귀국. 귀국 후 서산에 살던 가족들을 데리고 시흥군 서면 소하리 생모의 묘소 근처로 이주. 9월에 그곳에서 넷째 '원'을 낳음.

1945 아협 《주간 소학생》 주간. 7월 징용을 피해 가족과 함께 금강산으로 들어갔다가 한 달만에 해방.

1946 동요집 『초생달』 출간.

1947 다섯째 '혁'을 낳음.

1948 동요집 『굴렁쇠』 출간.

1950 동요집 『아침까치』 출간.

한국전쟁 발발 후 아버지 윤덕병 사망.

1954 『윤석중 동요 100곡』 출간.

1955 조선일보 편집 고문.

1956 동요집 『노래동산』 출간. 1월 3일 조풍연, 피천득, 어효선, 홍웅선, 윤형모, 한인권, 안응령과 같이 〈새싹회〉를 창립하고 소파상을 제정.

1957 동요집 『노래 선물』 출간. 소파상 제정.

1960 동요집 『엄마손』, 시집 『어린이를 위한 윤석중 시집』 출간.

1961 3.1 문화상 수상, 장한 어머니상 제정.

1963 『윤석중 동요집』 출간.

1964 『한국 동요동시집』 출간.

홍난파기념사업회 이사장(2003년까지) 지냄.

해송문학상 제정.

1966 동요집 『해바라기 꽃시계』, 『바람과 연』 출간.

문화훈장 국민장 수여.

1967 문인협회 아동문학 분과위원장.

동요집 『카네이션 엄마꽃』 출간.

1968 동요집 『꽃길』 출간.

1969 교육청의 도움을 받아 30여군데의 학교에 교가를 지어줌.

1971 동요집 『윤석중 동산』 출간.

1973 외솔상 수상.

1974 방송용어 심의 위원장. 국제 펜클럽 한국본부 고문.

1977 동화집 『열손가락 이야기』 출간.

새서울 로타리클럽 회장.

1977 《새싹문학》, 《한글나라》주간.

1978 대한민국 예술원 회원(아동문학). 라몬 막사이사이상(언론문학 부문) 수상. 이 상은 노벨상에 버금가는 큰 상이라서 국민에게 감격을 안겨 주었다. 수상소감에서 동심론을 발표.

1979 『엄마하고 나하고』 출간. 방송윤리위원장.

1980 『윤석중 동요 525곡집』 출간.

동화집 『어깨동무 쌍둥이』, 『멍청이 명칠이』 출간.

1981 동요집 『노래가 하나 가득』, 그림동화집 『달 항아리』 출간.

초대 방송위원장(84년까지).

1982 미국에서 사진 동요전. 대한민국 문학상 수상.

1983 『날아라 새들아』 출간. 세종문화상 수상.

1985 창작동화집 『열두 대문』 출간.

회고록 『새싹의 벗 노래나그네』, 『어린이와 한평생』 출간.

1986 대한민국예술원 원로회원(아동문학).

1987 동요집 『아기꿈』 출간.

1988 『윤석중 전집 30권』(웅진출판) 출간.

1989 대한민국 예술원상 수상.

1990 동요동시집 『여든 살 먹은 아이』 출간.

KBS 동요대상 수상.

1992 인촌상 수상.

1994 동요동시집 『그 얼마나 고마우냐』 출간.

1995 동요동시집 『반갑구나 반가워』 출간.

1997 마해송 문학비 건립위원회 위원장.

1999 동시 동요집 『깊은 산속 옹달샘 누가와서 먹나요』 출간.

2000 아흔 기념 창작문집 『내일도 부르는 노래』 출간.

2003 사망(12월 9일) 대전국립 현충원 국가 사회봉헌자 묘역에 안장.

동심의 근원을 찾아서

윤석중 연구

1판 1쇄 발행일 2010년 10월 30일

지은이 | 노경수
발행인 | 서경석

편집 | 정재은 · 서지혜 디자인 | 김선미 마케팅 | 예경원 · 서기원 · 소재범

발행처 | 청어람M&B 출판등록 | 제313-2009-68호
주소 | 경기도 부천시 원미구 심곡 2동 163-2 서경빌딩 3층 (우) 420-822
전화 | 032) 656-9495 전송 | 032) 656-9496
이메일 | junior@chungeoram.com

ISBN 978-89-93912--38-8 03810